buzz
BOOKS

Cărțile despre care toată lumea vorbește!

O colecție care cuprinde cele mai noi thrillere, cărți polițiste și de suspans – romane aflate în topurile internaționale, ecranizate sau în curs de ecranizare, traduse în zeci de limbi – cărți provocatoare, pe care abia aștepți să le citești

ALEX MICHAELIDES

FURIA

Traducere din limba engleză și note
DANA-LIGIA ILIN

LITERA
București

The Fury
Alex Michaelides

Design copertă: Will Staehle
Imagini copertă: valuri © damerau / Shutterstock;
plajă © Aygul Sarvarova / Shutterstock;
femeie © Volodymyr Tverdokhlib / Shutterstock

Editura Litera
tel.: 0374 82 66 35; 021 319 63 90; 031 425 16 19
e-mail: contact@litera.ro
www.litera.ro

Furia
Alex Michaelides

Editor: Vidrașcu și fiii
Redactor: Alexandra Diaconescu
Corector: Dorina Lipan
Prepress copertă: Flori Zahiu-Popescu
Tehnoredactare și prepress: Ofelia Coșman

Seria de ficțiune a Editurii Litera este coordonată
de Cristina Vidrașcu Sturza.

Descrierea CIP a Bibliotecii Naționale a României
MICHAELIDES, ALEX
Furia / Alex Michaelides; trad. din lb. engleză
și note: Dana-Ligia Ilin. – București: Litera, 2024
ISBN 978-630-319-513-1

I. Ilin, Dana-Ligia (trad.; note)

821.111

Pentru Uma

ἦθος ἀνθρώπῳ δαίμων
„Caracterul omului este destinul său.“

Heraclit

PROLOG

Să nu începi niciodată o carte vorbind despre starea vremii.

Cine a zis asta? Nu-mi aduc minte – vreun scriitor celebru, presupun.

Oricine o fi fost, are dreptate. Starea vremii e plictisitoare. Nimeni nu vrea să citească despre vreme, mai ales în Anglia, unde avem parte din belșug de vreme urâtă. Oamenii vor să citească despre *oameni* – și, în general, sar peste paragrafele cu descrieri, din câte știu eu.

Evitarea subiectului „starea vremii" este un sfat bun, pe care acum îl ignor pe riscul meu. O excepție care confirmă regula, sper. Nu vă faceți griji, povestea mea nu se desfășoară în Anglia, așa că nu vorbesc aici despre ploaie. La ploaie pun piciorul în prag: nici o carte n-ar trebui să înceapă vreodată cu ploaia. Fără excepții.

Vorbesc despre vânt. Vântul care se învârtejește în jurul insulelor grecești. Un vânt grecesc sălbatic, imprevizibil. Un vânt care te scoate din minți.

Vântul era sălbatic în noaptea aceea, noaptea crimei. Era feroce, furios – dădea buzna printre copaci, se năpustea pe cărări, șuiera, se jeluia, smulgea toate celelalte sunete și o lua la goană cu ele.

Leo era afară când a auzit împușcăturile. Era în patru labe în spatele casei, vomitând în grădina de legume. Nu era beat, doar drogat. (Mea culpa, mă tem. Nu mai fumase niciodată marijuana. Probabil n-ar fi trebuit să-i dau.) După un moment de trăire aproape extatică – aparent implicând o viziune supranaturală –, i s-a făcut greață și a început să vomite.

Tocmai atunci s-a năpustit vântul, aruncând sunetul drept spre el: *bang, bang, bang.* Trei împușcături una după alta.

Leo s-a ridicat greoi și a pornit cum a putut spre împușcături, îndepărtându-se de casă pe cărare, prin livada de măslini, spre ruine.

Și acolo, în luminiș, lățit pe pământ... era un trup.

Trupul zăcea într-o baltă tot mai mare de sânge, înconjurat de semicercul de coloane de marmură în ruină care-l umbreau parțial. Leo s-a apropiat cu băgare de seamă să-i privească fața. Apoi s-a dat înapoi clătinându-se pe picioare, cu fața schimonosită de groază, și a deschis gura ca să urle.

Am sosit în acel moment, împreună cu ceilalți – la timp ca să aud începutul urletului lui Leo, înainte ca vântul să-i înșface sunetul de pe buze și să fugă cu el, dispărând în întuneric.

Am rămas încremeniți, într-o tăcere deplină. A fost un moment înfiorător, ca scena culminantă dintr-o tragedie grecească.

Însă tragedia nu s-a încheiat acolo.

Nu era decât începutul.

ACTUL I

„Asta-i cea mai tristă poveste pe care am auzit-o vreodată.“

Ford Madox Ford, *Povestea unei pasiuni*

1

Aceasta este povestea unei crime.

Sau poate că asta nu-i cu totul adevărat. În miezul ei e o poveste de dragoste, nu-i așa? Cel mai trist fel de poveste de dragoste – despre sfârșitul iubirii; moartea iubirii.

Bănuiesc, așadar, că am avut dreptate prima dată.

Ați putea crede că o știți. Probabil ați citit despre ea în momentul respectiv – ziarele de scandal au adorat-o, dacă vă amintiți: „INSULA CRIMEI" a fost un titlu frecvent. Deloc surprinzător, de fapt, deoarece avea ingredientele perfecte pentru a stârni senzație în presă: o fostă vedetă de cinema retrasă din societate, o insulă privată grecească pe care vântul a rupt-o de lume... și, desigur, o crimă.

S-au scris o grămadă de tâmpenii despre noaptea aceea. Tot soiul de teorii aiurite despre ceea ce se poate să se fi întâmplat sau să nu se fi întâmplat. M-am ferit de toate. Nu mă interesa să citesc speculații prost informate despre ceea ce se poate să se fi întâmplat pe insulă.

Știu ce s-a întâmplat. Eram acolo.

Cine sunt eu? Păi, sunt cel care spune această poveste – sunt și unul dintre personajele ei.

Eram șapte prinși în capcană pe insulă.

Unul dintre noi era ucigaș.

Dar înainte să vă apucați de pariat cine a făcut-o, simt că este datoria mea să vă informez că aici nu-i vorba despre „cine a făcut-o". Mulțumită Agathei Christie, știm cu toții cum trebuie să se desfășoare acest soi de poveste: o crimă urmată de o investigație tenace, o rezolvare ingenioasă - și apoi, cu puțin noroc, o întorsătură surprinzătoare la sfârșit. Aici este vorba despre oameni în carne și oase, într-un loc real. Dimpotrivă, este o poveste despre „de ce a făcut-o" - un studiu al caracterului, o examinare a personalităților noastre și a motivelor pentru care facem ceea ce facem.

Ceea ce urmează este încercarea mea sinceră, din toată inima, de a reconstitui evenimentele acelei nopți cumplite - crima însăși și tot ce a dus la ea. Promit să vă înfățișez adevărul curat, gol-goluț - sau cât de aproape de el pot să ajung. Tot ce am făcut, am spus și am gândit noi.

„Dar cum?", vă aud întrebând. „Cum e posibil?" Cum aș putea să știu *totul*? Nu doar fiecare acțiune, tot ce s-a spus și s-a făcut - ci tot ce *nu s-a făcut*, *nu s-a spus*, toate gândurile din mințile noastre?

În cea mai mare parte mă bazez pe discuțiile dintre noi, înainte de crimă și după aceea - adică dintre cei care am supraviețuit. Cât despre victimă, cred că-mi veți acorda licență poetică în privința vieții sale interioare. Dat fiind că sunt dramaturg de meserie, poate că sunt mai calificat decât majoritatea pentru această sarcină anume.

Povestea se bazează și pe însemnările mele - făcute atât înainte, cât și după crimă. Aici se impune o mică explicație. De câtiva ani încoace obișnuiesc să-mi fac însemnări. Nu le-aș zice „jurnal intim", nu sunt așa de structurate. Doar o consemnare a gândurilor, ideilor, visurilor, a unor frânturi de conversații pe care le prind din zbor, a observațiilor mele despre lume. Carnetele nu sunt ceva deosebit, doar niște Moleskine banale cu copertă neagră. Am acum alături, deschis, carnetul relevant din acel an – și nu încape îndoială că-l voi consulta pe măsură ce înaintăm.

Fac toate aceste precizări astfel încât, dacă la vreun moment dat vă voi duce pe o pistă greșită, să înțelegeți că este din întâmplare, nu dinadins: pur și simplu uneori distorsionez cu stângăcie evenimentele ca să se alinieze punctului meu de vedere. Un risc profesional, poate, când cineva spune o poveste în care se întâmplă să joace un rol mărunt.

Cu toate acestea, voi face tot ce-mi stă în puteri ca să nu deturnez prea des narațiunea. Dar sper că-mi veți trece cu vederea câte o digresiune pe ici, pe colo. Și înainte să mă acuzați că am un stil labirintic, dați-mi voie să vă amintesc că e o poveste adevărată – iar în viața reală în felul acesta comunicăm, nu-i așa? Împrăștiat. Sărim înainte și înapoi în timp; uneori încetinim și dăm detalii; alteori derulăm „pe repede înainte", redactăm pe parcurs, reducând la minimum imperfecțiunile și amplificând cât mai mult elementele pozitive. Suntem cu toții povestitori nedemni de încredere ai propriei noastre vieți.

Ciudat, simt că tu și cu mine ar trebui să stăm pe două scaune de bar, chiar acum, când îți spun toate aceste lucruri – ca doi vechi prieteni, bând împreună.

„Asta-i o poveste pentru oricine a iubit vreodată", zic, făcând să alunece spre tine un pahar – unul mare, o să ai nevoie de el.

Îți cer să nu mă întrerupi prea mult, cel puțin nu la început. Vor fi multe ocazii de dezbatere după aceea.

Deocamdată, te rog să asculți politicos ce am de zis – așa cum i-ai îngădui unui prieten să spună o anecdotă cam lungă.

E vremea să cunoaștem distribuția suspecților – în ordinea importanței. Prin urmare, deocamdată trebuie să-mi calc pe inimă și să rămân în afara scenei. O să mă ațin prin culise, așteptând semnalul de intrare.

Hai să începem, așa cum se cuvine, cu vedeta.

Hai să începem cu Lana.

2

Lana Farrar era o vedetă de cinema.

Lana era o mare vedetă. Devenise vedetă când era foarte tânără, pe când statutul de vedetă încă mai însemna ceva – înainte ca oricine care e conectat la internet să poată deveni celebru.

Nu încape îndoială că mulți dintre voi îi cunoașteți numele sau i-ați văzut filmele. A făcut prea multe ca să le înșir aici. Dacă semănați cât de cât cu mine, unul sau două vă sunt foarte dragi.

În ciuda faptului că s-a retras din activitate cu un deceniu înainte să înceapă povestea noastră, faima Lanei a dăinuit – și, fără îndoială, mult după ce eu voi fi mort și dat uitării, ca și cum nici n-aș fi existat, lumea își va aminti de Lana Farrar, și pe drept cuvânt. Așa cum a scris Shakespeare despre Cleopatra, și-a câștigat „locul în poveste".

Lana a fost descoperită când avea nouăsprezece ani de Otto Krantz, faimosul producător de la Hollywood, câștigător de Oscaruri, cu care mai târziu s-a și măritat. Până la moartea sa prematură, Otto și-a dedicat energia și influența considerabilă ca să promoveze cariera Lanei – a conceput filme întregi care să-i pună în valoare talentul. Însă Lana era sortită să devină vedetă, cu sau fără Otto.

Asta nu se datora numai feței ei fără cusur, cu frumusețea pură, luminoasă a unui înger botticellian – acei ochi de un albastru nesfârșit – sau felului în care vorbea sau celebrului ei zâmbet. Nu, Lana avea o *altă* calitate, ceva intangibil, ceva de semizeiță; ceva mitic, magic – te făcea s-o privești la nesfârșit, obsesiv. În prezența unei astfel de frumuseți nu-ți doreai decât să contempli.

În tinerețe, Lana a făcut o mulțime de filme care, ca să fiu sincer, lăsau cumva impresia de noroi aruncat pe perete, ca să vezi dacă se lipește. Dacă valoarea comediilor romantice era destul de modestă, după părerea mea, și nici un thriller n-a fost memorabil, producătorii au dat de filonul de aur când Lana a jucat în prima sa tragedie. A interpretat-o pe Ofelia într-o adaptare modernă a lui *Hamlet* și a fost nominalizată pentru prima dată la Oscar. De atunci încoace, să sufere cu noblețe a devenit specialitatea Lanei. Puteți să le ziceți „filme siropoase“ sau „melodramatice“, dar Lana a fost excelentă în rolul fiecărei eroine romantice bătute de soartă, de la Anna Karenina la Ioana d'Arc. Niciodată nu rămânea cu iubitul; rareori scăpa cu viață – și noi o iubeam pentru asta.

După cum vă puteți închipui, Lana le-a adus multor oameni o mulțime de bani. Când avea treizeci și cinci de ani, într-o perioadă altfel catastrofală din punct de vedere financiar pentru Paramount, profiturile unuia dintre cele mai mari succese ale ei au ținut studioul pe linia de plutire. De aceea branșa a fost traversată de o undă de șoc atunci când Lana a anunțat brusc că se retrage din activitate – în culmea celebrității și frumuseții, la fragedа vârstă de patruzeci de ani.

Motivul hotărârii ei era un mister și urma să rămână astfel, deoarece Lana n-a dat nici o explicație – nici atunci, nici ulterior. N-a vorbit niciodată în public despre asta.

Totuși, mie mi-a spus – într-o noapte de iarnă, la Londra, pe când sorbeam whisky lângă foc, privind cum fulgii plutesc prin fața ferestrei. Mi-a spus toată povestea, iar eu i-am spus de...

La naiba. Iar încep – mă strecor iar în narațiune. Se pare că, în ciuda celor mai bune intenții, nu izbutesc să mă țin departe de povestea Lanei. Poate că ar trebui să-mi recunosc înfrângerea, să accept faptul că suntem împletiți inseparabil, ea și cu mine, înnodați ca un ghem de sfoară încâlcită, imposibil de deosebit sau de desfăcut?

Totuși, chiar dacă este adevărat, prietenia noastră a apărut mai târziu. În acest punct al poveștii nu ne cunoșteam. În acele zile locuiam la Londra împreună cu Barbara West. Iar Lana, desigur, era la Los Angeles.

Lana era californiană, născută și crescută acolo. Acolo locuia, acolo muncea, acolo turna majoritatea filmelor. Totuși, când s-a retras din activitate a hotărât să plece din Los Angeles ca să ia totul de la capăt.

Dar unde să se ducă?

Este celebră vorba lui Tennessee Williams că n-ai unde să te duci când te retragi din lumea filmului – doar dacă nu te duci pe Lună.

Lana nu s-a dus pe Lună, ci în Anglia. S-a mutat la Londra cu Leo, fiul ei încă mic. A cumpărat ditamai căsoiul de șase etaje în Mayfair. N-avea de gând să stea prea mult, cu siguranță nu pentru totdeauna: voia doar să încerce un nou stil de trai cât se dumirea ce să facă cu restul vieții ei.

Problema era că, fără o carieră acaparatoare care s-o definească, Lana a ajuns la concluzia neplăcută că nu ştia cine este şi nici ce voia să facă mai departe. Se simţea pierdută, mi-a spus.

Acelora dintre noi care-şi amintesc filmele Lanei Farrar le vine greu să şi-o imagineze „pierdută". Pe ecran a suferit mult, dar a făcut-o cu stoicism, tărie interioară şi un curaj nemaipomenit. Îşi înfrunta soarta fără şovăială şi murea luptând. Era tot ce ţi-ai putea dori de la o eroină.

În viaţa reală, Lana nici că putea să fie mai diferită de imaginea de pe ecran. După ce o cunoşteai bine începeai să zăreşti altă persoană ascunsă sub faţadă: mai fragilă şi complicată, cu mult mai puţină încredere în sine. Majoritatea oamenilor n-au întâlnit-o niciodată pe această a doua Lana, însă pe măsură ce povestea se desfăşoară trebuie s-o urmărim cu atenţie. Pentru că ea deţine toate tainele.

De-a lungul anilor m-am străduit din răsputeri să înţeleg această discrepanţă, în lipsa unui cuvânt mai potrivit, dintre sinele public şi cel intim ale Lanei. Ştiu că Lana s-a străduit şi ea. Mai ales la început, când abia se mutase la Londra.

Din fericire, soarta i-a scos în cale un englez, un om de afaceri chipeş, un pic mai tânăr decât ea, pe nume Jason Miller, de care s-a îndrăgostit.

Dacă a fost realmente mâna sorţii sau doar o abatere convenabilă a atenţiei – o cale de a amâna, poate că la nesfârşit, toate acele dileme existenţiale spinoase despre sine şi viitorul său – rămâne de discutat. În mintea mea, cel puţin.

Oricum, Lana şi Jason s-au căsătorit, iar Londra a devenit căminul ei permanent.

Lanei îi plăcea Londra. Îi plăcea, în mare parte, deoarece acolo oamenii aveau tendinţa s-o lase în pace.

Englezilor nu le stă în fire să acosteze pe stradă vedetele de cinema, oricât de faimoase, cerându-le selfie-uri și autografe. Așa că de cele mai multe ori Lana putea să umble prin oraș netulburată.

Umbla mult. Lanei îi plăcea să meargă pe jos – când vremea o permitea.

Ah, vremea urâtă! La fel ca toți cei care petrec un timp mai îndelungat în Marea Britanie, Lana s-a ales cu o preocupare nesănătoasă față de climat. Cu trecerea anilor, a devenit o permanentă sursă de frustrare. Îi plăcea Londra, însă, după aproape zece ani petrecuți acolo, în mintea ei orașul și vremea urâtă au devenit sinonime. Erau legate indisolubil: Londra egal *umed*, egal *ploaie*, egal *cenușiu*.

Acel an fusese deosebit de mohorât. Era aproape de Paște și încă nu apăruse nici un semn de primăvară. În momentul respectiv amenința să plouă.

Pe când rătăcea prin Soho, Lana a aruncat o privire spre cerul care se întuneca. Așa cum se aștepta, a simțit un strop de ploaie pe față, apoi altul pe mână. „La naiba!“, și-a zis. Era mai bine să se întoarcă acum, înainte să toarne cu găleata.

S-a întors pe urmele pașilor săi – și ale gândurilor. Ceva o sâcâia, dar nu știa ce anume. De câteva zile era neliniștită. Se simțea agitată, tulburată, ca și cum ar fi fost urmărită și încerca să scape – înainta pe străzile înguste cu ochii în pământ, vrând să se descotorosească de ceea ce se ținea de ea ca o umbră. Dar ce era?

„Gândește-te“, și-a spus. „Dezleagă problema.“

S-a apucat să-și treacă viața în revistă, căutând nemulțumiri sau griji flagrante. Să fi fost căsnicia ei? Puțin probabil. Jason era stresat de munca lui, dar asta nu era o noutate; relația lor traversa o fază bună în acel moment. Problema nu era acolo. Atunci unde?

La fiul ei, Leo? Să fi fost discuția de zilele trecute? Nu fusese decât o conversație amicală despre viitorul lui, nu-i așa?

Sau era mult mai complicat?

Alt strop i-a abătut atenția. Mânioasă, a fulgerat norii cu privirea. Nu era de mirare că nu poate gândi cum trebuie. Dacă ar fi putut să vadă cerul... să vadă *soarele*...

Pe când se îndrepta spre casă, mintea ei continua să se joace cu ideea de a scăpa de vremea urâtă. Cel puțin în privința asta se putea face ceva.

Cum ar fi fost să schimbe decorul? În weekendul următor era Paștele. Puteau să facă o excursie spontană în căutarea soarelui.

De ce nu în Grecia, pentru câteva zile? Pe insulă?

Chiar, de ce nu? Avea să le facă bine – lui Jason, lui Leo și în special ei înseși. Putea să-i invite și pe Kate și Elliot, și-a zis. „Da, ar fi distractiv." A zâmbit. Mirajul soarelui și al cerului albastru i-a luminat pe loc starea de spirit.

A scos din buzunar telefonul.

Avea s-o sune imediat pe Kate.

3

Kate era în toiul repetiției.

Avea premiera peste o săptămână și ceva, la Old Vic, într-o montare nouă și așteptată cu nerăbdare a lui *Agamemnon*, tragedia lui Eschil. Kate juca rolul Clitemnestrei.

Era prima repetiție în sală, și nu mergea bine. Kate încă avea probleme cu personajul - mai exact, cu replicile, ceea ce, în această fază târzie, nu era semn bun.

– Pentru numele lui Dumnezeu, Kate, a răcnit regizorul, Gordon, cu accentul lui tunător de Glasgow. Avem premiera peste zece zile! N-ai putea, fir-ar să fie, să te pui cu burta pe blestemata de carte și să înveți replicile?

Kate era la fel de exasperată.

– Știu replicile, Gordon. Nu asta-i problema.

– Atunci care e? Fii bună și luminează-mă, scumpo. Însă Gordon era sarcastic. Continuați! a strigat fără să aștepte un răspuns.

Între noi fie vorba - *entre nous*, cum zicea Barbara West -, nu-l învinuiesc pe Gordon că și-a ieșit din fire.

Vezi tu, în ciuda imensului talent al lui Kate - și avea talent cu carul, să nu ne înșelăm în privința asta - era haotică; neglijentă; cu toane; de obicei întârzia; era adesea pusă pe harță; nu întotdeauna trează; de asemenea, era strălucitoare, carismatică, amuzantă - și avea un instinct neabătut al adevărului, atât pe scenă, cât și în afara ei. Toate astea combinate însemnau - așa cum descoperise bietul Gordon - că e un coșmar teribil să lucrezi cu ea.

Ah... dar nu-i cinstit, nu-i așa? Să-mi strecor judecata despre Kate pe sub radar, cum s-ar zice, ca și cum n-ai observa. Sunt șmecher, nu? Am promis să fiu obiectiv pe cât posibil și să te las să-ți formezi singur o opinie. Trebuie să-mi respect promisiunea. De acum înainte mă voi strădui să-mi țin părerile pentru mine.

Mă voi limita la fapte:

Kate Crosby era o actriță britanică. A crescut la Londra, într-o familie din clasa muncitoare, la sud de Tamisa, cu toate că îndelungatele studii de actorie și de dicție îi șterseseră de mult orice urmă de accent. Kate vorbea cu ceea ce se numea „accentul BBC", foarte rafinat și greu de identificat, cu toate că, trebuie s-o spunem, vocabularul ei rămăsese la fel de lumesc. Era dinadins provocatoare, cu un strop de „precupeață din piața de pește", cum a zis Barbara West. „Obscenă" este cuvântul pe care l-aș folosi.

Era o poveste celebră despre cum l-a întâlnit Kate pe regele Charles pe când era încă prințul de Wales, la un dineu de binefacere sub patronajul lui. Kate l-a întrebat cât de departe erau toaletele, adăugând că era așa de disperată, că, dacă n-avea încotro, putea să se ușureze și-n chiuvetă. Se pare că Charles s-a prăpădit de râs, fermecat de-a binelea. Nu încape îndoială că titlul onorific pe care avea să-l capete Kate ulterior și l-a asigurat în acel moment.

Kate avea aproape cincizeci de ani când începe povestea noastră. Sau poate mai mult - e greu de știut exact. La fel ca în cazul multor actori, data nașterii era o sărbătoare care putea fi mutată. În orice caz, nu-și arăta vârsta. Era plăcut s-o privești, pe atât de brună pe cât era Lana de blondă – ochi negri, păr negru. În felul ei, Kate nu era cu nimic mai puțin atrăgătoare decât prietena sa americancă. Spre deosebire de Lana, se machia din belșug, cu mult dermatograf și câteva straturi de rimel negru care-i accentuau ochii mari. Rimelul nu era dat jos niciodată, din câte știam eu; cred că pur și simplu mai adăuga un strat în fiecare zi.

Întreaga înfățișare a lui Kate era mai „actoricească" decât a Lanei – o droaie de bijuterii, lanțuri, brățări, eșarfe, cizme, paltoane largi. Era ca și cum ar fi făcut tot ce-i stătea în puteri ca să fie observată. În acest timp, Lana, care în multe privințe era cu adevărat extraordinară, se îmbrăca foarte simplu, ca și cum i s-ar fi părut de prost-gust să atragă o atenție exagerată asupra sa.

Kate era o personalitate spectaculoasă, ieșită din comun, cu o energie neobosită. Bea și fuma fără încetare. În această privință, ca și în toate celelalte, presupun, Lana și Kate se deosebeau radical. Recunosc, afecțiunea dintre ele a fost întotdeauna un mister pentru mine. Deși păreau să aibă atât de puține în comun, erau cele mai bune prietene, și nu de azi, de ieri.

De fapt, dintre toate poveștile de dragoste întrețesute în această narațiune, relația dintre Lana și Kate a fost cea mai veche, a durat cel mai mult și poate că a fost cea mai tristă.

Cum au ajuns să se împrietenească două persoane atât de diferite?

Bănuiesc că *tinerețea* a avut mult de-a face cu asta. Rareori prietenii pe care ni-i facem la începutul vieții adulte sunt genul de oameni pe care-i căutăm mai târziu. Gândului că-i știm de mult i se asociază o anume nostalgie, dacă vreți; o îngăduință; un „bilet de favoare" în viețile noastre.

Kate și Lana se cunoscuseră cu treizeci de ani înainte, pe un platou de filmare. Un film independent turnat la Londra: o adaptare a romanului lui Henry James *Vârsta ingrată*. Vanessa Redgrave avea rolul principal, doamna Brook, iar Lana era fiica ei, ingenua, Nanda Brookenham. Kate avea rolul secundar comic al verișoarei din Italia, Aggie. Kate o făcea pe Lana să râdă și în fața aparatului de filmat, și dincolo de el, și în timpul filmărilor din vară, cele două tinere s-au împrietenit. Kate i-a prezentat Lanei viața de noapte a Londrei; curând ieșeau împreună în fiecare seară, distrându-se gălăgios, și apăreau la filmare mahmure, ba uneori, după cum o știu pe Kate, încă bete.

Când te împrietenești cu cineva e ca atunci când te îndrăgostești, nu-i așa? Iar Kate a fost prima prietenă apropiată a Lanei. Prima ei aliată în viață.

Unde rămăsesem? Iertați-mă, constat că e greu să menții o narațiune liniară. Trebuie să fac eforturi s-o stăpânesc, altfel nu mai ajung niciodată la insulă, ca să nu mai vorbim de crimă.

Repetiția lui Kate, asta era.

Ei bine, a mers mai departe târâș-grăpiș. Se tot poticnea prin monologuri, însă nu din pricină că nu știa textul. Îl știa. Atâta doar că nu era în largul ei în rol – se simțea pierdută.

Clitemnestra este un personaj emblematic. Arhetipul femeii fatale. Și-a ucis soțul și pe amanta acestuia. Un monstru – sau o victimă, depinde cum privești lucrurile. Ce mană cerească pentru o actriță! Un rol pe care să-l abordezi cu mare entuziasm. Oricum, așa s-ar crede. Însă jocul lui Kate rămânea fără vigoare. Nu părea capabilă să-și aprindă focul grecesc lăuntric. Trebuia să se vâre cumva în pielea, în inima și în mintea personajului; să descopere elementul minuscul de legătură care să-i permită să se identifice cu el. Pentru Kate, interpretarea unui rol era un proces confuz, magic. Dar în acest moment nu era nici o magie – doar confuzie.

Au continuat împleticit până la final. Kate și-a luat un aer curajos, dar se simțea ca naiba. Slavă Domnului, urmau câteva zile libere până la Paște, înainte de repetițiile cu toate mijloacele tehnice și cu costume. Câteva zile ca să se adune, să se gândească mai bine – și să se roage.

La sfârșitul repetiției, Gordon a anunțat că, după Paște, toți trebuiau să știe textul ca pe apă.

– Sau nu mai răspund de faptele mele. E clar?

Se adresa întregii distribuții, dar toți știau că se referă la Kate.

Kate i-a zâmbit cu gura până la urechi și s-a prefăcut că-i dă un pupic pe obraz.

– Gordon, scumpete. Nu-ți face griji, totul e sub control. *Jur*.

Gordon și-a dat ochii peste cap, deloc convins.

Kate s-a dus în cabină să-și ia lucrurile. Încă nu terminase mutarea în cabina vedetei, așa că era harababură: genți pe jumătate despachetate, cosmeticale și haine peste tot.

Primul lucru pe care-l făcea Kate în orice cabină era să aprindă o lumânare cu aromă de iasomie, pe care o cumpăra întotdeauna ca să-i aducă noroc și ca să alunge mirosul acela înăbușitor de aer stătut, lemn vechi, mochetă uzată, cărămidă aparentă umedă – ca să nu mai vorbim de țigările pe care le fuma pe ascuns pe fereastră.

După ce a aprins lumânarea, a scormonit prin geantă și a scos un flacon cu pastile. A scuturat în palmă un Xanax. Nu voia o pastilă întreagă, doar un pic, o *fărâmă*, cât să-i domolească neliniștea. A rupt-o în două, apoi a mușcat un sfert și a lăsat bucata de pastilă amară să se dizolve pe limbă. Îi plăcea gustul rău al medicamentului: era o confirmare că-și făcea efectul.

A aruncat o privire pe fereastră. Ploua. Nu părea o ploaie încăpățânată, era posibil să se însenineze curând. Putea să se plimbe pe malul fluviului. O plimbare i-ar fi priit. Avea nevoie să-și limpezească gândurile. I se învârteau atâtea prin minte, că se simțea de-a dreptul amețită... O așteptau atâtea lucruri la care să reflecteze, atâtea griji – dar nu putea să le facă față în clipa asta.

Poate că o băutură ar ajuta, și-a zis. A deschis micul frigider și a scos o sticlă de vin alb.

Și-a turnat într-un pahar și s-a cocoțat pe măsuța de toaletă. Și și-a aprins o țigară, cu totul împotriva regulamentului teatrului, dar ce mama dracului – după cum arătau lucrurile, era ultima oară când juca în acest teatru, sau în oricare altul, dacă-i pe așa.

A aruncat scenariului o privire plină de ură. Scenariul s-a încruntat la rândul lui de pe măsuță. A întins mâna și l-a întors cu fața în jos. *Ce* dezastru! Cum își putuse închipui că *Agamemnon* era o idee bună? Trebuie să fi fost drogată când acceptase rolul. S-a înfiorat, vizualizând cronicile mușcătoare. Autoarea rubricii de teatru de la *Times* o ura deja; avea să se distreze de minune sfâșiind-o. La fel și ticălosul ăla de la *Evening Standard*.

În acel moment a început să-i sune telefonul – o abatere binevenită de la gândurile negre. L-a luat și s-a uitat la ecran. Era Lana.

A răspuns:

– Hei. Ești bine?

– O să fiu, a zis Lana. Mi-am dat seama că ceea ce ne trebuie tuturor e un pic de soare. Vii și tu?

– Poftim?

– Pe insulă, de Paște? a continuat Lana ca și când n-ar fi auzit-o. Să nu zici nu. N-o să fim decât noi. Tu, eu, Jason și Leo. Și Agathi, desigur... Nu știu dacă o să-l invit pe Elliot, în ultima vreme mă calcă pe nervi. Ei bine, ce zici?

Kate s-a prefăcut că se gândește. A azvârlit mucul țigării afară, în ploaie.

– Îmi cumpăr imediat biletul de avion.

4

Insula Lanei era un dar. Un cadou din dragoste.

I-o oferise Otto la nuntă. Un cadou extrem de extravagant, nu-i vorbă, dar tipic pentru Otto, care părea să fi fost mare figură.

Se afla în Grecia, în sudul Mării Egee, într-un grup răsfirat de insule numite Ciclade. De cele faimoase ați auzit – Mykonos și Santorini –, însă majoritatea sunt nelocuite și nelocuibile. Câteva sunt proprietate privată, ca aceea pe care Otto a cumpărat-o pentru Lana.

N-a costat atât de mult cum ați putea crede. Mai mult decât și-ar putea imagina majoritatea oamenilor obișnuiți, firește, însă pentru o insulă avusese un preț moderat, iar întreținerea nu era foarte costisitoare.

În primul rând, era mică – doar vreo optzeci de hectare, practic o stâncă. Și, dacă ne gândim că noii proprietari erau un producător de filme de la Hollywood și muza lui, Otto și Lana aveau o gospodărie foarte modestă. N-au angajat decât un om cu normă întreagă, un îngrijitor care era el însuși o poveste, o anecdotă pe care Otto, care savura idiosincraziile grecilor, o istorisea oricui stătea să-l asculte. Și trebuie să spunem că acolo, departe de Grecia continentală, insularii puteau fi tare excentrici.

Cea mai apropiată insulă locuită era Mykonos, la douăzeci de minute cu barca. Așa că, firește, acolo s-a dus Otto să caute un îngrijitor pentru insula Lanei. Însă găsirea omului s-a dovedit a fi mai dificilă decât se aşteptase. Se părea că nimeni nu era dispus să locuiască pe insulă, nici măcar pentru salariul generos oferit.

Nu era doar faptul că îngrijitorul trebuia să ducă o viaţă izolată. Mai era şi o legendă potrivit căreia insula ar fi fost bântuită încă din vremea romanilor. Se credea că poartă ghinion să pui piciorul pe ea, darămite să locuieşti acolo. Teribil de superstiţioşi, mykonienii ăştia.

Până la urmă, nu s-a găsit decât un doritor pentru acel post: Nikos, un pescar tânăr.

Nikos avea în jur de douăzeci şi cinci de ani şi rămăsese văduv de curând. Era tăcut şi mereu posomorât. După Lana, suferea de o depresie gravă. Tot ce-şi dorea, i-a spus el lui Otto, era să fie singur.

Deşi Nikos de-abia ştia să scrie şi să citească şi vorbea o engleză stricată, el şi Otto au izbutit să se înţeleagă, adesea prin gesturi complicate ale mâinilor. Nu s-a încheiat nici un contract, o strângere de mână fiind de ajuns.

De atunci încoace, Nikos a trăit singur pe insulă, ca îngrijitor al proprietăţii şi grădinar neoficial. La început n-a fost cine ştie ce grădină. Abia după doi ani s-a apucat să cultive legume, însă când a făcut-o, roadele n-au întârziat să apară.

În anul următor, Otto, inspirat de eforturile lui Nikos, a comandat de la Atena o mică livadă: aduşi cu elicopterul, atârnaţi de funii, pomii - meri, peri, piersici şi cireşi - au fost plantaţi într-o grădină împrejmuită cu zid. Şi lor le-a mers de minune. Totul părea să înflorească pe această insulă a iubirii.

Sună minunat, nu-i aşa? Idilic, ştiu. Chiar şi acum mi-e greu să n-o idealizez. Nimeni nu vrea realitatea; cu toţii ne dorim un basm, şi aşa le părea celor din afară povestea Lanei. O viață fermecată. Însă dacă am învățat ceva, este că rareori lucrurile sunt așa cum par.

Într-o seară, după câțiva ani, Lana mi-a spus adevărul despre ea și Otto; căsnicia lor ca din basme nu era chiar așa de grozavă cum se credea. Poate că-i inevitabil; pe lângă personalitatea impresionantă a lui Otto, pe lângă generozitatea, ambiția și hotărârea lui neabătută existau și unele trăsături mai puțin atrăgătoare. În primul rând, era mult mai în vârstă decât Lana și avea față de ea o atitudine paternă, chiar patriarhală. Îi controla acțiunile, îi dicta ce să mănânce și cum să se îmbrace, îi critica mereu orice alegere, o submina, o hărțuia – iar când se îmbăta devenea abuziv emoțional și chiar fizic.

Nu mă pot împiedica să nu mă gândesc că, dacă ar fi rămas împreună mai mult timp, în cele din urmă Lana s-ar fi maturizat și ar fi vrut mai multă independență. Oare într-o bună zi l-ar fi părăsit?

Nu vom ști niciodată. La doar câțiva ani după căsătorie, într-o primăvară, Otto a suferit un atac de cord fatal în aeroportul din Los Angeles. Se ducea să se vadă cu Lana pe insulă, să se odihnească, la ordinul doctorului. Din nefericire, n-a mai ajuns la destinație.

După moartea lui Otto, Lana n-a mai călcat pe insulă vreo câțiva ani. Amintirile și asocierile erau prea supărătoare. Însă, cu trecerea timpului, gândurile triste s-au estompat, iar în memorie i-au devenit mai pregnante clipele plăcute pe care le împărtășiseră. Așa că s-a hotărât să se întoarcă.

De atunci a început să meargă acolo de două ori pe an, uneori mai des. Mai ales după ce s-a mutat în Anglia și a apărut nevoia de a fugi de vremea urâtă.

*

Înainte să continuăm trebuie să vă spun despre ruine. Joacă un rol important în povestea noastră, după cum veți vedea.

Ruinele erau locul meu preferat de pe insulă. Un semicerc de coloane de marmură sparte, roase de intemperii, într-un luminiș înconjurat de măslini. Un loc evocator, ușor de impregnat cu magie. Adesea mă așezam pe o piatră și, respirând calm, ascultam tăcerea.

Acelea erau rămășițele unui complex străvechi de vile care aparținuse unei familii romane bogate. Nu supraviețuiseră trecerii timpului decât acele coloane sparte, care, li se spusese Lanei și lui Otto, adăpostiseră un mic amfiteatru folosit pentru spectacole private.

O poveste frumoasă, chiar dacă un pic trasă de păr, cred eu. Bănuiam că fusese inventată de un agent imobiliar prea zelos, sperând să stârnească interesul Lanei. Dacă așa a fost, a dat rezultate. Lana a fost fermecată, și de atunci încolo a denumit ruinele „teatrul".

O vreme, ea și Otto au înviat această tradiție antică: în serile de vară prezentau acolo scheciuri și mici piese scrise și jucate de ei și de oaspeții lor. O practică, slavă Domnului, abandonată cu mult înainte ca eu să ajung pe insulă. Perspectiva unor spectacole de amatori date de vedete de cinema care vin în vizită este, sincer, mai mult decât pot să suport.

În afară de ruine, pe insulă mai erau numai două clădiri, ambele destul de recente: căsuța îngrijitorului, unde locuia Nikos, și casa principală.

Situată în mijlocul insulei, casa era o monstruozitate din gresie veche de peste o sută de ani. Avea pereți galben-pal, acoperiș de teracotă roșie și obloane verzi. Otto și Lana au făcut adăugiri, au extins-o, au renovat zonele mai părăginite. Au construit o piscină, o casă de oaspeți în grădină și un dig de piatră pe cea mai accesibilă plajă, unde își țineau barca cu motor.

E greu de spus cât de frumoasă este insula - *era*? Mă descurc greu cu timpurile: prezent sau trecut? Știu unde-aș fi dacă aș avea un strop de noroc. Aș da orice să fiu iarăși acolo, chiar în clipa asta.

Îmi pot imagina totul incredibil de clar. Dacă închid ochii mă regăsesc pe terasa casei, cu o băutură rece în mână, admirând priveliștea. Terenul e destul de neted, așa că poți vedea până departe: dincolo de măslini, până la plaje și golfurile cu apa de un turcoaz limpede. Când e liniștită, marea e albastră și aproape translucidă, ca sticla. Dar, ca majoritatea lucrurilor din viață, nu are o singură stare. Atunci când se stârnește vântul, și o face adesea, valurile învolburate și curenții stârnesc tot nisipul de pe fund, făcând apa tulbure, întunecată și periculoasă.

Vântul e o pacoste pentru acea parte a lumii. O lovește în tot timpul anului; nu continuu, nu cu aceeași intensitate, însă din când în când se înfurie și se năpustește peste apă, izbind insulele. Bunica lui Agathi numea vântul din Marea Egee *to menos*, care înseamnă „furia".

Apropo, insula are și ea un nume.

I s-a zis Aura, după zeița grecească a „aerului dimineții" sau a „adierii". Un nume frumos, care contrazicea ferocitatea vântului și a zeiței înseși.

Aura era o zeitate minoră, o nimfă, o vânătoriță din suita lui Artemis. Nu-i prea plăceau bărbații și îi măcelărea ca să se distreze. Când a născut doi băieți, pe unul l-a mâncat înainte ca Artemis să-l ducă pe al doilea la adăpost.

Așa vorbeau localnicii despre vânt, fiindcă veni vorba: ca despre o creatură monstruoasă și devoratoare.

Nu-i deloc surprinzător, așadar, că a ajuns să fie personificat de Aura în miturile și poveștile lor.

Am fost destul de norocos ca să nu simt niciodată vântul acela pe pielea mea. M-am dus pe insulă câțiva ani de-a rândul, și întotdeauna m-am bucurat de o vreme neobișnuit de cuminte – adesea ratând furtuna cu o zi sau două.

Nu și în acel an. În acel an, furia mi-a venit de hac.

5

Până la urmă, Lana m-a invitat pe insulă, în ciuda faptului că-i spusese lui Kate că o calc pe nervi.

Apropo, eu sunt Elliot, în cazul în care n-ați ghicit.

Iar Lana o spusese doar în glumă. Așa era relația noastră, jucăușă și lejeră, ca bulele dintr-o cupă de Bollinger.

Nu că mi s-ar fi oferit șampanie, sau măcar cava, în avionul spre Grecia. Spre deosebire de Lana și familia ei, care călătoreau spre insulă în felul în care Lana mergea peste tot, cu un avion privat. Muritorii de rând ca mine apelau la curse de linie, sau, cum se întâmplă de cele mai multe ori în zilele astea, din păcate, la low-costuri.

Așa că aici, la un ghișeu de îmbarcare cât se poate de banal de la Aeroportul Gatwick, intru eu în poveste. După cum știți, am așteptat cu nerăbdare să mă prezint. Acum putem, în sfârșit, să facem cunoștință.

Sper că nu te voi dezamăgi. Îmi place să cred că sunt considerat o companie acceptabilă – destul de amuzant, destul de sincer, binevoitor, chiar profund uneori, adică, după ce ți-am oferit câteva pahare.

Am patruzeci de ani, cu un an mai mult sau mai puțin. Mi se spune că par mai tânăr. Asta ține, fără îndoială, de hotărârea cu care refuz maturizarea, ca să nu mai vorbesc de îmbătrânire. Pe dinăuntru încă mă simt copil. Nu toată lumea se simte așa?

Sunt de înălțime medie, poate un pic mai înalt. Sunt suplu, dar nu așa de slab ca pe vremuri. Nu mă mai vedeam dacă mă întorceam în profil. Asta avea mult de-a face cu țigările, desigur. Acum mi-am recăpătat controlul, doar din când în când un pic de marijuana și foarte rar o țigară, dar între douăzeci și treizeci de ani, Dumnezeule mare, fumam ca un șarpe. Trăiam doar cu fum și cafea. Eram costeliv, agitat, crispat și anxios. Ce bucurie trebuie să fi fost pentru cei din jur! Acum m-am potolit, din fericire.

Ăsta-i singurul lucru bun pe care-l pot spune despre înaintarea în vârstă. În sfârșit, mă potolesc.

Am ochii negri și părul negru, ca tatăl meu. Înfățișare obișnuită, aș zice. Unii m-au descris ca arătos, însă nu mă consider deloc așa, cu excepția situațiilor când am parte de o lumină favorabilă.

Barbara West obișnuia să spună că cele mai importante două lucruri în viață sunt iluminarea și alegerea momentului potrivit. Avea dreptate. Dacă lumina e prea tare, nu-mi văd decât defectele. De exemplu, îmi urăsc profilul, felul în care părul mi se ițește la spate într-un unghi ciudat și bărbia mică. E întotdeauna un șoc neplăcut când mă văd într-o oglindă laterală din cabina de probă a unui magazin universal, cu părul meu rebel, nasul mare și fără falcă. Nu arăt a vedetă de cinema, hai să zicem așa. Spre deosebire de ceilalți din poveste.

N-am crescut la Londra. Cu cât vorbesc mai puțin despre copilăria mea, cu atât mai bine. Hai să expediem asta în cât mai puținc vorbe, bine? Ce-ar fi s-o fac în trei?

A fost întuneric. Nu mai e nimic de adăugat.

Tata era o brută; mama trăgea la măsea. Împreună, trăiau înconjurați de jeg, mizerie și urâțenie – ca doi copii beți care se ciorovăiesc într-un șanț.

Să nu vă pară rău pentru mine; asta nu-i o litanie a suferințelor pe care le-am îndurat, ci o simplă constatare. E o poveste destul de familiară, bănuiesc. La fel ca prea mulți copii, am avut parte de o creștere caracterizată de lungi perioade de părăsire și neglijare fizică și emoțională. Rareori am fost atins sau s-a jucat cineva cu mine, mama aproape că nu m-a ținut în brațe – și singurele dăți când tata a pus mâna pe mine au fost la mânie.

Asta mi-e mai greu să iert. Nu violența fizică, înțelegeți, pe care am învățat curând s-o accept ca parte a vieții, ci lipsa *atingerii* – și repercusiunile pe care a trebuit să le înfrunt mai târziu, ca adult. Din cauza asta, nu doar că nu sunt obișnuit să fiu atins de cineva, dar până și ideea mă sperie, ceea ce face ca relațiile intime, emoționale sau fizice, să fie extrem de dificile.

Abia așteptam să plec de acasă. Părinții erau niște străini; părea de neconceput până și să fiu înrudit cu ei. Mă simțeam un străin, un extraterestru, adoptat de o formă de viață inferioară – n-aveam de ales, trebuia să fug și să găsesc alte exemplare din specia mea.

Dacă sună arogant, fie-mi cu iertare. Dar când petreci ani în șir naufragiat pe insula pustie a copilăriei, prins în capcană cu niște părinți nervoși, bețivi, veșnic batjocoritori, plini de dispreț, care nu te încurajează niciodată, care te agresează și te ponegresc, râd de tine pentru că îți place să înveți și iubești artele, care ridiculizează orice este cât de puțin sensibil, emoțional sau intelectual... atunci crești un pic furios, un pic irascibil și gata să te aperi.

Crești hotărât să-ți aperi dreptul de a fi – ce anume, mai exact? *Diferit*? O *persoană*? Un *ciudat*?

În cazul în care tu, cel care mă ascultă, ești tânăr, hai să-ți dau ceva de care să te agăți: nu dispera dacă ești diferit. Pentru că însăși acea diferență, la început așa de umilitoare și dureroasă, provocând o rușine imensă, va deveni într-o bună zi o sursă de onoare și mândrie.

Realitatea este că în prezent mă mândresc că sunt diferit: slavă Domnului că sunt așa. Chiar și când eram copil, plin de scârbă față de mine, simțeam că există o altă lume. O lume mai luminoasă - dincolo de întuneric, luminată de proiectoare.

La ce mă refer? La *teatru*, desigur. Gândiți-vă la acel moment în care sala se întunecă, cortina sclipește, publicul își drege glasul, se așază mai bine, simte furnicături de nerăbdare. Este pur și simplu magie; creează mai multă dependență decât orice drog am încercat. Am știut de la o vârstă fragedă - am întrezărit în excursiile cu școala la spectacole de la Royal Shakespeare Company, la Teatrul Național sau la matinee în West End - că trebuie să aparțin acestei lumi.

Am înțeles la fel de limpede și că, dacă voiam să fiu acceptat de această lume, dacă voiam să-mi aflu locul în ea, trebuia să mă schimb.

Pur și simplu, *cine eram* nu era destul. Trebuia să devin altcineva.

Pare absurd acum, când scriu, chiar dureros, dar pe atunci credeam asta cu toată ființa mea. Credeam că trebuia să-mi schimb totul: numele, înfățișarea, ținuta, felul în care vorbesc, despre ce vorbesc, ce gândesc. Ca să fac parte din această minunată lume nouă trebuia să devin altă persoană - una mai bună.

Și în cele din urmă, într-o bună zi, am reușit.

Mă rog, aproape: rămâneau câteva urme din Elliot cel vechi, ca o urmă de sânge pe o podea de lemn. Pata roșu-deschis nu se duce oricât de mult ai freca-o.

*

Apropo, numele meu întreg este Elliot Chase.

Mă măgulesc cu gândul că numele meu s-ar putea să nu vă fie cu totul necunoscut dacă frecventați teatrele. Dacă numele nu vă spune nimic, poate că ați auzit de piesa mea – sau ați văzut-o? *Nefericirea ca virtute* a avut mare succes de ambele părți ale Atlanticului. S-a jucat pe Broadway un an și jumătate, a câștigat câteva premii. Ba chiar am fost nominalizat la un premiu Tony, adaug cu modestie.

Nu-i rău pentru prima piesă a unui dramaturg, ha?

Sigur, au fost și inevitabilele comentarii zeflemiste, mușcătoare, și diversele povești răutăcioase, răspândite de un număr surprinzător de mare de confrați mai vârstnici, deja consacrați, invidioși pe succesul de critică și comercial imediat al acestui tânăr; mă acuzau de tot soiul de lucruri urâte, de la plagiat până la furt de-a dreptul. Presupun că e de înțeles. Sunt o țintă ușoară, mai ales că timp de mulți ani, până la moartea ei, am trăit cu Barbara West, romanciera.

Spre deosebire de mine, Barbara n-are nevoie de prezentare. Probabil ai învățat despre ea la școală. Povestirile ei sunt întotdeauna în programă, cu toate că, după părerea mea nepopulară, calitățile literare i-au fost mult supraapreciate.

Diferența de vârstă dintre noi era considerabilă, iar când ne-am cunoscut, sănătatea Barbarei era deja în declin. Am stat cu ea până la sfârșit.

N-am iubit-o, dacă vă întrebați. Relația noastră era mai mult reciproc avantajoasă decât romantică. Îi eram însoțitor, servitor, șofer, mediator, sac de box. La un moment dat i-am cerut să se mărite cu mine, însă a refuzat. N-a acceptat nici parteneriatul civil. Așa că nu eram iubiți sau parteneri: nu eram nici măcar prieteni – oricum, nu spre sfârșit.

Totuşi, Barbara mi-a lăsat prin testament casa. Conacul ăla putred din Holland Park. Era enorm şi hidos, şi nu-mi puteam permite să-l întreţin - aşa că l-am vândut, iar cu banii ăia am trăit bine câţiva ani.

Ce nu mi-a lăsat au fost drepturile de autor ale vreunuia dintre bestsellerele ei, care mi-ar fi dat siguranţă financiară pe toată viaţa. Le-a împărţit între diferite organizaţii filantropice şi nişte veri îndepărtaţi din Nova Scotia pe care nu-i cunoştea aproape deloc.

Decizia de a mă dezmoşteni a fost ultimul ei act ranchiunos într-o relaţie dominată de cruzimi meschine. N-am putut s-o iert pentru asta. De aceea am scris piesa bazată pe viaţa noastră comună. Un act de răzbunare, aţi putea spune.

Nu sunt coleric. Când mă supăr nu mă apucă pandaliile; mă aşez fără zgomot, foarte liniştit, înarmat cu stilou şi hârtie şi îmi plănuiesc răzbunarea cu o precizie glacială. Iar cu piesa aceea am smuls vălul înşelătoriei de pe relaţia noastră şi am arătat-o pe Barbara aşa cum era, o băbătie înfumurată şi ridicolă.

Între noi fie vorba, recunosc, am fost mai încântat de furia indignată pe care a stârnit-o printre admiratorii devotaţi ai Barbarei din întreaga lume decât de succesul comercial.

Mă rog, poate că nu-i chiar adevărat.

N-o să uit niciodată seara premierei din West End. Lana era la braţul meu, ca parteneră. Un moment am simţit cum trebuie să fie când eşti celebru. Bliţurile aparatelor de fotografiat, ovaţiile frenetice, publicul aplaudând în picioare. A fost seara cea mai frumoasă din viaţa mea. Îmi revine adesea în memorie, aducându-mi un zâmbet pe chip.

*

Pare un moment numai bun ca să închei această digresiune. Hai să ne întoarcem la povestea principală, la mine și la Kate și la călătoria noastră din Londra cea ploioasă în Grecia cea însorită.

6

Am zărit-o pe Kate la Aeroportul Gatwick înainte ca ea să mă vadă. Până și la ora aceea matinală arăta splendid, chiar dacă un pic ciufulită.

I-a căzut un pic fața când m-a observat la ghișeul de îmbarcare. Prefăcându-se că nu mă vede, s-a dus la capătul cozii, dar mi-am fluturat mâna și am strigat-o tare – de destule ori ca oamenii din jur să se răsucească. Nemaiavând încotro, a ridicat privirea și m-a salutat cu prefăcută surprindere și cu un zâmbet la fel de fals.

A venit lângă mine la ghișeu, zâmbind în continuare.

– Elliot, bună. Nu te-am văzut.

– Zău? Ciudat. Eu te-am văzut din prima. Am zâmbit larg. Bună dimineața! Ce coincidență, să dau de tine aici!

– Luăm același avion?

– Așa se pare. Putem să stăm unul lângă celălalt și să bârfim un pic.

– Nu pot. Kate a ridicat scenariul la piept ca pe un scut. Trebuie să lucrez la replici. I-am promis lui Gordon.

– Nici o problemă, o să te ajut să le înveți. Putem lucra pe tot drumul până acolo. Acum dă-mi pașaportul.

Știam amândoi că n-avea încotro: dacă refuza să stea lângă mine, weekendul începea într-o notă proastă. Așa că mi-a înmânat pașaportul cu același zâmbet neclintit. Am făcut formalitățile împreună.

De îndată ce am decolat și avionul a ajuns deasupra norilor, a devenit evident că n-avea de gând să exerseze replicile. A îndesat scenariul în geantă.

– Te superi dacă n-o facem? Am o durere de cap teribilă.

– Mahmureală?

– Întotdeauna.

Am râs.

– Știu un leac pentru asta. Un strop de vodcă.

Kate a clătinat din cap.

– La ora asta m-ar tufli de-a binelea.

– Aiurea, o să te trezească. Ca un pumn în față.

Fără să-i iau în seamă protestele, i-am cerut unui steward două pahare cu gheață – gheața era singurul lucru gratis în avionul acela – și, cu toate că mi-a aruncat o privire ciudată, Kate n-a refuzat. Apoi am scos sticluțele de vodcă pe care le ascunsesem în geantă. La cât de puțin variate sunt băuturile oferite în prezent de liniile aeriene, ca să nu mai vorbim că te costă o avere, mi se pare mai convenabil să călătoresc cu proviziile proprii.

Dacă asta sugerează o desfrânare incurabilă, vă asigur că sticlele erau micuțe. Și apoi, dacă eu și Kate eram siliți să petrecem împreună restul acestei călătorii lungi, probabil că ne era de folos amândurora un anestezic.

Am turnat niște vodcă în cele două pahare de plastic. L-am ridicat pe al meu.

– În cinstea unui weekend distractiv! Noroc!

– Până la fund. Kate a dat peste cap paharul și s-a strâmbat. Îîîh!

– Asta o să-ți alunge mahmureala. Acum spune-mi de *Agamemnon*. Cum merge?

S-a silit să zâmbească.

–Oh. Chiar bine. *Grozav.*

–Așa e? *Bine.*

–De ce? Kate a renunțat la zâmbet și m-a privit bănuitoare. Ce-ai auzit?

–Nimic. Absolut nimic.

–Elliot, ciripește!

Am șovăit.

–Nu-i decât un zvon, atâta tot... că tu și Gordon nu vă înțelegeți de minune.

–Ce? Asta-i o tâmpenie.

–Așa mă gândeam și eu.

–Un mare rahat. Kate a desfăcut altă sticluță de vodcă și și-a umplut la loc paharul. Gordon și cu mine ne înțelegem perfect.

A dat peste cap băutura.

–Sunt ușurat să aud asta. Abia aștept premiera. Lana și cum mine vom fi acolo, în rândul întâi, aclamându-te.

I-am zâmbit.

Kate nu mi-a răspuns la zâmbet. S-a uitat o clipă la mine – o privire neprietenoasă, fără un cuvânt. M-am grăbit să umplu pauza stânjenitoare cu o anecdotă despre un prieten comun care trece printr-un divorț de o violență absurdă, cu amenințări cu moartea și piratarea e-mailului și tot soiul de sminteli. O poveste lungă, complicată, pe care am exagerat-o pentru efectul comic.

Tot timpul în care am vorbit, Kate m-a scrutat cu o expresie împietrită. După toate aparențele, n-o amuzam nici eu, nici povestea.

Pe când o priveam în ochi i-am citit gândurile fără dificultate: „Doamne, aș vrea să tacă odată. Își închipuie că e așa de al dracului de amuzant, așa de spiritual – se crede Noël Coward. Dar nu-i. Nu-i decât o nenorocită de panara..."

Kate nu prea mă plăcea, după cum poate că ați ghicit. Hai să zicem doar că era imună la tipul meu special de farmec. Credea că-și ascunde bine antipatia, dar, la fel ca majoritatea actrițelor, în special cele care cultivă o aură de mister, era incredibil de ușor de citit.

Am cunoscut-o pe Kate cu mult înainte s-o fi întâlnit pe Lana. Kate era una dintre preferatele Barbarei West, atât pe scenă, cât și în afara ei, invitată des în casa din Holland Park la celebrele serate, numite eufemistic „dineuri", în realitate petreceri desfrânate cu sute de invitați, la care putea să participe oricine.

Kate mă intimida chiar și atunci. Eram tulburat când venea spre mine, lăsând în urmă scrum de țigară și stropi de băutură, mă lua de braț și mă ducea deoparte, mă ducea pe căi greșite, mă făcea să râd cu maimuțărirea necruțătoare a celorlalți invitați. Simțeam că se aliază cu mine socotindu-mă un outsider, la fel ca ea. „Nu sunt ca ceilalți, scumpete", părea să spună. „Nu te lăsa păcălit de vocalele de cristal, nu mi-s vreo doamnă."

Ținea neapărat să știu că e o impostoare în aceeași măsură ca mine – singura diferență fiind că mie îmi era rușine de trecutul meu, nu de prezent. Spre deosebire de Kate, doream cu disperare să mă lepăd de vechea mea piele, să-mi intru perfect în rolul actual și să mă asortez cu ceilalți musafiri. Incluzându-mă în toate glumele, clipirile cu subînțeles și aparteurile ei, Kate îmi dădea de știre că nu izbutisem.

Sincer să fiu, cu toate că mă feresc s-o critic pe Lana, pentru că nu mi-a dat niciodată vreun motiv – așa că asta nu-i chiar o critică –, râdeam mai des împreună cu

Kate. Kate căuta mereu un prilej de glumă, era pontoasă și ironică. În vreme ce Lana - ei bine, Lana era extrem de directă, întotdeauna sinceră, de o seriozitate deconcertantă uneori. Fetele astea două erau ca uleiul și apa.

Sau poate că era doar o diferență culturală? Toți americanii pe care i-am cunoscut tindeau să fie sinceri, aproape brutali. E un lucru care-mi trezește respectul, văd o anume puritate în sinceritatea asta. („Zgârie un yankeu și dai de un puritan", zicea Barbara West. „Nu uita că au trecut toți Atlanticul pe afurisita de *Mayflower*.") Spre deosebire de noi, britanicii, adică - patologic de politicoși, aproape slugarnici, întotdeauna de acord cu tine când sunteți față în față, doar ca să te bârfească necruțător în clipa în care te întorci cu spatele.

Kate și cu mine eram făpturi mult mai asemănătoare; dacă n-ar fi fost Lana, poate că ne-am fi împrietenit până la urmă. Este singurul lucru pe care pot să i-l reproșez Lanei: că s-a așezat fără să vrea între mine și Kate. Ei bine, de îndată ce Lana și cu mine am devenit mai apropiați, Kate a început să mă considere o amenințare. O vedeam în ochii ei - o nouă ostilitate, o luptă pentru atenția Lanei.

Indiferent ce simțea față de mine, Kate îmi părea fascinantă și evident talentată - dar și complicată și instabilă. Mă făcea să mă simt stingher, sau poate că *prudent* e un cuvânt mai potrivit - așa cum te simți în preajma unei pisici imprevizibile, cu toane, în stare să te zgârie din senin. Nu cred că poți fi cu adevărat prieten cu cineva care te sperie. Cum poți să fii tu însuți? Dacă ți-e frică, nu poți fi autentic.

Și *da*, mi-era frică de Kate. Iar senzația nu era neîntemeiată, după cum s-a dovedit.

Ah. Am dezvăluit asta prea curând? Se poate.

Dar iată, am spus-o. Trebuie s-o las așa cum a căzut.

*

Am aterizat la aeroportul din Mykonos - denumirea pompoasă pentru o pistă de aterizare și atât, ceea ce făcea ca totul să pară și mai exotic. Apoi am luat un taxi până în vechiul port din Mykonos, de unde o șalupă urma să ne ducă până pe insulă.

Pe la sfârșitul după-amiezii am ajuns în port. Era ca în cărțile poștale: bărci de pescuit alb cu albastru, năvoade încâlcite ca niște gheme de lână; se auzea scârțâitul parâmelor și scândurilor, iar briza aducea un iz slab de petrol. Dinspre cafenelele ticsite de pe mal veneau pălăvrăgeli și râsete și mirosuri puternice de cafea grecească și sepie prăjită. Totul era așa de viu, așa de minunat, încât o parte din mine nu s-ar mai fi dat dusă de acolo.

Destinația mea - sau ar trebui să zic destinul? - era însă altundeva. Așa că am urcat greoi la bordul șalupei în urma lui Kate.

Ne-am început călătoria pe apă. Cerul devenea violet, tot mai închis cu fiecare secundă.

Curând s-a arătat în față insula, o masă de pământ care se întuneca. Era aproape amenințătoare în lumina amurgului. Frumusețea ei austeră mă umplea întotdeauna de ceva înrudit cu venerația.

„Iat-o“, mi-am zis. „Aura.“

7

Pe când Kate și cu mine ne apropiam de insulă, altă barcă cu motor tocmai pleca.

Era condusă de Babis, un bărbat scund, bronzat, chel, de vreo șaizeci de ani, îmbrăcat elegant. Era proprietarul restaurantului Yialos din Mykonos – și, conform unui acord care dura de decenii, încheiat cu Otto, livra periodic alimentele de pe lista pe care i-o dicta la telefon Agathi; de asemenea, aranja curățarea și aerisirea casei. Mă bucuram că nu mă întâlnisem cu el, deoarece mi se părea plicticos și snob.

Când a ajuns în dreptul nostru, Babis a încetinit și a dat un întreg spectacol, înclinându-se adânc și ceremonios spre Kate. În partea din spate a bărcii ședeau trei femei de serviciu vârstnice, lângă un morman de coșuri goale. Pe când se ploconea, în spatele lui cele trei femei s-au uitat una la alta cu fețe împietrite.

„Bag mâna-n foc că-l detestă“, mi-am zis. Mă pregăteam să-i împărtășesc gândul lui Kate, însă privind-o mi-am dat seama că era mai bine să-mi țin gura. Nici măcar nu-l observase pe Babis. Se uita drept înainte, spre insulă, foarte încruntată. Devenise tot mai mohorâtă pe măsură ce ne apropiam. Era limpede că are ceva pe suflet. Mă întrebam ce putea fi.

După debarcare ne-am cărat bagajele într-o tăcere prudentă în susul aleii lungi.

În capăt ne aştepta casa. Luminată toată, ca un far înconjurat de întunecime.

Lana şi Leo ne-au întâmpinat călduros. A fost desfăcută o sticlă de şampanie şi, în afară de Leo, fiecare a băut un pahar. Lana ne-a întrebat dacă vrem să despachetăm şi să ne spălăm înainte de cină.

Am cerut camera în care stăteam întotdeauna – în casa principală, alături de a Lanei. Kate a cerut casa de oaspeţi, acolo unde dormise aşa de bine vara trecută.

Lana a dat din cap spre Leo.

– Dragule, vrei s-o ajuţi pe Kate la bagaje?

Leo, mereu politicos, era deja în picioare, însă Kate a refuzat.

– E în ordine, scumpete. N-am nevoie de ajutor. Sunt zdravănă. Mă descurc. Doar să-mi termin băutura.

În clipa aceea a intrat Jason, cu ochii la telefon şi fruntea încreţită de preocupare. A dat să-i spună ceva Lanei, dar văzând-o pe Kate s-a oprit. Pe mine nu m-a observat.

– A, tu eşti. Jason i-a oferit lui Kate un zâmbet care părea un pic forţat. N-am ştiut că vii.

– Iată-mă!

– Dragule, ţi-am spus că am invitat-o pe Kate, a zis Lana. Ai uitat, asta-i tot.

– Cine mai e aici? a oftat Jason. Fir-ar să fie, Lana, ţi-am spus, am de lucru!

– N-o să te deranjeze nimeni, îţi promit.

– Câtă vreme nu l-ai invitat pe imbecilul ăla de Elliot.

– Bună, Jason, am zis din spatele lui. Şi eu mă bucur să te văd.

Jason a fost surprins şi a avut bunul-simţ să arate stânjenit. Kate se prăpădea de râs. Lana a râs şi ea. La fel şi Agathi.

Cu toții am râs – în afară de Jason.

Și am ajuns la Jason.

Aș face bine să recunosc că mi-e imposibil să fiu obiectiv când scriu despre el. Desigur, o să fac tot ce-mi stă în puteri, dar nu-i ușor. E de ajuns să spun că nu-i preferatul meu. Ceea ce este un fel foarte englezesc de a spune că nu-l pot suferi.

Jason era un tip ciudat. Și nu înțeleg prin asta amuzant[1]. Era chipeș – bine făcut, cu maxilare puternice, ochi de un albastru deschis, părul negru. Dar purtarea lui era pentru mine o veșnică enigmă. Nu-mi dădeam seama dacă era dinadins *caustic* – ăsta-i un cuvânt politicos – sau dacă, pur și simplu, nu-și dădea seama de efectul pe care-l avea duritatea lui asupra celorlalți. Din păcate, bănuiesc că e prima variantă.

Pe Agathi o irita vizibil felul în care i se adresa, pe un ton superior, ca unei servitoare, când ea era mult mai mult de atât. Îl fulgera cu privirea: „Am fost aici înaintea ta", țipau ochii ei, „și o să fiu aici după tine."

Însă Agathi își cumpănea cu mare grijă reacțiile. Nu l-a ponegrit niciodată pe Jason în fața Lanei, care rămânea oarbă la toate defectele lui. Lana se încăpățâna să vadă binele în oricine, chiar și în cei mai răi dintre oameni.

– Bine, a zis Kate. Mă duc să despachetez. Ne vedem la cină.

A dat pe gât restul de șampanie, apoi, cu geanta pe umăr, a ieșit din bucătărie.

---

[1] În original *funny*, care înseamnă atât „amuzant/distractiv", cât și „ciudat/straniu"

*

Îngreunată de bagaje, Kate a coborât treptele înguste spre nivelul inferior.

Casa de oaspeți era dincolo de piscina din marmură verde, înconjurată de chiparoși. Otto o proiectase ca să se încadreze în arhitectura originală a casei principale. Kate o prefera deoarece îi oferea intimitate, posibilitatea de a se retrage departe de tumultul din casă.

A intrat și și-a lăsat bagajele pe podea. S-a gândit să despacheteze, însă era prea mare efortul. Și-a tras sufletul.

Brusc, a simțit că-i vine să plângă. Toată ziua fusese copleșită de emoții, iar acum, văzându-i pe Lana și Leo împreună - așa de fericiți unul cu altul, o afecțiune așa de simplă, de intimă -, o năpădise un val de tristețe amestecată cu invidie.

De ce oare? De ce o podideau lacrimile când Leo își prindea mama de mână, când îi atingea umărul sau îi dădea un pupic dulce pe obraz? Pentru că ea însăși se simțea așa de disperat de singură?

Nu, asta era o aiureală. Era mai mult de atât, și o știa.

Era faptul că se afla acolo, pe insulă - asta o irita. Că se afla acolo, știind ce venise să facă. Era o greșeală? O idee proastă? Posibil... probabil.

„Acum e prea târziu", și-a zis. „Haide, Katie, vino-ți în fire."

Avea nevoie de ceva care să-i domolească nervii. Ce adusese cu ea? Klonopin? Xanax? Și-a amintit de micul cadou pe care și-l lăsase la ultima vizită pe insulă. Să mai fie oare acolo?

S-a dus repede la bibliotecă și și-a plimbat degetele pe cotoarele volumelor. A găsit cartea galbenă, jerpelită, pe care o căuta:

Porțile percepției, a lui Aldous Huxley.

A luat-o de pe raft. S-a deschis la pagina potrivită, dând la iveală o punguță turtită cu cocaină. Ochii i s-au luminat. „Bingo!“

Cu un zâmbet larg, Kate a deșertat cocaina pe noptieră. Apoi a luat cardul de credit și s-a apucat s-o împartă.

8

În bucătărie, Agathi se folosea de un cuțitaș ascuțit ca să curețe cu pricepere o doradă. A vărsat în chiuvetă măruntaiele de un cenușiu mâlos. Sângele roșu-închis s-a amestecat cu apa când a spălat burta golită.

Aproape că simțea mâinile bunică-sii muncind prin intermediul mâinilor ei; spiritul bunicii călăuzindu-i degetele pe când făcea această mișcare atât de bine cunoscută. Se gândise la *yiayia* toată după-amiaza – în mintea ei, bătrâna era nedespărțită de această parte a lumii. Amândouă aveau o ușoară sălbăticie, o undă de vrajă. Se zvonea că bunica ei fusese vrăjitoare, iar Agathi îi simțea prezența. O simțea în lumina soarelui și în vuietul mării – și în golirea de mațe a unui pește.

A închis robinetul, a șters dorada cu un prosop de hârtie și a pus-o pe o farfurie lângă celelalte.

Agathi avea patruzeci și cinci de ani. Cu fața aspră, ochii negri, pomeții ascuțiți, arăta foarte elenic, după părerea mea. O femeie arătoasă, care rareori își dădea osteneala să se machieze. Avea întotdeauna părul pieptănat pe spate și prins în agrafe. O înfățișare severă, poate – însă Agathi avea foarte puțină vanitate și încă și mai puțin timp liber, pe care nu și-l irosea pe frivolități. Lăsa asta în seama altora.

S-a uitat la pești. Erau mărișori. „Trei ar trebui să fie destul“, s-a gândit. Însă avea s-o întrebe pe Lana, pentru orice eventualitate.

„Lana pare mai fericită“, și-a zis. „Bine.“

În ultima vreme Lana fusese într-o dispoziție ciudată. Distantă, inaccesibilă. Era clar că o supără ceva. Agathi avea destulă minte cât să nu întrebe. Era discreția întruchipată și niciodată nu-și spunea părerea dacă nu i se cerea – chiar și atunci, doar silită.

Agathi era singurul membru al familiei care observase recenta schimbare a Lanei. Ceilalți – cei doi bărbați din casă – nu prea stăteau să se gândească la starea ei de spirit. În ochii lui Agathi, egoismul lui Leo putea fi iertat sub motivul tinereții. Îi era mai greu să-i găsească scuze lui Jason.

Agathi spera din tot sufletul că Lana avea să petreacă pe insulă câteva zile plăcute și odihnitoare. N-avea nici un motiv să creadă că nu va fi așa.

Până acum avuseseră noroc de vreme bună. Nici un semn de vânt supărător. Marea fusese de un calm perfect în cursul traversării. Aproape că nu se vedea nici o unduire pe suprafața ei.

Doar la sosire apăruseră unele probleme de natură logistică. Agathi era o menajeră formidabilă și făcea totul să meargă ca pe roate, însă astăzi era în întârziere. Când ajunseseră, îl găsiseră pe Babis în bucătărie, cu alimentele nedespachetate, și femeile de serviciu încă lucrau de zor, spălând dușumelele și făcând paturile. Babis era vizibil jenat și se tot scuza. Lana fusese amabilă, firește, asumându-și vina pentru că-și anunțase sosirea în ultimul moment. Îi mulțumise fiecărei femei de serviciu în parte, iar bătrânele, înmărmurite de emoție, îi răspunseseră cu zâmbete radioase. Lana și Leo se duseseră să înoate, iar Jason se retrăsese bosumflat în biroul lui, înarmat cu laptopul și telefonul.

Agathi rămăsese singură cu Babis – ceea ce era neplăcut, desigur. Dar îi ținuse piept. Ce nemernic încrezut era omul ăla! Cu Lana, era lingușitor, ploconindu-se, practic târându-se pe podea. Și în același timp se rățoia la angajații lui în grecește, tiranic și disprețuitor, de parcă ar fi fost niște gunoaie.

Pe Agathi o ura cel mai tare. Pentru el, ea avea să fie întotdeauna chelnerița din restaurantul lui. N-a iertat-o niciodată pentru cele întâmplate în vara aceea – prima dată când Otto și Lana veniseră să ia prânzul la Yialos, căutând o bonă, și soarta hotărâse ca Agathi să servească la masa lor. Lana a îndrăgit-o imediat pe Agathi. Au angajat-o pe loc și le-a devenit indispensabilă. Când și-au încheiat vizita a întrebat-o dacă vrea să meargă cu ei ca bonă la Los Angeles. Ea a zis „da" fără o clipă de gândire.

Ai putea crede că atracția Hollywoodului a fost ceea ce a făcut-o pe Agathi să se învoiască așa de iute, dar ai greși. Puțin îi păsa unde se duce, câtă vreme era cu Lana. În acele zile era cu totul vrăjită de Lana. S-ar fi dus la Tombuctu dacă i-ar fi cerut-o Lana.

Așa că Agathi s-a mutat la Los Angeles cu familia, și apoi la Londra. Și, când Leo a crescut, a avansat de la bonă la bucătăreasă, menajeră, asistentă și – oare se măgulea singură aici? – confidenta și cea mai bună prietenă a Lanei. Poate că asta sărea un pic peste cal; dar nu mult. În sensul practic, de zi cu zi, Agathi era mai aproape de ea ca oricine.

Singură în bucătărie cu Babis, Agathi și-a acordat plăcerea răutăcioasă de a parcurge încet, cu migală, lista lungă de alimente, articol cu articol, insistând ca el să verifice dacă le adusese pe toate. Lui i se părea o tortură, după cum o vădeau suspinele grele și bătăile din picior. Când Agathi a hotărât că-l chinuise destul, i-a dat voie să plece, apoi s-a apucat să aranjeze proviziile în dulapuri și să plănuiască următoarele mese.

Pe când își turna o ceașcă de ceai s-a deschis ușa din spate.

Nikos stătea în umbra intrării ținând într-o mână un pumnal și un cârlig care arăta fioros. În cealaltă mână avea un sac cu arici-de-mare negri, uzi.

Agathi l-a fulgerat cu privirea.

– Ce vrei? a zis în greacă.

– Uite. Nikos i-a întins aricii-de-mare. Pentru ea.

– Oh, a făcut Agathi luând sacul.

– Știi cum să-i cureți?

– Știu.

Nikos a mai zăbovit un pic. Părea că încearcă să se uite peste umărul ei, să vadă cine ar mai putea fi în bucătărie.

Agathi s-a încruntat.

– Mai vrei ceva? Cum el a clătinat din cap, i-a spus ritos: Atunci am treabă.

I-a închis cu hotărâre ușa în față, apoi a aruncat pe blat sacul cu arici-de-mare. S-a uitat un moment la ei. Mâncați cruzi, erau o delicatesă locală, și Lana se dădea în vânt după ei. Nikos fusese amabil, da, iar pe Agathi n-o deranja efortul suplimentar ca să-i pregătească. Însă gestul lui o deranja. Ceva îi stârnea neliniștea.

Era ceva ciudat, și-a zis, în felul în care o privea pe Lana. Agathi observase asta mai devreme, când Nikos venise să-i întâmpine la debarcader. Lana nu băgase de seamă.

Lui Agathi însă nu-i plăcuse absolut deloc.

9

Nikos s-a îndepărtat de ușa din spate.

I se părea straniu, după luni întregi de singurătate, să fie iar în preajma unor oameni.

Din mai multe puncte de vedere era aproape o invazie – ca și cum insula lui ar fi fost asediată. *Insula lui.* Ce absurd, s-o considere astfel! Dar nu se putea abține.

Nikos ducea o viață solitară pe Aura de aproape douăzeci și cinci de ani. Practic, era independent, vâna și cultiva orice-i făcea trebuință. Avea o grădină de legume în spatele casei, niște găini – și o grămadă de pești în mare. În ultima vreme nu se ducea la Mykonos decât pentru lucrurile esențiale, cum ar fi tutun, bere, uzo. De sex se putea lipsi.

Când i se mai întâmpla să se simtă însingurat, să aibă nevoie de o prezență umană – de alte voci și râsete – se ducea la cârciuma frecventată de localnici. Era în cealaltă parte a orașului față de portul din Mykonos, departe de miliardari și de iahturile lor. Acolo bea o bere așezat singur la bar. Nu vorbea, dar asculta, atent la bârfele locale. Ceilalți clienți, în afară de salutul cu o înclinare a capului, îl lăsau de obicei în pace. Simțiseră că acum Nikos e altfel – deceniile de izolare îl transformaseră într-un străin.

Îi asculta pe bătrânii așezați la măsuțele lor, cu jocul de table și păhăruțele de uzo, cum vorbeau despre Lana.

Mulți dintre ei și-l aminteau pe Otto, și Lanei îi ziceau, folosind o expresie desuetă în greacă, „sirena ecranului“. Erau fascinați de această vedetă americană retrasă care deținea insula bântuită - o proprietate care, trebuie spus, îi adusese prea puțină fericire și multă suferință.

-Insula aia e blestemată, a zis cineva. Țineți minte ce vă spun. O să se întâmple iar. N-o să treacă mult timp, și soțul ăsta nou o să dispară la fel ca celălalt.

-N-are nici un sfanț, a zis altcineva, norocul lui că-l ține nevasta.

-Las' că are de unde, a bombănit altul. Ce n-aș da să mă țină și a mea așa!

Asta a stârnit râsete.

Cât era de adevărat în privința lui Jason, Nikos nu știa și nu-i păsa. Îi înțelegea situația penibilă. Cine s-ar fi putut măsura cu averea Lanei? Tot ce putea să-i ofere Nikos erau mâinile lui goale. Dar cel puțin era un bărbat adevărat - nu unul fals, ca Jason.

Îl antipatizase de la prima vedere. Își amintea prima dată când Jason venise pe Aura, prostdispus, în costum și cu ochelari de soare, inspectând insula cu aer de proprietar.

Nikos continuase să-l studieze cu atenție timp de câțiva ani, adesea când Jason habar n-avea că e observat. Trăsese concluzia că era un impostor. De exemplu, ultimul lui „hobby“, să pretindă că e vânător, era cea mai mare bătaie de joc de până acum. Nikos își stăpânea cu greu râsul când îl vedea pe Jason mânuind puștile cu atâta stângăcie, țintind așa de prost și totuși plin de înfumurare, ca un băiat umflat în pene care se dă drept bărbat.

Oricum, nu reușea să împuște decât niște păsărele amărâte care nu meritau efortul lui Agathi de a le jumuli. Ca să nu mai vorbim de risipa de gloanțe.

Un astfel de bărbat n-o merita pe Lana.

Ea era singura a cărei prezență nu-l deranja pe Nikos. La urma urmei, era insula ei. Locul ei era acolo; prindea viață acolo. Întotdeauna la venire era palidă ca o moartă, avea nevoie disperată de soare. Apoi, în câteva zile, vraja insulei își făcea efectul - înota în marea ei, îi mânca peștii și roadele pământului. Și se deschidea ca o floare. Cel mai frumos lucru pe care-l văzuse în viața lui. O amintire viscerală că natura - chiar dacă este magnifică și hrănitoare - nu-i același lucru cu o femeie.

Nikos nici nu-și mai amintea ultima dată când fusese atins. Ca să nu mai vorbim de sărutat.

Stătuse singur prea mult timp. Uneori se întreba dacă nu cumva e pe cale să înnebunească. Cei din cârciumă ziceau că vântul te scoate din minți. Însă nu era vântul.

Era singurătatea.

Dacă părăsea Aura, unde s-ar fi putut duce? Nu mai suporta prezența altora prea multă vreme. Singura alegere era marea - să trăiască pe o barcă, navigând printre insule. Însă n-avea o barcă destul de mare și nu-și putea permite una.

Nu, trebuia să se resemneze cu gândul că n-avea să părăsească insula decât mort. Și probabil nici măcar atunci. La urma urmei, ar fi trecut câteva luni până să-i fie descoperit cadavrul. Până atunci, după toate probabilitățile, avea să fie sfâșiat, mâncat, devorat de celelalte viețuitoare de pe insulă - ca gândacul ăla mort din fața ușii bucătăriei, dezmembrat și cărat de acolo de un șir lung de furnici harnice.

În ultimul timp, mintea părea să i se învârtă în jurul morții. Moartea era peste tot pe Aura, o știa prea bine.

*

Pe când se îndepărta de casă pe scurtătura dintre copaci, Nikos a văzut ceva care l-a făcut să încremenească.

Un cuib de viespi uriaş.

S-a holbat la el. Era mare, cel mai mare pe care-l văzuse vreodată. Se afla la poalele unui măslin, într-un gol dintre rădăcini. O masă teribilă de viespi învârtejindu-se ca o trâmbă de fum negru care se umflă şi se răsuceşte. Într-un fel, era frumos.

Ar fi fost o sminteală să se atingă de un cuib de mărimea asta. Şi apoi, nu voia să-l distrugă. Nu era cinstit să omoare viespile. Aveau tot atâta drept ca oricine să se afle acolo. De fapt, erau o binecuvântare, întrucât mâncau ţânţarii. Dacă proprietarii prindeau de veste, aveau să-i ceară să le nimicească, aşa că era mai bine să păstreze secretul.

Ce trebuia să facă, a hotărât, era să călăuzească viespile departe de casa principală – trăgând nădejde să nu fie înţepat în timpul ăsta. Soluţia era să pună o momeală lângă căsuţa lui, carne tocată de vită sau un iepure jupuit. Viespile se dau în vânt după carnea de iepure.

În acel moment, un pleoscăit l-a făcut să se oprească. S-a uitat printre copaci şi a zărit-o pe Kate, care tocmai sărise în piscină.

A rămas acolo, nevăzut în întuneric, privind-o cum înoată.

După o vreme, Kate a părut că simte o prezenţă străină. Încetând să se mai mişte, s-a uitat în jur, încercând să vadă dincolo de luminile din jurul bazinului.

– Cine e? Cine-i acolo?

Nikos se pregătea să meargă mai departe, însă a auzit paşi în întuneric. Pe trepte a apărut Jason, care s-a dus la marginea piscinei şi a privit-o lung pe Kate, care era în apă. Faţa îi era lipsită de expresie, ca o mască.

Kate a înotat până la el şi i-a zâmbit.

– Ar trebui să sari înăuntru, apa e minunată.

Jason nu i-a răspuns la zâmbet.

– Ce faci aici?

– Ce vrei să zici?

– Ştii ce vreau să zic. De ce eşti aici?

Kate a râs.

– E evident că nu te bucuri prea tare să mă vezi.

– Nu mă bucur.

– Asta nu-i prea frumos.

– Kate...

Ea a scos limba şi s-a scufundat cu un pleoscăit. S-a îndepărtat pe sub apă, punând capăt discuţiei.

Jason s-a răsucit pe călcâie şi a pornit înapoi spre casă.

Nikos a şovăit un moment, cugetând la ceea ce tocmai văzuse. A dat să plece, dar brusc a avut o senzaţie stranie care l-a făcut să încremenească.

Nu era singur. Mai era acolo cineva, în întuneric, privind-o pe Kate.

Nikos s-a uitat în jur cu ochii mijiţi, încercând să desluşească ceva prin beznă. N-a văzut pe nimeni. A ascultat foarte atent, dar nu era decât tăcerea. Totuşi, putea să jure că cineva se ascundea acolo.

A şovăit o clipă. Apoi, simţindu-se tulburat, s-a întors şi a pornit repede spre casa lui.

10

După ce am făcut un duş m-am dus cu două pahare cu şampanie în dormitorul Lanei. Era singură. Şedea la măsuţa de toaletă în halat de baie. „E şi mai frumoasă fără machiaj“, mi-am zis.

Stăteam la taclale de câteva minute când uşa s-a trântit de perete şi Jason a dat buzna în încăpere. Văzându-mă, a rămas pe loc.

– Oh. Eşti aici. Pe cine bârfiţi?

Lana a zâmbit.

– Pe nimeni dintre cunoscuţii tăi.

– Câtă vreme nu-i vorba de mine...

– De ce? am zis. Te simţi cu musca pe căciulă?

Mi-a aruncat o privire duşmănoasă.

– Ce mama dracului vrea să însemne asta?

Lana a râs, dar îmi dădeam seama că e iritată.

– Jason. Glumeşte.

– Ei bine, tipul nu-i amuzant. Cu un efort herculean să se arate spiritual, a adăugat: Niciodată.

Am zâmbit.

– Din fericire, mii de iubitori de teatru din întreaga lume nu sunt de acord cu tine.

– Aha! a făcut, fără să zâmbească la rândul lui.

Se părea că bunăvoinţa lui Jason faţă de mine secase cu totul; cel mai bun lucru la care puteam să sper era să rămână politicos şi să nu devină violent de-a binelea.

Era gelos pentru că-i oferеam Lanei ceva ce el nu putea să înțeleagă și era incapabil să furnizeze. Ce anume? Păi, în lipsa unui cuvânt mai potrivit, hai să-i zicem prietenie. Jason nu putea concepe o lume în care un bărbat și o femeie sunt prieteni atât de apropiați.

Cu toate că Lana și cu mine nu eram doar prieteni – eram suflete gemene.

Însă Jason nu putea să priceapă nici asta.

– Elliot a avut o idee grozavă, a zis Lana. Hai să cinăm mâine în Mykonos. Ce zici?

Jason s-a strâmbat.

– Nu, mulțumesc.

– De ce nu? O să fie distractiv.

– Unde? Numai să nu spui Yialos.

– De ce nu?

– Of, pentru numele lui Dumnezeu! a izbucnit Jason. La Yialos e complicat. Credeam că am venit aici ca să ne relaxăm.

Nu m-am putut abține să nu intervin.

– Oh, haide, Jason. Gândește-te ce bună e mâncarea la Yialos. Să te lingi pe degete.

Nu m-a băgat în seamă. Dar nu s-a mai împotrivit, știind că nu prea are de ales.

– Mi-e totuna. Trebuie să fac un duș.

– Am prins aluzia. Gata, plec, ne vedem la parter.

Am ieșit și am închis ușa, apoi – în mod normal n-aș recunoaște asta, dar, cum e vorba de tine, o să fiu sincer – mi-am lipit urechea de tăblie. N-ai fi făcut la fel? Era clar c-o să vorbească despre mine. Eram curios să aud ce comenta Jason pe la spatele meu.

Discuția lor răzbătea stins prin ușă, dar se auzea.

Lana părea enervată.

– Nu pricep de ce nu poți să fii politicos cu el.

– Pentru că e mereu în dormitorul tău, de-aia.

– E unul dintre cei mai buni prieteni ai mei.

– E îndrăgostit de tine.

– Ba nu.

– Sigur că e. Altfel de ce n-a mai avut nici o iubită după baba aia pe care a omorât-o?

O pauză.

– Asta nu-i amuzant, Jason.

– Cine a zis că glumesc?

– Dragule, voiai ceva? Sau ai venit doar ca să începi o ceartă?

A trecut un răstimp în care Jason s-a mai potolit. A continuat pe un ton mai blând.

– Trebuie să discutăm.

– Bine. Dar lasă-l în pace pe Elliot. Vorbesc serios.

– Bine. Jason și-a coborât glasul, așa că a trebuit să-mi apăs tare urechea pe ușă ca să-i prind vorbele. Nu-i nimic important.... Am nevoie să semnezi ceva.

– Acum? Nu poate să aștepte?

– Vreau să trimit în seara asta. Nu durează decât o secundă.

Lana a tăcut un pic.

– Credeam că nu-i important.

– Nu-i.

– Atunci de ce așa zor?

– Nici un zor.

– Atunci o să citesc mâine documentul.

– Nu-i nevoie să-l citești, a zis Jason. Doar mut niște lucruri de colo-colo. O să-ți spun esența.

– Tot trebuie să-l citesc. Hai să i-l trimitem prin e-mail lui Rupert, să arunce o privire, și semnez mai târziu. Ce zici?

– Las-o baltă!

Jason părea furios.

N-a explicat – însă n-aveam nevoie de explicație. Chiar și de la câțiva metri, prin tăblia solidă de stejar, știam exact ce clocea. Îmi dădeam seama din șovăiala lui și din schimbarea din voce că simpla pomenire a avocatului ei îi tăiase cheful. Își dăduse seama că mica lui mașinație, orice o fi fost, n-avea să funcționeze.

– E în ordine. Nu contează. Poate să aștepte.

– Ești sigur?

– Da. Nici o grijă. Mă duc să fac un duș.

Auzind asta, m-am îndepărtat de ușă. Îmi puteam imagina ce urma să se petreacă mai departe.

Mi l-am imaginat pe Jason intrând în baie – și în clipa în care a rămas singur și-a lepădat masca zâmbitoare. S-a privit în oglindă. Disperarea i se citea în ochi. Fusese o greșeală să-i vorbească așa Lanei? s-a întrebat. Îi stârnise bănuielile?

Ar fi trebuit să aștepte până ce Lana se amorțea cu câteva pahare, apoi să-i pună în față hârtiile și s-o îndemne să semneze. „Da, de fapt încă ar putea să meargă."

N-ar fi fost rău să încerce mai târziu, după cină, când ea avea să fie mai destinsă. Trebuia să-i tot umple paharul. Să se poarte și mai tandru. După cum o cunoștea pe Lana, era foarte posibil să se răzgândească și să se ofere ea însăși să semneze hârtiile – ca să-i facă lui pe plac. Îi stătea în fire să se poarte astfel.

Da, planul încă nu se dusese pe apa sâmbetei. „Respiră", și-a zis, „respiră și păstrează-ți calmul."

A dat drumul la duș. Prea fierbinte, apa i-a izbit fața, pielea, opărindu-l.

Ce ușurare să simtă acea durere, o binevenită abatere a atenției de la toate gândurile... de la tot ce trebuia să facă... de la tot ce-l aștepta.

A închis ochii și a primit cu bucurie apa clocotită.

11

Puțin mai târziu, Kate a intrat în bucătărie gâfâind, un pic drogată. Nădăjduia că ceilalți n-o să observe.

S-a cocoțat pe un taburet și s-a uitat la Lana și Agathi, care pregăteau cina. Lana făcea o salată verde cu frunzele picante de rucola care creșteau din belșug pe insulă. Agathi i-a arătat Lanei farfuria cu doradele pe care le curățase.

– Cred că sunt destule, nu?

Lana a încuviințat din cap.

– Trei ajung pentru toți.

Kate a luat o sticlă cu vin și a turnat în pahare pentru ea și Lana.

Curând li s-a alăturat Leo, proaspăt ieșit de la duș. Era îmbujorat, și din părul ud îi șiroia apă pe tricou.

Avea acum șaptesprezece ani, aproape optsprezece. Arăta ca o versiune masculină mai tânără a Lanei - ca un tânăr zeu grec. Fiul adolescent al Afroditei - cum îl chema? - Eros.

Arăta așa cum trebuie să fi arătat Eros. Păr blond, ochi albaștri, atletic și suplu. Și blând ca mama lui.

Lana i-a aruncat o privire.

– Dragule, usucă-ți părul. O să răcești.

– Se usucă într-o clipă. Afară cică e umiditate zero. Ai nevoie de ajutor?

– Poți să pui tu masa?

– Unde mâncăm? Înăuntru sau afară?

– Ce zici de afară? Mulțumesc.

Kate l-a privit cu admirație.

– Ești un *superb*, Leo. Când te-ai făcut așa de chipeș? Vrei niște vin?

Leo a clătinat din cap în vreme ce lua șervetele de masă.

– Nu beau.

– Hai, atunci, șezi aici și spune-ne. Kate a bătut cu palma în taburetul de lângă ea și i-a făcut semn să vină. Cine-i norocoasa? Cum o cheamă?

– Pe cine?

– Pe iubita ta.

– N-am iubită.

– Dar *trebuie* să ai pe cineva. Haide, spune-ne. Cum o cheamă?

Leo arăta îngrozitor de rușinat. A mormăit ceva neinteligibil și a tulit-o din bucătărie.

– Care-i problema? Uluită, Kate s-a răsucit spre Lana. Să nu-mi spui că n-are pe nimeni! Nu se poate. E *superb*.

– Asta-i părerea ta.

– Păi, chiar este. Ar trebui să și-o tragă nebunește la vârsta lui. Care-i problema? Îți faci griji că e un pic...? A tăcut și i-a aruncat Lanei o privire cu înțeles. *Știi tu.*

– Nu știu. Lana i-a zâmbit întrebător. Ce?

– Păi, cum să zic... *atașat*...

– Atașat? De cine?

– De *cine*? Kate a izbucnit în râs.

– De tine, iubito.

– De mine? Lana părea sincer surprinsă. Nu cred că Leo e atașat în mod special de mine.

Kate și-a dat ochii peste cap.

– Lana. Leo e vrăjit de tine. Întotdeauna a fost.

Lana a îndepărtat ideea cu un gest.

– Dacă este, o să-i treacă când crește. O să-mi pară rău când o să se întâmple asta.

– Crezi că ar putea să fie gay?

Lana a ridicat din umeri.

– Habar n-am, Kate. Și ce dacă este?

– Poate că ar trebui să-l întreb. Kate a zâmbit și și-a mai turnat un pahar, entuziasmându-se treptat. Într-un stil de „soră mai mare“, știi? O să vorbesc cu el în locul tău.

Lana a clătinat din cap.

– Te rog, nu face asta.

– De ce nu?

– Nu cred că ești genul de soră mai mare.

Kate a rumegat afirmația prietenei sale.

– Nu, nici eu nu cred că sunt.

Au râs amândouă.

Chiar atunci am intrat în bucătărie.

– Ce-i așa de distractiv? am vrut să știu.

– N-are importanță, a spus Kate, încă râzând, apoi a ridicat paharul spre Lana. Noroc!

S-a râs mult în seara aceea. Eram o ceată veselă – n-ai fi bănuit că era ultima noastră reuniune.

Poate că te întrebi ce s-ar putea întâmpla în câteva ore, ce ar putea s-o ia razna așa de rău ca să se ajungă la crimă? E greu de spus. Poate cineva să identifice cu precizie momentul în care iubirea se preface în ură? Toate au un sfârșit, știu asta. Mai ales fericirea. Mai ales iubirea.

Iartă-mă, am devenit teribil de cinic. Eram așa de idealist în tinerețe – chiar romantic. Credeam că iubirea durează o veșnicie. Acum nu mai cred. Acum nu mai știu sigur decât un lucru: prima jumătate a vieții este egoism pur; a doua jumătate, doar suferință.

Îngăduie-mă un moment, te rog. Lasă-mă să zăbovesc acolo și să mă bucur de această ultimă amintire fericită.

Am cinat afară, sub stele. Stăteam sub pergolă, la lumina lumânărilor, înconjurați de iasomia cățărătoare cu parfumul ei dulce.

Am început cu aricii-de-mare pregătiți puțin mai devreme de Agathi. Mâncați cruzi, cu o țâșnitură de lămâie, nu m-am prăpădit niciodată după ei, însă dacă închizi ochii și înghiți repede, te poți preface că sunt stridii. Apoi doradă la grătar și felii de friptură, diferite salate și legume cu usturoi – și capodopera, specialitatea lui Agathi, cartofii prăjiți în baie de ulei.

Kate nu prea avea poftă de mâncare, așa că am mâncat eu cât doi, umplându-mi cu vârf farfuria. Am lăudat iscusința lui Agathi, având grijă să evidențiez cu tact și eforturile Lanei. Dar salatele ei sănătoase nu se puteau compara cu cartofii ăia păcătoși, crescuți în pământul roșu al Aurei, aurii și mustind de ulei. A fost o masă perfectă, cina cea de taină.

După aceea ne-am așezat în jurul vetrei. Am pălăvrăgit cu Lana în vreme ce Leo juca o partidă de table cu Jason.

Dintr-odată, Kate a cerut cristalul, iar Agathi s-a dus în casă să-l aducă.

Trebuie să-ți spun de cristal. Avea un statut aproape mitic în familie. Un dispozitiv rudimentar de ghicit care îi aparținuse bunicii lui Agathi și despre care se credea că are calități magice.

Era un pandantiv – un cristal alb aproape opac în forma unui con de pin, prins pe un lănțișor de argint. Țineai lănțișorul în mâna dreaptă, atârnat peste palma stângă, și puneai o întrebare, formulând-o așa încât să se poată răspunde cu „da" sau „nu".

Cristalul răspundea mișcându-se. Dacă mișcarea era de pendulare, în linie dreaptă, răspunsul era „nu". Dacă se rotea, răspunsul era „da". Absurd în simplitatea lui, dar cu o tendință tulburătoare să dea rezultate corecte. Oamenii îl consultau pentru planurile și acțiunile lor – „Să accept această slujbă?", „Să mă mut la New York?", „Să mă mărit cu acest bărbat?" Majoritatea spuneau ulterior – după luni, uneori ani – că previziunea cristalului s-a adeverit.

Kate credea din tot sufletul în magia cristalului, cu acea naivitate copilărească pe care o manifesta uneori. Nutrea convingerea că era un oracol grecesc în toată puterea cuvântului.

L-am consultat pe rând în seara aceea, punându-i întrebările noastre secrete. Jason nu era interesat. Și-a ieșit din fire când Leo l-a bătut la table și, cu o falcă în cer și una în pământ, s-a repezit ca o furtună înapoi în casă.

După ce am rămas între noi, atmosfera a devenit mai prietenoasă. Mi-am rulat un joint. Lana nu fuma niciodată marijuana, dar în seara asta a încălcat o regulă capitală și a tras un fum; la fel și Kate.

Leo și-a adus chitara și a cântat împreună cu Lana o compoziție de-a lui. Era o piesă frumoasă, iar vocile lor calde se completau reciproc. Însă Lana era drogată și tot uita cuvintele. Apoi a apucat-o chicotitul, chestie care mie și lui Kate ne-a părut foarte nostimă – spre marea iritare a lui Leo.

Cât de enervanți trebuie să-i fi părut puștiului serios de șaptesprezece ani! În ochii lui eram niște adulți proști, drogați, care se purtau ca niște adolescenți. Nu ne mai puteam opri din râs, ne agățam unul de altul, ne legănam înainte și înapoi hohotind.

Mă bucur că am această amintire. Noi trei râzând. Mă bucur că e nepângărită.

E greu de crezut că peste douăzeci și patru de ore unul dintre noi avea să fie mort.

12

Înainte să-ți povestesc despre crimă, am o întrebare pentru tine.

Ce vine mai întâi, caracterul sau soarta?

Asta-i întrebarea principală în orice tragedie. Ce are prioritate, liberul-arbitru sau destinul? Cumplitele evenimente de a doua zi au fost inevitabile, dictate de un zeu răuvoitor? Suntem osândiți, sau e nădejde de scăpare?

Întrebarea asta m-a obsedat de-a lungul anilor. Caracterul sau soarta? Ce crezi? O să-ți spun ce cred eu. După ce am chibzuit îndelung, cred că sunt unul și același lucru.

Dar nu trebuie să mă crezi pe mine. Filosoful grec Heraclit a spus:

„Caracterul *este* soarta."

Și dacă Heraclit are dreptate, atunci tragedia care ne aștepta peste câteva ore a fost o consecință directă a caracterelor noastre. Corect? Așadar, dacă *cine ești* determină ce ți se întâmplă, atunci întrebarea reală devine:

Ce determină *cine ești*?

Ce îți determină *caracterul*?

Răspunsul, mi se pare, este că întreaga mea personalitate – valorile și concepțiile mele despre modul în care poți să progresezi, să ai succes, să fii fericit – își are rădăcinile în lumea plină de umbre, uitată, a copilăriei mele, unde caracterul mi-a fost făurit de toate lucrurile la care am învățat să mă conformez ori să mă opun.

Mi-a trebuit mult timp ca să-mi dau seama de asta. În tinerețe am refuzat să mă gândesc la copilărie sau, de altfel, la caracterul meu.

Poate că nu-i surprinzător. Terapeuta mi-a spus odată că toți copiii traumatizați tind, chiar și ajunși la maturitate, să se concentreze exclusiv pe lumea exterioară. Un fel de hipervigilență, presupun. Privim *în afară*, nu înăuntru, cercetăm lumea ca să vedem semnele de primejdie – suntem în siguranță, sau nu? În copilărie suntem atât de îngroziți că am putea stârni mânie, de exemplu, sau dispreț, încât acum, ca adulți, dacă observăm că interlocutorul își stăpânește un căscat sau are o expresie plictisită ori iritată, simțim o dezintegrare lăuntrică înspăimântătoare, oribilă, ca o țesătură roasă care este sfâșiată, și ne dublăm instantaneu eforturile de a câștiga simpatia celorlalți.

Adevărata tragedie este, desigur, faptul că, dacă privim mereu în afară, dacă ne concentrăm atât de intens asupra trăirilor celuilalt, pierdem legătura cu ale noastre. E ca și cum ne-am trăi întreaga viață prefăcându-ne că suntem noi înșine, ca niște impostori care *se dau drept* noi, în loc să simțim că *acesta sunt cu adevărat eu, acesta sunt*.

Iată de ce în ultimul timp fac eforturi sistematice de a mă plasa în centrul experienței. Nu: „Ei se distrează?", ci: „Eu mă distrez?" Nu: „Le place de mine?", ci: „Îmi place de ei?"

Așadar, în spiritul acesta, pun întrebarea: „Îmi place de tine?"

Sigur că-mi place. Ești cam tăcut, dar te pricepi grozav să asculți. Și tuturor ne plac oamenii care se pricep să asculte, nu-i așa? Dumnezeu știe că ne petrecem întreaga viață nefiind auziți.

Am început să fac terapie pe la treizeci și cinci de ani, când am simțit că mă îndepărtasem suficient de trecut ca să pot să-l explorez fără riscuri; să-l privesc pe furiș printre degetele mâinii. Am ales terapia de grup nu doar pentru că era mai ieftină, ci, sincer, pentru că îmi place să mă uit la oameni. Am fost al naibii de singur toată viața; îmi place să fiu în preajma semenilor mei și să-i văd interacționând – într-un spațiu sigur, mă grăbesc să adaug.

Pe terapeuta mea o chema Mariana. Avea ochi negri scrutători, părul negru lung, ondulat – cred că era grecoaică sau pe jumătate grecoaică. Era înțeleaptă și, de cele mai multe ori, foarte blândă. Însă putea să fie și brutală.

Îmi amintesc că odată a zis ceva înspăimântător – m-a dat peste cap pentru mult timp. Privind înapoi, cred că mi-a schimbat întreaga viață.

– Când suntem tineri, a spus Mariana, și speriați – când suntem rușinați și umiliți – se întâmplă ceva. Timpul *se oprește*. Încremenește în acel moment. O versiune a noastră este prinsă în capcană la acea vârstă, pentru totdeauna.

– Prinsă în capcană unde? a întrebat Liz, o membră a grupului.

– Prinsă în capcană *aici*, a zis Mariana bătându-se cu degetul în tâmplă. În mintea ta se ascunde un copil speriat; încă nu e în siguranță, încă e neauzit și neiubit. Cu cât iei mai curând legătura cu acel copil și înveți să comunici cu el, cu atât mai armonioasă o să-ți fie viața.

Probabil aveam un aer sceptic, pentru că Mariana a îndreptat spre mine lovitura de grație:

– La urma urmei, pentru asta te-a crescut, nu-i așa, Elliot? Un trup puternic de adult, ca să ai grijă de el și de interesele lui? Să-l îngrijești, să-l aperi? Rostul tău era să-l eliberezi, dar ai ajuns temnicerul lui.

Ciudată chestie. Să auzi un adevăr pe care l-ai știut dintotdeauna în adâncul tău, dar nu l-ai pus niciodată în cuvinte. Și apoi, într-o bună zi, vine cineva și ți-l spune: „Asta-i viața ta – iat-o, aruncă o privire". Dacă-l auzi sau nu, depinde de tine.

Însă eu am auzit. Tare și limpede.

„Un copil îngrozit prins în capcană în mintea mea. Un copil care nu se dă dus."

Dintr-odată, totul avea sens. Toate sentimentele neplăcute pe care le aveam pe stradă sau în societate, când trebuia să contrazic pe cineva ori să mă afirm, greața care-mi răscolea stomacul, teama să mă uit în ochii interlocutorului – astea n-aveau nimic de-a face cu mine, nimic de-a face cu prezentul. Erau sentimente vechi strămutate în timp. Îi aparținuseră odinioară unui băiețel îngrozitor de speriat, supus atacurilor și incapabil să se apere.

Crezusem că l-am lăsat în urmă de mult. Crezusem că *eu* îmi cârmuiesc viața. Dar greșeam. Încă eram cârmuit de un copil speriat. Un copil care nu cunoștea diferența dintre prezent și trecut – și, ca un călător în timp inconștient, se împleticea veșnic între ele.

Mariana avea dreptate: trebuia să-mi scot copilul din cap – și să mi-l așez în poală.

Așa era mult mai sigur pentru amândoi.

Caracterul *este* soarta. Ține minte asta pentru mai târziu.

Nu uita nici de copil.

Și nu mă refer doar la copilul din mine, ci la copilul din *tine*.

– Știu că vă cer mult dacă vă cer să vă iubiți pe voi înșivă, obișnuia să spună Mariana. Dar a învăța să-l iubiți, sau măcar să vă fie milă de copilul care ați fost cândva este un pas mare în direcția cea bună.

Ai putea râde de asta. Ai putea să-ți dai ochii peste cap. Ai putea crede că-i un îndemn tipic californian, îngăduitor cu sine, plin de autocompătimire. Ai putea spune că ești alcătuit dintr-un aliaj mai dur. Poate că așa e. Însă dă-mi voie să-ți spun ceva, amice: autoironia nu-i decât o apărare împotriva durerii. Dacă râzi de tine însuți, cum te-ai putea lua vreodată în serios? Cum ai putea să simți toate experiențele prin care ai trecut?

După ce l-am văzut pe copilul din mine am început să-i văd pe copiii din alți oameni – cu toții îmbrăcați ca adulții, jucând rolul de adulți. Însă acum știam cum să trec dincolo de spectacol și să-i văd pe copiii speriați de dedesubt. Și când te gândești la cineva ca la un copil e imposibil să simți ură. Apare mila și...

„Mare ipocrit mai ești, Elliot. Un afurisit de mincinos."

Asta ar zice Lana în clipa asta dacă mi s-ar uita peste umăr, citind ce scriu. Ar râde și mi-ar contrazice aiurelile:

„Cum rămâne cu Jason?", ar spune. „Unde-i mila ta față de el?"

Bine punctat! Unde-i mila mea față de Jason?

Am fost nedrept? L-am prezentat într-o lumină falsă? Am strâmbat adevărul, făcându-l dinadins nesuferit?

Se poate. Bănuiesc că empatia mea față de Jason va fi veșnic limitată. Nu pot să văd dincolo de acțiunile lui urâte. Nu pot vedea în inima lui – toate suferințele pe care le-a îndurat în copilărie: lucrurile rele, înjosirile, cruzimile care l-au făcut să creadă că singurul mod în care poți avea succes în viață este să fii egoist, necruțător, mincinos și infidel.

Asta credea Jason că înseamnă să fii bărbat. Însă Jason nu era bărbat.

Nu era decât un copil care se juca de-a prefăcătoria.

Și copiii n-ar trebui să se joace cu arme de foc.

13

Bang, bang, bang.

M-am trezit speriat. Ce mama naibii era zgomotul ăsta?

Păreau împușcături. Cât era ceasul? M-am uitat. Zece dimineața.

Altă împușcătură.

Neliniștit, m-am ridicat în capul oaselor. Apoi l-am auzit pe Jason afară, înjurând enervat pentru că ratase încă o pasăre.

Era Jason la vânătoare, atâta tot.

M-am trântit la loc cu un geamăt. „Of, Doamne, ce fel de a te trezi", mi-am spus.

Și așa am ajuns la ziua crimei.

Ce pot să spun despre acea zi cumplită? Sincer, dacă aș fi știut cum avea să se termine, nu m-aș mai fi dat jos din pat. Așa însă, trebuie să mărturisesc că am dormit buștean, netulburat de vise urâte, de vreo prevestire a ceea ce mă aștepta.

Întotdeauna dormeam bine pe Aura. Insula era atât de liniștită, atât de pașnică, fără bețivani sau camioane de gunoi care să-ți tulbure somnul. Nu, pentru asta a fost nevoie de Jason cu o pușcă.

Când m-am dat jos din pat, dalele reci de piatră mi-au trezit tălpile. M-am dus la fereastră și am tras în lături perdelele. Lumina soarelui s-a revărsat înăuntru.

M-am uitat la cerul senin, la șirurile ordonate de pini înalți, la măslinii albastru cu argintiu, la florile roz de primăvară și la norii de fluturi galbeni. Am ascultat o vreme un cor de cicade și ciripitul păsărelelor, trăgând în piept mirosurile puternice de pământ, nisip și mare. Era splendid. Nu mi-am putut stăpâni un zâmbet.

Cum insula îmi stimula întotdeauna inspirația, am hotărât să lucrez un pic înainte să cobor. M-am așezat la birou, mi-am deschis carnetul și m-am apucat să aștern câteva idei pentru drama pe care o scriam.

Apoi am făcut un duș rapid și m-am dus la parter. Aroma tare a cafelei m-a atras în bucătărie, unde am găsit pe sobă o cafetieră umplută de curând. Mi-am turnat într-o ceașcă.

Nici urmă de ceilalți. M-am întrebat pe unde or fi.

Apoi, privind pe fereastră, i-am văzut afară pe Leo și Lana. Munceau de zor în grădină.

Ajutat de Nikos, Leo săpa o parcelă într-un vechi strat de flori. Nikos făcea cea mai mare parte a muncii, cu haina leoarcă de transpirație. Lana stătea pe vine în apropiere, culegând roșii cherry într-un coș de nuiele.

Mi-am umplut iar ceașca cu cafea și m-am dus la ei.

Am ieșit din casă și am coborât treptele inegale până la nivelul inferior. Pe când treceam pe lângă zidul livezii m-am uitat la șirurile de piersici și meri. Aveau pe crengi flori albe și roz, și printre rădăcini creșteau floricele galbene.

Se părea că primăvara, care încă nu ajunsese în Anglia, era în plină floare pe Aura.

– Bună dimineața! am zis când am ajuns la Leo și Lana.

– Elliot, dragule. Iată ceva dulce cu care să-ți începi ziua, mi-a spus ea vârându-mi între buze o roșioară.

– Nu-s eu destul de dulce? am chicotit cu gura plină.

– Aproape. Nu chiar.

– Mmm.

Roșia era într-adevăr dulce, delicioasă. Am mai luat una din coșul Lanei.

– Ce se întâmplă aici?

– Facem o nouă grădină de legume. Noul nostru proiect.

– Dar ce are cea veche?

– Asta-i pentru Leo. Are nevoie de parcela lui. Acum e vegan, știi, mi-a explicat amuzată.

– Ah, am făcut zâmbind la rândul meu. Ai pomenit de asta, da.

– O să cultivăm *totul.*

Leo gesticula plin de entuziasm spre pământul săpat.

– Aproape totul, l-a corectat surâzătoare mama lui.

– Kale și conopidă, broccoli, spanac, morcovi și ridichi... ce altceva?

– Cartofi, a zis Lana. Ca să nu-i mai furăm pe-ai lui Nikos. Apropo, cei de aseară au fost delicioși. Mulțumesc.

Asta i-a spus-o lui Nikos, zâmbind. El a respins complimentul cu un gest stingherit.

– E loc pentru un pic de marijuana? am întrebat.

– Nu, a spus Leo clătinând din cap. Nu cred.

Lana mi-a făcut semn cu ochiul.

– Vedem noi.

Am aruncat o privire spre casa de oaspeți.

– Unde-i cucoana?

– Încă doarme.

– Și Jason?

Răspunsul, o împușcătură puternică, a venit înainte ca Lana să poată răspunde. Și apoi alta, chiar din spatele casei.

Am sărit ca ars.

– *Fir-ar să fie!*

– Scuze, a zis Lana. E Jason.

– Împușcă oameni?

– Doar porumbei, până acum.

– Asta-i crimă, s-a strâmbat Leo. E un act de violență. E dezgustător și insultător. E *scârbos*.

Vocea Lanei a căpătat o nuanță răbdătoare, dar încordată, dându-mi de înțeles că mai avuseseră această discuție.

– Ei bine, dragule, știu asta, dar lui îi place. Pe deasupra, mâncăm tot ce împușcă, așa că nu se face risipă.

– *Eu* nu mănânc. Aș prefera să mor de foame.

Lana i-a atins brațul aruncându-i o privire rugătoare și a schimbat cu înțelepciune subiectul.

– Leo, poți să faci o minune și să trezești morții? Amintește-i lui Kate că a ei a fost ideea cu picnicul, bine? Agathi a muncit așa de mult pentru asta! A gătit toată dimineața.

Leo a oftat și și-a înfipt hârlețul în pământ. Nu părea încântat de însărcinare.

– Nikos, a zis, terminăm mai târziu, bine?

Grădinarul a încuviințat.

În vreme ce Lana îmi arăta unde vor fi puși bulbii, am aruncat o privire peste umărul ei. Nikos se oprise un moment să-și tragă sufletul și-și ștergea fruntea de sudoare.

Cât de bătrân era Nikos? m-am întrebat. Probabil că nu împlinise cincizeci de ani, dar părul lui cândva negru ca pana corbului era presărat cu alb, fața îi era arsă de soare și cu riduri adânci.

Era un tip bizar. Nu vorbea direct decât cu Agathi și Lana, uneori și cu Leo. Nu-mi adresa niciodată cuvântul, cu toate că vizitasem insula de mai multe ori.

Părea că se teme de mine cumva, ca și cum aș fi fost nedomesticit.

Pe când mă uitam la el, n-am putut să nu observ că o privea țintă pe Lana cu o expresie stranie, foarte intensă și cu totul inconștientă.

Se uita la ea adorator, cu fascinație, având pe buze un zâmbet abia schițat. Părea mai tânăr, aproape un băiețandru.

„Dumnezeule mare!", mi-am zis. „E îndrăgostit de ea."

Nu știu de ce eram surprins. Era perfect logic, dacă stai să te gândești. Pune-te în locul lui, închipuie-ți că ești împotmolit pe o insulă tot anul, lipsit de orice companie, masculină sau feminină, și la câteva luni odată marea îți aruncă pe țărm o zeiță. Sigur că era îndrăgostit de ea.

Cu toții eram. Toți – Otto, Agathi, eu, Jason. Jumătate din lume. Până și Kate i-a căzut în mreje la un moment dat. Iar acum era și Nikos. N-avea nici o șansă în fața farmecelor Lanei, bietul de el. Era vrăjit, ca noi, ceilalți.

După cum știi însă, vrăjile nu durează veșnic. Într-o bună zi, vraja se stinge, farmecul se sfârșește; iluzia încetează.

Și nu mai rămâne absolut nimic.

14

Pe Kate a trezit-o cineva care bubuia în ușă.

S-a frecat la ochi, dezorientată. I-a trebuit un moment ca să-și dea seama unde se afla – pe insulă, în casa de oaspeți. Capul îi zvâcnea. Alt bubuit în ușă a făcut-o să geamă.

– Încetează, pentru numele lui Dumnezeu! a strigat. Cine e?

– Leo. Trezește-te!

– Pleacă de-aici!

– E trecut de unsprezece. Scoală-te, ai întârziat la picnic.

– Care picnic?

Leo a râs.

– Nu-ți aduci aminte? A fost ideea ta. Mama zice să te grăbești.

Kate habar n-avea despre ce era vorba.

Și apoi, vag, încețoșat, a început să-și amintească – planuri supraexcitate, clocite aseară, la beție, să facă un picnic pe plajă. În clipa asta, gândul la mâncare o îngrețoșa fizic.

Leo a bubuit iar.

Kate și-a ieșit din fire.

– Lasă-mă dracului un minut!

– De câte minute ai nevoie?

– Cinci sute de mii.

– Ai cinci. Apoi plecăm fără tine.

– Du-te, *acum*. Pleacă, te rog.

Leo a oftat din greu. Pașii lui s-au îndepărtat.

Cu o înjurătură mormăită printre dinți, Kate s-a ridicat în șezut, aruncându-și obosită picioarele peste marginea patului. Avea capul greu și era amețită. Ce mai, se simțea ca naiba! Ultima parte a serii era în ceață. Spusese ceva ce nu trebuia? Făcuse vreo gafă? Era tipic pentru ea să se dea de gol la beție. Asta nu trebuia să se întâmple. Trebuia să rămână concentrată.

„Tâmpito“, și-a zis, „fii mai atentă.“

A făcut un duș rapid ca să se trezească. O durea capul, dar n-avea nici un paracetamol. Așa că a luat în loc de asta o jumătate de Xanax. N-avea nimic cu care să-l facă să alunece pe gât, în afară de resturile dintr-o sticlă de șampanie de aseară. Simțindu-se mizerabil, și-a vârât între buze o țigară. Apoi a înhățat ochelarii de soare și, gândindu-se mai bine, scenariul de la *Agamemnon.*

Astfel înarmată, Kate a ieșit din casă.

Pe când mergea spre plajă, a trecut pe lângă căsuța lui Nikos.

Clădirea era în deplină armonie cu împrejurimile. Construită din piatră și lemn, avea în fața ușii un cactus verde uriaș ce acoperea în parte un perete. Niște cactuși imenși se înșirau și de-a lungul potecii. Pe alt perete creștea iederă, într-o încâlceală de frunze și tulpini. Un hamac vechi de sfoară era atârnat între doi măslini noduroși, încovoiați.

Kate a încetinit pasul și s-a uitat la casă. Ceva îi atrăsese atenția. Ce era?

Mirosul, sau acel sunet? *Ce era acel zgomot?*

Un zumzet puternic, ca de stup – însă mirosul nu era de miere. Era o duhoare dezgustătoare, insidioasă – așa de oribilă, că mâna i-a zburat în sus ca să-i astupe nările. Puțea a carne stricată; carne putredă, descompunându-se în soare.

Apoi a văzut de unde veneau – și sunetul, și duhoarea. Un nor negru de viespi zumzăia în jurul unei buturugi. Pe buturugă era ce mai rămăsese din trupul însângerat al unui animal mic. Un iepure, poate. Era plin de furnici și viespi care se încăierau pe el, devorându-l.

Cuprinsă de greață, a dat să plece, când a observat pe cineva privind-o de la fereastră.

Nikos, la bustul gol, se uita drept la ea. Fără expresie, sfredelind-o cu ochii lui albaștri.

Înfiorată, Kate a plecat mai departe fără să se mai uite înapoi.

15

Leo ne-a sfătuit să n-o mai așteptăm pe Kate, așa că am pornit spre plajă fără ea. Lana mergea un pic mai în față, încărcată cu prosoape. Leo și cu mine o urmam cărând coșul de picnic greu, fiecare de câte o toartă.

Dintre cele câteva plaje de pe Aura, aceasta era preferata mea. Era cea mai mică; Agathi îi zicea *to diamandi*, „diamantul“, și era o bijuterie, o plajă perfectă în miniatură.

Nisipul era moale, gros și alb ca zahărul. Pinii creșteau până aproape de apă, lăsând să cadă pe nisip un covor frumos de ace verzi care scârțâiau sub tălpi. Marea era limpede ca cristalul acolo unde era puțin adâncă; mai departe devenea verde, acvamarin, turcoaz și, în fine, de un albastru profund, întunecat.

Cu mulți ani înainte, Otto pusese să se construiască o plută de lemn un pic mai în larg – o platformă înălțată care sălta pe valuri și pe care ajungeai cu ajutorul unei scări de frânghie. Adesea înotam până la plută ținându-mi capul deasupra apei, cu o carte între dinți; mă cățăram pe ea și citeam stând lungit la soare.

În dimineața aceea am pus coșul de picnic la umbra unui copac, apoi eu și Lana ne-am dus să înotăm. Temperatura apei era înviorătoare, dar nu prea rece pentru această perioadă a anului. Când Lana a luat-o spre plută, m-am grăbit s-o urmez.

Singur pe plajă, Leo a desfăcut capacul coşului şi s-a uitat înăuntru.

Era, într-adevăr, un ospăţ pregătit de Agathi – legume coapte umplute cu orez şi carne tocată, sarmale în foi de viţă, mai multe feluri de brânzeturi locale, sendvişuri cu somon afumat, cantalupi şi cireşe.

În afară de fructe, nu era nimic vegan pentru Leo. A scotocit abătut prin coş – până ce a găsit pe fund, înfăşurat în folie alimentară pe care scria „L", un mic vraf de sendvişuri cu roşii şi castraveţi pe pâine neagră, fără unt.

„Nu prea apetisant", şi-a zis. Evident, un atac pasiv-agresiv al lui Agathi la cerinţele lui alimentare. Dar mai bine decât nimic, aşa că a luat un sendviş.

Apoi s-a aşezat la umbra unui pin. Şi-a mâncat prânzul citind din *Munca actorului cu sine însuşi*. Adevărul este că-l cam plictisea. Stanislavski se dovedea mult mai greoi decât se aşteptase el, însă era hotărât să persevereze.

Lana încă nu ştia, dar Leo tocmai trimisese cereri de înscriere la câteva şcoli de teatru din Marea Britanie şi Statele Unite. Spera că ea n-o să se supere; pe de altă parte, dată fiind discuţia pe care o purtaseră deunăzi la Londra, nu era prea sigur. Avea de gând să abordeze subiectul în weekend.

„Dacă o să am vreo şansă", şi-a zis, „ţinând seama că Elliot şi Kate îi monopolizează fiecare secundă."

Brusc, o împuşcătură îndepărtată i-a abătut atenţia. Apoi alta.

Leo s-a încruntat. Bietele păsări, să piară numai pentru distracţia psihopatului ăluia! Gândul îl înfuria aşa de tare, încât se temea c-o să ia măsuri drastice.

Poate că ar trebui...

Poate că era vremea să ia poziție, să pună piciorul în prag.

Nimic excesiv – ceva subtil, dar eficient. Dar ce?

Răspunsul i-a venit imediat.

„Armele."

Și dacă Jason descoperea că armele îi dispăruseră – și nimeni nu știa unde sunt? Aveau să-i sară capacele. Avea să-și iasă din minți.

„Da, asta e", și-a spus zâmbind. „Când ne întoarcem în casă o să ascund armele undeva unde n-o să le găsească niciodată. Să-i fie învățătură de minte."

Mulțumit de hotărâre, și-a terminat sendvișul, apoi a lipăit prin nisip înapoi la coș, după cireșe.

16

Jason era singur la ruine. Se dusese acolo cu pușca să facă exerciții de tragere.

Ținta era o conservă. Stătea în echilibru pe una dintre coloanele dărâmate și până în clipa aceea rămăsese neatinsă.

Se bucura să fie singur. Chiar și în momentele bune, pălăvrăgeala stupidă a prietenilor Lanei îl enerva. Iar acum, când avea atâtea pe cap, era aproape insuportabilă.

Tocmai atunci o păsăruică, un porumbel gulerat, a poposit pe una dintre coloanele sparte. Părea să nu-și dea seama că e cineva acolo. Jason și-a încleștat mâinile pe pușcă. „Bine", și-a zis. „Concentrează-te."

A țintit cu atenție și...

– Jason.

Cu atenția abătută, a tras – dar pe alături. Pasărea a zburat nevătămată. El s-a răsucit furios.

– Am în mâini o pușcă, pentru numele lui Dumnezeu! Nu te furișa așa!

Kate a zâmbit.

– N-o să mă împuști pe mine, iubire.

– Nu paria pe asta. Jason a privit peste umărul ei. Unde-s ceilalți?

– Tocmai am plecat de pe plajă. Ceilalți sunt în casă, fac duș. Nu m-a văzut nimeni, dacă asta vrei să întrebi.

– Ce faci? De ce ești aici?

– M-a invitat Lana, a spus Kate ridicând din umeri.
– Ar fi trebuit să refuzi.
– N-am vrut să refuz. Voiam s-o văd.
– De ce?
– E prietena mea.
– Oare?
– Da. Pari să uiți asta uneori. Kate s-a așezat pe o placă de marmură de pe jos și și-a aprins o țigară. Trebuie să vorbim, a zis peste câteva clipe.
– Despre ce?
– Despre Lana.
– Nu vreau să vorbesc despre Lana.
– Știe, Jason.
– Poftim? Uimit, a îngăimat: I-ai spus?
Kate a clătinat din cap.
– Nu. Dar știe. Îmi dau seama.
Jason a cercetat o secundă fața lui Kate. Spre ușurarea lui, a hotărât că vorbise în dodii. Ca de obicei, era melodramatică.
– E doar imaginația ta.
– Ba nu.
În tăcerea care se lăsase, Jason și-a făcut de lucru cu pușca din mână. Când a vorbit din nou, vocea avea alt ton, unul bănuitor.
– Ai face bine să nu spui nimic, Kate. Vorbesc serios.
– E o amenințare? Kate a aruncat țigara și a strivit-o cu piciorul. Dragule, ce romantic!
Jason s-a uitat în ochii ei negri strălucitori, care aveau o expresie rănită. Aspectul lor sugera că băuse, dar nu era beată, nu așa cum fusese în ajun.

De asemenea, își vedea chipul oglindit în ochii lui Kate. Fața lui nefericită. Oare s-a gândit preț de o clipă să lase garda jos? Oare aproape a căzut în genunchi, și-a îngropat capul în poala lui Kate – și și-a lepădat povara de pe piept, spunându-i adevărul despre încurcătura groaznică în care se afla? Mărturisindu-i că jongleria cu banii altora se prăbușise, că toate mingile îi căzuseră printre degete, că avea nevoie de o uriașă infuzie de fonduri, bani pe care el nu-i avea, dar, în mod crucial, îi avea Lana – și că fără ei era aproape sigur că va ajunge la pușcărie?

Gândul că urma să fie închis ca o pasăre în colivie i-a întețit bătăile inimii. Ar fi făcut orice ca să împiedice asta. Era speriat ca un băiețel, voia să plângă până-i secau lacrimile. A reușit să se abțină însă.

În loc de asta, a rezemat pușca de o coloană, s-a aplecat, a cuprins-o pe Kate de talie și a tras-o în picioare.

S-a înclinat în față și a sărutat-o pe buze.

– Nu face asta, a șoptit ea. N-o face.

A încercat să se desprindă, însă el a strâns-o mai tare și a sărutat-o din nou.

De data asta, Kate l-a lăsat.

Pe când se sărutau, Jason a avut o senzație – un soi de al șaselea simț, poate? – că erau observați.

„E Nikos? Se uită la noi?"

S-a tras în spate și s-a uitat în jur. Dar nu era nimeni. Doar copacii și pământul. Și soarele, desigur – alb, strălucitor, orbindu-l cu văpaia lui.

17

Vremea a început să se schimbe aproape imediat.

Soarele a dispărut după un nor, scăldându-ne într-o penumbră mohorâtă. Iar briza, care-și luase avânt toată ziua, la început o șoaptă și acum un vaier, s-a năpustit furibund dinspre mare, năvălind peste pământ, zguduind tufe și arbuști, făcând frunzele țepoase ale cactușilor să zdrăngănească și crengile să se legene și să scârțâie.

Conform tradiției, plănuiam să ne aventurăm până la Mykonos, ca să cinăm la restaurantul Yialos. Deși Agathi ne-a avertizat să n-o facem, din pricina vântului, am hotărât să mergem totuși. Jason a susținut că ieșise cu barca cu motor pe o vreme și mai rea ca asta. Cu toate astea, mă simțeam un pic tulburat, așa că, înainte să pornim prin seara întunecată și vântoasă, m-am gândit să trag o dușcă zdravănă ca să-mi fac curaj.

M-am dus în living să cercetez băuturile din bufet, cu toate că termenul „bufet“ era o minimalizare.

Barul acela avea orice ți-ar fi trebuit: shakere, linguri, teluri și tot soiul de accesorii, băuturi scumpe și mixere, lămâi verzi, lămâi galbene, măsline, un frigider pentru vin și un mic congelator pentru gheață. Cu așa niște ingrediente perfecte, cum să rezist ispitei de a-mi face un martini?

Trebuie să spun că am idei stricte despre cum se prepară un martini. În mod discutabil, prefer vodca, nu ginul. Trebuie să fie rece ca gheața și *extrem* de sec. Vermutul își are originea la Milano, și, potrivit unei glume faimoase de-ale lui Noël Coward, un martini are voie să se apropie de vermut numai cât înclini paharul în direcția generală a Italiei. Sunt de acord, și am avut grijă să pun doar un strop sau doi, pentru un *susur* de vermut și nimic mai mult. Din fericire, acesta era un vermut excelent - franțuzesc, nu italienesc - și ținut la frigider, așa cum se cuvine.

Apoi am desfăcut o sticlă de vodcă. Am azvârlit niște gheață în shaker și m-am pus pe treabă. Peste câteva clipe am turnat lichidul alb rece, gros într-un păhărel triunghiular. Am înfipt o țepușă de argint într-o măslină și am pus-o ușurel în margine, apoi am ridicat băutura în lumină și am admirat-o.

Era într-adevăr *martiniul perfect*, m-am felicitat singur. Îl duceam la buze când m-am oprit, cu atenția abătută de o priveliște foarte ciudată.

În spatele meu, reflectat în oglinda de pe ușa barului, l-am văzut pe Leo, care se furișa pe lângă ușa livingului cu brațele pline de arme.

Am pus jos paharul și m-am dus la ușă. M-am uitat afară.

Leo a cărat armele până la capătul culoarului, unde se afla o ladă mare de lemn chiar lângă ușa bucătăriei. A deschis-o cu o mână, apoi a pus cu grijă armele înăuntru. Le mânuia cu neplăcere, ca și cum ar fi mirosit urât. A închis capacul.

A stat acolo o vreme, privindu-și isprava. Părea mulțumit. Apoi a plecat în pas săltat, fluierând în surdină.

După un moment de ezitare, am ieșit din living și am mers pe culoar ca să mă uit la ce numea Jason „magazia de arme". Era o cămăruță inutilă din apropierea ușii din spate; înainte fusese un fel de vestiar pentru încălțări pline de noroi și umbrele, fiind rareori folosită în acest climat uscat. Jason o golise, montase rastele pentru puști și-și depozitase acolo accesoriile de vânătoare. Avea patru arme de foc: o carabină, o pușcă semiautomată și două pistoale.

Toate rastelele erau goale.

Am început să râd pe înfundate. Lui Jason n-avea să-i placă asta *deloc*. Avea să-i sară țandăra. Oricât aș fi savurat ideea, știam că nu pot lăsa lucrurile așa. Oare trebuia să-i spun Lanei? Am hotărât să rumeg dilema în timp ce-mi beam cocktailul.

M-am întors în living la martiniul meu perfect. Am descoperit însă că se încălzise, pierzându-și toată savoarea.

Era o decepție, ce mai încoace și-ncolo.

18

Pe drum spre restaurant, atmosfera de la bord era încordată.

Încruntat, cu o expresie încăpățânată, Jason încerca să cârmească barca printre valurile mari și negre. Lana era tăcută și nu părea fericită. M-am întrebat dacă se certaseră. Kate, care ședea alături de Lana, arăta și ea morocănoasă, fumând țigară de la țigară cu ochii ațintiți la valuri.

Eu eram singurul binedispus. Deja dădusem pe gât două martiniuri și așteptam cu mare nerăbdare cina. Ca să nu călătorim într-o tăcere jalnică, m-am răsucit spre Leo, care ședea lângă mine. A trebuit să strig ca să mă fac auzit peste zgomotul vântului.

– Așadar, Leo. Ce-am auzit, că vrei să fii actor?

Leo mi-a aruncat o privire surprinsă.

– Cine ți-a spus?

– Mama ta, firește. Adevărul e că nu mă miră.

– Nu? a zis el bănuitor. De ce?

– Păi, știi vorba veche. I-am făcut cu ochiul. „Așchia nu sare departe de trunchi."

Am râs, dar Leo s-a încruntat.

– E o glumă? Nu pricep.

Mi-a aruncat o privire suspicioasă, apoi s-a întors să se uite la insula care strălucea în depărtare.

– Aproape am ajuns, am zis. Superb, nu-i așa?

„Superb“ este cuvântul potrivit. Sosirea la Mykonos seara este o experiență încântătoare, aproape halucinantă. Când te apropii, insula scânteiază de luminițe albe, îngăduindu-ți să vezi clădirile văruite impecabil care se ridică și coboară pe arcuirile dealurilor.

Yialos înseamnă „malul apei“. Nume potrivit, restaurantul fiind pe dig. Am debarcat la pontonul privat. Am fost ușurat să cobor de pe barca legănătoare și să pășesc pe uscat. Am pornit cu toții pe trepte spre restaurant.

Era un loc pitoresc: de-a lungul țărmului se înșirau mese cu fețe de masă de in, albe, luminate de felinare atârnate în crengile măslinilor. Se auzeau valurile lovind digul de piatră.

De cum ne-a văzut, Babis s-a repezit la noi și a pocnit din degete spre turma de chelneri, toți cu mănuși și papion și jachete sclipitor de albe. Oamenii de la mese s-au întors spre noi și s-au uitat lung. L-am simțit pe Leo foindu-se lângă mine; deși ar fi trebuit să se obișnuiască, nu-i plăcea să atragă atenția – cine l-ar putea învinui? –, iar în seara asta chiar n-avea cum să scape.

Yialos era un restaurant de fițe, cu prețuri exagerate, care servea o clientelă sofisticată și foarte înstărită. Cu toate acestea, neașteptata apariție a Lanei de pe apă, ca nașterea unei Afrodite moderne, îi pusese pe toți pe jar. Atât ospătarii, cât și clienții se holbau la ea încremeniți.

În seara aceea, Lana era luminoasă, cu diamante sclipindu-i în păr, la urechi și în jurul gâtului. Purta o rochie albă, simplă, dar scumpă, perfect ajustată pe trup, care o făcea să scânteieze ca o creatură de basm. Nu puteai să nu te minunezi de spectacol, într-adevăr. Apoi, ca să pună capac, un băiețel de șapte-opt ani s-a dus la ea șovăielnic. Fusese trimis de părinți. Băiatul i-a întins sfios șervețelul și a rugat-o să-i dea un autograf.

Lana a zâmbit și s-a supus cu grație, semnându-se pe șervețel cu stiloul lui Babis. Apoi s-a aplecat și a pupat obrăjorul băiatului. El s-a înroșit ca racul. Tot restaurantul a izbucnit spontan în aplauze încântate.

În tot acest timp, Kate stătuse în picioare lângă mine. O simțeam tot mai iritată. Furia radia din ea ca fierbințeala trupului.

Este ceva ce ar trebui să știți despre Kate: era colerică, lucru bine cunoscut de colegii din teatru, care, cu toții, fuseseră la un moment dat ținta unuia dintre accesele ei de mânie. Odată stârnită, furia ei era înspăimântătoare, incandescentă și incendiară – până se stingea de la sine. Apoi, pe Kate o cuprindeau remușcările și dorea cu disperare să dreagă răul făcut, ceea ce, din nefericire, nu era întotdeauna posibil.

În acele momente o simțeam tot mai turbată. Îmi dădeam seama că accesul de furie o orbea. Când i-am prins privirea, părea gata să facă moarte de om.

În cele din urmă a spus tare, într-o șoaptă teatrală care n-a scăpat nimănui.

– Nu vrea nimeni autograful *meu*? Bine. *Atunci vă bag undeva pe toți.*

Babis părea îngrozit. Hotărând la iuțeală că fusese o glumă, a scos un hohot de râs răsunător și ne-a condus la masa noastră. Se gudura în așa un hal pe lângă Lana, încât mai avea puțin până să se rostogolească la picioarele ei.

La masă, Kate a făcut un întreg spectacol trăgându-și singură scaunul și așezându-se înainte ca un chelner să apuce s-o ajute.

– Nu, mersi, amice, i-a spus acestuia. N-am nevoie de ajutor. Nici un tratament special pentru mine. Nu sunt *vedetă de cinema*. Doar o persoană obişnuită.

Şi Lana a refuzat să fie ajutată când s-a aşezat pe scaun. A zâmbit.

– Şi eu sunt o persoană, Kate.

– Nu, nu eşti. Kate şi-a aprins o ţigară şi a scos un oftat lung, teatral. Of, Doamne! Nu te *scârbeşte* niciodată?

– Ce să mă scârbească?

– *Asta*, a zis Kate arătând spre celelalte mese. Nu poţi să cinezi fără cinci sute de oameni care aplaudă?

Lana a deschis meniul şi a început să-l studieze.

– Nici vorbă de cinci sute. Doar câteva mese. S-au bucurat. Nu m-a costat mult să le fac pe plac.

– Ei bine, m-a costat pe mine.

– Zău? Lana a ridicat privirea. Zâmbetul îi şovăia. Te-a costat chiar aşa de mult, Kate?

Fără s-o bage în seamă, prietena ei s-a răsucit spre Babis.

– Am nevoie de o băutură. Şampanie?

– Desigur. Babis s-a înclinat şi a privit-o pe Lana. Şi pentru doamna?

Lana n-a răspuns; a părut că nu-l aude. Se uita în continuare la Kate cu o expresie ciudată, nedumerită.

Leo a înghiontit-o uşor.

– Mamă? Putem comanda, te rog?

– Da, a zis Jason. Pentru numele lui Dumnezeu, hai să terminăm odată mascarada asta.

– Staţi o clipă, am intervenit înălţându-mi privirea din meniu. Încă nu ştiu ce vreau. Ador să comand în restaurantele greceşti, voi nu? Vreau *tot* – toate cele şaptezeci şi cinci de feluri.

Asta a făcut-o pe Lana să zâmbească şi să-şi vină în fire. A comandat pentru toţi cei de la masă.

Trebuie spus că una dintre cele mai adorabile calități ale ei era felul în care comanda la restaurante – excesiv de generos, de obicei mult prea mult; și întotdeauna insista să plătească nota, ceea ce, după părerea mea, o făcea să fie gazda perfectă. A ales câteva sosuri și salate, calamari și homari prinși de localnici, chiftele și piure de cartofi, precum și specialitatea casei, un biban-de-mare uriaș, copt în crustă de sare fierbinte, pe care a spart-o Babis la masă: deopotrivă spectaculos și delicios.

După ce a luat comanda, Babis s-a ploconit adânc și le-a ordonat chelnerilor să ne aducă mâncarea și băuturile. A apărut șampania, câte un pahar pentru fiecare, în afară de Leo.

– Aș vrea să țin un toast, am spus ridicând paharul. Pentru Lana. Ca să-i mulțumesc pentru incredibila generozitate și pentru...

Kate a fornăit, dându-și ochii peste cap.

– Nu particip la spectacolul ăsta.

– Scuze? M-am încruntat. Nu pricep.

– Pune-ți mintea la contribuție. Kate a dat pe gât șampania, apoi a adăugat: Petreci de minune, nu? Te distrezi?

Am descoperit surprins că eu eram ținta sarcasmului ei. Când am privit-o în ochi, am văzut furie arzătoare.

Se părea că nimerisem fără să vreau în linia ei de tragere. O privire rapidă spre Lana mi-a spus că și ea observase. I-am zâmbit liniștitor, ca să arăt că mă pot descurca singur, apoi m-am răsucit la loc spre Kate.

– Da, mă distrez, mulțumesc. Mă simt minunat.

– Oh, bine. Kate și-a aprins o țigară. Îți place spectacolul?

– Foarte mult. După un început greoi, ia un avânt grozav. Abia aștept să văd finalul. Bag mâna-n foc că ai plănuit ceva cu adevărat spectaculos.

– O să fac tot ce-mi stă în puteri. Ești un public perfect. Cu un zâmbet amenințător, Kate a continuat: Întotdeauna veghezi – nu-i așa, Elliot? Întotdeauna uneltești. Ce se petrece în mintea ta îngustă? Hmm? Ce intrigi pui la cale?

Nu știam de ce mă ataca în felul ăsta. Mă îndoiam c-o știa ea însăși. N-avea nici un motiv să fie supărată pe mine, mi-am zis – probabil mă folosea drept sac de box închipuindu-și că n-o să ripostez. Ei bine, se înșela. Dacă am învățat un lucru, acela este că trebuie să-ți aperi drepturile.

„Nimănui nu-i place un preș“, spunea Barbara West. „Lumea doar își șterge picioarele pe el.“ Și, Dumnezeu e martor, Barbara m-a călcat în picioare ani în șir. E o lecție pe care am învățat-o pe pielea mea.

– În seara asta ești tare prostdispusă, Kate, am zis sorbind din șampanie. Ce se întâmplă? De ce ești hotărâtă să strici atmosfera?

– Chiar vrei să-ți răspund? Pot, dacă dorești.

– Kate, a spus Lana cu voce joasă. Încetează! Imediat.

Cele două femei s-au măsurat din priviri. Ochii Lanei spuneau că se săturase. Spre surprinderea mea, intervenția a dat roade; fără chef, Kate a bătut în retragere.

Apoi a făcut o mișcare bruscă – și o fracțiune de secundă m-am gândit că era pe cale să se repeadă peste masă la mine sau la Lana, sau să comită un gest la fel de nebunesc, însă n-a făcut-o.

S-a ridicat cu o smucitură, nesigură pe picioare.

– Mă... trebuie să merg la baie.

– Te duci să-ți pudrezi nasul? am întrebat.

Fără să răspundă, a plecat mânioasă.

M-am uitat la Lana.

– Ce naiba a apucat-o?

– Nu ştiu. E beată, a zis Lana ridicând din umeri.

– Nu-i numai asta. Nu-ţi face griji! Presimt că o să se întoarcă de la baie într-o dispoziţie mult mai bună.

Greşeam. Kate s-a întors la masă într-o dispoziţie mult mai proastă. Era clar drogată, agitată, cu chef de ceartă – nu doar cu mine, putea fi oricare dintre noi.

Leo şi Jason şi-au ţinut cu înţelepciune capetele aplecate şi au mâncat repede. Voiau să plece cât mai repede cu putinţă. Dar felurile continuau să vină, păreau că nu se mai sfârşesc, aşa că m-am concentrat pe mâncare.

Bănuiesc că am fost singurul care a savurat cina. Lana doar ciugulea din farfurie. Kate nu s-a atins de nimic – doar a fumat şi a băut, aruncând priviri răuvoitoare în jurul mesei. După o lungă tăcere stânjenitoare, Lana a încercat să-i abată atenţia cu un compliment.

– Îmi place eşarfa pe care o porţi. E o nuanţă superbă de roşu.

– E un *şal*.

Kate l-a aruncat dispreţuitoare peste umăr, apoi a spus o poveste lungă, afectată, despre şalul pe care i-l făcuse o orfană din Bangladesh drept mulţumire că o ţinuse la şcoală.

– Nu-i *în vogă*, aşa că ştiu că nu te-ai atinge de el, dar eu îl ador.

– De fapt, cred că e foarte frumos. Lana a întins mâna şi a pipăit marginea. Ce lucru delicat! E foarte talentată.

– Ce e mai important e că e *deşteaptă*. O să se facă doctoriţă.

– Mulţumită *ţie*. Eşti minunată, Kate.

Această încercare de a o domoli pe Kate era ca măgulirea unui copil ţâfnos – „Oh, ce deştept eşti, bravo" –, un gest stângaci al Lanei. Dar îmi dădeam seama că schimbarea bruscă a lui Kate o tulburase. Pe noi toţi, de altfel.

Dacă ar trebui să aleg un moment din acel weekend în care totul a mers prost, a fost acela, la restaurant. Cumva, am trecut peste un hotar vag şi am navigat dintr-un loc normal într-un teritoriu neexplorat: într-un ţinut neprietenos, întunecat, din care nu te puteai întoarce în siguranţă.

Tot timpul cât am stat acolo am auzit vântul jeluindu-se pe apă. Se tot înteţea; feţele de masă fluturau, lumânările se stingeau. Sub noi, valuri mari şi negre se loveau cu putere de dig.

„Am face bine să plecăm curând", mi-am zis. „Altfel o să avem probleme la întoarcere."

Am prins cu mâna dreaptă şervetul alb de in şi l-am legănat peste marginea zidului, deasupra apei. Mi-am desfăcut degetele şi i-am dat drumul...

Vântul mi l-a smuls din mână. Şervetul a dansat o clipă pe cerul nopţii.

Apoi a fost înghiţit de întuneric.

19

Așa cum prevăzuse Agathi, vântul a fost mai aprig la întoarcere.

Barca se clătina peste valuri negre uriașe în vreme ce vântul ne împroșca cu spumă sărată. Drumul părea că nu se mai sfârșește. Când am ajuns în casă, în sfârșit, eram zdruncinați și uzi leoarcă.

Mereu amabil, Leo ne-a adus tuturor prosoape. Pe când ne ștergeam, Jason a făcut o încercare slabă de a pune capăt serii. Un gest preventiv, s-ar putea spune. Sincer, ar fi trebuit să aibă mai multă minte. Orice încercare de-a o „ține în frâu“ pe Kate, de-a o trimite la culcare ca pe un copil neascultător, era sortită eșecului. Kate nu era genul de persoană care să poată fi ținută în frâu.

– E destul pentru seara asta, ce credeți? a zis Jason. Sunt frânt.

– Nu încă, i-a replicat Kate. Mai beau ceva înainte de culcare.

– N-ai băut destul?

– Nu. Drumul ăla cu barca m-a trezit de-a binelea. Mai am nevoie de un pahar.

– Bună idee, am zis. Și eu. Porție dublă din ce-o fi, vă rog.

Am ieșit prin ușile de sticlă pe verandă. Era un loc pe care-l foloseam adesea, mai ales că zidul de piatră din jur oferea protecție contra vântului: avea canapele, măsuțe de cafea, o vatră și un grătar. Am făcut focul și mi-am aprins la flacără capătul țigării cu marijuana, pe care o rulasem sperând să repet distracția din seara trecută. Dar vai, cât de departe părea acum. Ca în altă viață.

Leo m-a urmat afară. A făcut semn cu capul spre țigară.

– Pot să trag un fum?

Am fost un pic surprins de cerere. El nu bea alcool și credeam că nu e de acord cu marijuana. Am chibzuit.

– Hmm. Presupun că ești destul de mare.

– Am aproape optsprezece ani. *Toți* prietenii mei fumează marijuana. Nu-i mare scofală.

– Să nu-i spui mamei tale. Când i-am dat țigara am făcut semn cu capul spre Kate, în living. În locul tău, n-aș sta prin preajmă. În afară de cazul în care te ispitește un loc în apropierea ringului.

Leo a încuviințat din cap. A dus țigara la buze și a tras adânc în piept. A ținut un moment fumul în plămâni, după care i-a dat drumul încet, reușind să nu tușească, ceea ce m-a impresionat. Mi-a înapoiat țigara.

Apoi, fără să mai zică nimic, s-a răsucit pe călcâie și a coborât treptele de piatră, îndepărtându-se de casă.

„Un băiat deștept", mi-am zis. Să înfrunți furtuna era infinit mai sigur decât să faci față stării de spirit a lui Kate în acel moment.

– Ai grijă, am strigat după el. Vântul se întețește!

Leo n-a răspuns. Doar și-a continuat drumul.

20

Leo se îndrepta spre mare ca să se uite la valuri, în vreme ce vântul ataca țărmul. A luat-o pe cărarea șerpuită până pe plajă.

Drogul își făcea acum efectul. Simțurile îi erau mai ascuțite. O furnicătură delicioasă. Cu toate că respingea alcoolul – la urma urmei, își petrecuse copilăria observându-i cele mai rele efecte asupra prietenilor mamei sale –, devenise curios în privința marijuanei. Profesorul lui de teatru de la școală, Jeff, față de care Leo avea o admirație profundă, zicea că drogul le este prielnic actorilor:

– Descuie încăperi din minte. Marijuana deschide ușile unor încăperi care trebuie să fie explorate.

Asta suna fascinant – creativ și inspirator. Leo nu încercase pur și simplu pentru că nu i se ivise ocazia. Mințise când spusese că toți prietenii lui se drogau. Leo n-avea prea mulți prieteni, iar cei pe care-i avea erau la fel de responsabili și respectau legile la fel de mult ca el. Eu eram singurul depravat din viața lui.

„Unchiul Elliot cel păcătos.“ Un tip cumsecade, mereu dornic să-ți facă un serviciu.

Din păcate, ceea ce simțea Leo în clipa aceea, după ce trăsese un fum, nu putea fi descris ca revelație. Era binedispus și îi plăcea senzația vântului care i se repezea printre degete şi prin păr. Dar nimic altceva, nimic profund sau spiritual.

Şi-a scos pantofii şi i-a lăsat pe nisip, apoi a început să meargă desculţ prin valurile rostogolite pe ţărm, cu vântul şuierându-i în urechi.

Tot mergând, a pierdut noţiunea timpului – părea că a dispărut, ca şi cum l-ar fi suflat furtuna. Se simţea ciudat de liniştit; împăcat cu vântul şi cu valurile care învolburau apa.

Apoi, dintr-odată, un nor negru a ajuns în dreptul lunii şi a zăbovit acolo. Totul fusese aruncat în beznă, ca şi cum luminile ar fi fost stinse.

Leo a simţit ceva în spate. O pereche de ochi în ceafă – şi o senzaţie stranie care i se târa pe gât în sus, făcându-l să se cutremure.

S-a răsucit, dar n-a văzut pe nimeni. Numai plaja pustie şi copacii negri tremurând în vânt. Nu era nimeni acolo. A dat să se întoarcă la loc – când l-a văzut.

Era chiar la marginea plajei dinspre uscat, în umbra copacilor. Ce era? Nu părea cu totul omenesc. S-a uitat atent, încercând să înţeleagă ce vedea. Era un soi de animal? Picioarele erau de capră, sau aşa ceva – dar avea o postură verticală. Iar pe cap... erau coarne?

Leo şi-a amintit de stafia legendară a insulei. Asta să fie oare? Sau era ceva mai sinistru? Ceva rău... un soi de *diavol*?

În clipa aceea a avut o presimţire înspăimântătoare. Ştia, cu o siguranţă deplină, că foarte, foarte curând era pe cale să se întâmple un lucru groaznic, ceva cumplit şi mortal, pe care n-avea cum să-l împiedice.

„Termină. Eşti drogat şi paranoic", şi-a zis. „Asta-i tot."

A închis ochii şi i-a frecat, încercând să şteargă ceea ce văzuse. Apoi, slavă Domnului, vântul i-a venit în ajutor, suflând norii din fața lunii. Lumina s-a revărsat asupra scenei ca un reflector, topind pe loc fantezia tânărului.

S-a dovedit că nu erau decât niște crengi încâlcite prin frunziș. Imaginația exagerată a lui Leo unise punctele între ele și alcătuise un diavol. Nu era adevărat, doar o iluzie a luminii. Și totuși, se speriase îngrozitor.

În clipa următoare și-a încleștat mâinile pe burtă. A gemut.

Brusc, îi era rău.

21

În vreme ce noi eram la restaurant, Agathi curățase cei doi porumbei amărâți pe care Jason îi împușcase după-amiază.

Se așezase la masa din bucătărie și începuse munca înceată, răbdătoare, de jumulire a păsărilor. Făcea asta din copilărie, când bunica îi arătase cum să procedeze. La început nu voise să învețe – părea neplăcut, chiar respingător.

„Nu fi prostuță, copilă“, a zis bunica, luând mâinile lui Agathi și apăsându-le pe pasăre. „Nu-i plăcut, moale sub degete?“

Avea dreptate, așa era – și pe când smulgea penele și savura senzația, mișcarea ritmică, alinată de amintirea lui *yiayia*, Agathi a intrat într-o transă de meditație, ascultând vântul. Vântul acela era ca urgia lui Dumnezeu. Apărut din senin, ca un fulger pe cerul fără nori. Fără nici un avertisment. „Furia“, așa îi spunea bunica. Și avea dreptate.

Agathi și-a amintit cum bătrâna privea furtunile pe fereastra bucătăriei. Bătea din palme încântată, aplauda în vreme ce crengile erau smulse din copaci și azvârlite prin aer. În copilărie Agathi credea că bunica era cumva răspunzătoare de furtunile violente; că ea le chema cu o vrajă, cu una dintre fierturile misterioase care făceau bulbuci pe sobă.

Dintr-odată, ochii lui Agathi s-au umplut de lacrimi. Îi era cumplit de dor de ea – ar fi dat orice ca să fie iar cu bătrâna vrăjitoare, să se cuibărească în brațele acelea osoase.

„Încetează“, și-a zis. „Nu te mai gândi atâta la trecut.“

Ce-o apucase? Și-a regăsit stăpânirea de sine și și-a șters lacrimile din ochi, lăsând pe obraji puf și urme de pene. Era obosită, și-a zis, asta era tot. După ce a terminat de jumulit păsările, și-a făcut un ceai și s-a dus la etaj să se culce.

Voia să adoarmă înainte ca familia să se întoarcă de la restaurant. Anii de experiență îi ascuțiseră flerul, iar acum simțea că plutește ceva în aer. Dacă urma să se petreacă o dramă, nu voia să aibă nimic de-a face cu asta.

Până la urmă, Agathi a adormit de cum a pus capul pe pernă. Ceaiul de mentă a rămas pe noptieră, neatins.

Nu știa prea bine ce o trezise.

La început, adormită, a devenit conștientă de niște voci la parter – voci înăbușite care s-au ridicat într-o ceartă. Apoi a visat că Jason o căuta pe Lana, strigând-o.

Brusc, Agathi și-a dat seama că nu era vis. Era real.

– Lana! a strigat Jason.

Agathi a deschis ochii, trezindu-se pe loc. A ascultat atent, însă n-a mai auzit strigăte. Doar tăcere.

S-a dat jos din pat, s-a furișat până la ușă și a întredeschis-o. S-a uitat afară.

Într-adevăr, la capătul coridorului l-a văzut pe Jason. Ieșea din dormitorul Lanei.

Apoi Kate a urcat pe scară. Ea și Jason au vorbit cu voci joase, de-abia auzite. Agathi a ciulit urechile.

– N-o găsesc pe Lana, a zis Jason. Sunt îngrijorat.

– Cum rămâne cu *mine*?

– N-ai avut parte de destulă atenție pentru o seară? Jason i-a aruncat lui Kate o privire încărcată de dispreț. Du-te la culcare...

A încercat să treacă de ea și s-au încăierat un moment. El a azvârlit-o deoparte poate cu prea multă forță decât avusese de gând. Kate s-a dezechilibrat și s-a încleștat de balustradă.

– Ești penibilă, a zis Jason.

Agathi a închis ușa fără zgomot. A stat acolo o vreme, simțindu-se neliniștită. Instinctul o îmboldea să-și pună capotul și să plece în căutarea Lanei. Și totuși o reținea ceva. Era mai bine să nu se amestece. „Culcă-te la loc“, și-a zis.

De-a lungul anilor mai fuseseră astfel de scene dramatice, adesea implicând-o pe Kate, și întotdeauna se rezolvau prietenește a doua zi dimineață. Fără îndoială, lui Kate avea să-i treacă beția, avea să-și ceară scuze pentru orice o fi făcut. Lana avea s-o ierte.

Totul avea să continue ca înainte.

„Da“, și-a zis Agathi căscând. „Du-te la culcare și gata.“

S-a întins în pat și a încercat să adoarmă. Însă vântul tot izbea obloanele de zid, împiedicând-o să adoarmă profund.

În cele din urmă s-a dat jos din pat și a închis obloanele. După asta a dormit buștean vreo oră – poate mai mult –, până ce somnul i-a fost întrerupt iarăși.

Obloanele se izbeau de zid:

Bang, bang, bang.

Când a deschis ochii și-a dat seama că nu puteau să fie obloanele, întrucât le închisese. I-a trebuit o clipă ca să priceapă ce auzise.

Erau împușcături.

Inima îi galopa când s-a repezit afară din dormitor, a coborât la parter și a ieșit în fugă pe ușa din spate.

Deși vântul era aprig, aproape că nu l-a băgat în seamă. A auzit pași în apropiere, tălpi goale izbind pământul, dar nu s-a uitat în jur. S-a concentrat pe fugă, gonind în direcția sunetului.

Trebuia să ajungă acolo, trebuia să-și demonstreze că era doar o închipuire, că se înșela, că nu se întâmplase nimic groaznic.

În cele din urmă a ajuns la luminișul de dincolo de crângul de măslini, unde se aflau ruinele.

Pe pământ era un trup.

Trupul unei femei - într-o baltă de sânge. Fața era în umbră. Trei găuri de gloanțe pe pieptul rochiei. Un șal roșu-închis pe umeri; un roșu care se înnegrea, înmuiat în sânge.

Leo ajunsese acolo puțin înaintea lui Agathi. S-a uitat la corp, ca și cum ar fi avut nevoie să se asigure cine era, apoi a scos un țipăt oribil, sugrumat.

Apoi am ajuns eu - odată cu Jason. M-am dus repede și am îngenuncheat lângă trup, i-am prins încheietura mâinii, căutând cu disperare pulsul. Era greu - Leo îmi stătea în cale, ținând-o în brațe; nu voia să-i dea drumul. Era plin de sânge, cu fața îngropată în părul ei, agățat de ea, hohotind. Oricât m-am străduit, n-am putut s-o dezlipesc din brațele lui.

Jason a încercat să preia controlul. Dar părea pierdut și speriat.

– Ce s-a întâmplat? *Ce mama dracului s-a întâmplat...?* Elliot?

– S-a dus, am zis clătinând din cap. S-a dus.

– *Ce?*

– E moartă. Am lăsat să cadă încheietura mâinii fără vlagă și, luptându-mă cu lacrimile, am murmurat: Lana e moartă.

ACTUL II

„Fiecare ucigaş este probabil vechiul prieten al cuiva."
Agatha Christie, *Misterioasa afacere de la Styles*

1

Încă nu-mi vine să cred că Lana nu mai este.

Chiar şi acum, după tot acest timp, nu pare adevărat. Uneori mă gândesc că, dacă aş închide ochii, aş putea să întind mâna şi s-o ating ca și cum ar sta lângă mine. Însă Lana nu-i aici. E în altă galaxie, la ani-lumină, tot mai departe cu fiecare secundă.

Am citit undeva că iadul a fost întotdeauna prezentat greșit. Nu-i un abis cu vâlvătăi în care osândiții îndură cazne înfiorătoare. De fapt, iadul nu-i decât o *absenţă*, o izgonire din preajma lui Dumnezeu. Să fii îndepărtat de El este iadul în sine. Așadar, sunt în iad. Condamnat să trăiesc veşnic într-un loc pustiu – departe de strălucirea Lanei, departe de lumina ei.

Ştiu, ştiu, trebuie să încetez cu această autocompătimire siropoasă. Nu-i foloseşte nimănui, și Lanei cel mai puţin. De mine îmi pare rău, de acest nenorocit care trebuie să trăiască fără ea.

Într-un fel, desigur, încă o am. Lana trăieşte, imortalizată în filmele ei; veşnic tânără, veşnic frumoasă – în vreme ce noi, muritorii, suntem tot mai bătrâni, mai urâți și mai triști pe zi ce trece. Însă asta-i diferența dintre lumea plană și cea tridimensională, nu?

Așa cum există acum Lana, păstrată pe celuloid, poate fi doar privită. Nu atinsă. Nu ţinută în braţe. Nu sărutată.

Așadar, se pare că Barbara West a avut dreptate până la urmă (deși în cu totul alt sens decât cel la care se gândea) când mi-a spus răutăcios într-o zi:

– Dragule, sper că nu te îndrăgostești de Lana Farrar. Pur și simplu, actorii nu-s în stare să iubească. Ai face mult mai bine să-ți atârni pe perete o poză cu ea și să-ți faci laba privind-o.

Chestie destul de amuzantă, am o fotografie a Lanei aici, pe birou, în vreme ce scriu. E un vechi portret pentru un casting, o poză decolorată, cu marginile răsucite. A fost făcută cu câțiva ani înainte s-o cunosc pe Lana. Înainte să-i distrug viața, ca și pe a mea.

Dar nu, nu-i cinstit.

Viața mea era deja distrusă.

2

Bine, trebuie să-ți spun ceva.

Înainte să merg mai departe, înainte să dezvălui cine a săvârșit omorul – și, lucru mai important, *de ce* –, am de făcut o mărturisire.

Este despre Lana.

Aș putea vorbi la nesfârșit despre ea. Aș putea să-ți spun ce mult am iubit-o. Aș putea să evoc amintiri despre prietenia noastră, să te delectez cu povești și anecdote. Aș putea să-i transpun viața în legendă, să zugrăvesc un tablou măgulitor al artistei, idealizând-o până peste poate.

Așa însă ți-aș aduce un deserviciu, și nu doar ție, ci și Lanei.

Ceea ce trebuie, dacă am curajul s-o fac, este un portret „cu negi cu tot“, ca acela pe care se spune că l-a comandat Oliver Cromwell. Ceea ce trebuie este adevărul.

Și adevărul este că, oricât de mult am iubit-o, Lana nu era chiar persoana care credeam că este. Se pare că le ascundea multe lucruri apropiaților ei. Chiar și mie.

Dar hai să n-o judecăm prea aspru pentru asta. Cu toții avem secrete față de prietenii noștri, nu-i așa? Știu că eu am.

Ceea ce mă aduce la mărturisire.

Crede-mă, nu-i ușor. Detest să-ți trag preșul de sub picioare în felul acesta. Nu-ți cer decât să mă asculți până la capăt. Aici, în barul imaginar din mintea mea, unde stăm de vorbă, o să-ți comand încă o băutură și-o să-ți spun să te ții bine. O să mai iau și eu una - nu un martini perfect, ca odinioară; doar o dușcă de vodcă la iuțeală, o chestie ieftină care te arde pe gât. Am nevoie de asta ca să-mi potolească nervii.

De ce sunt neliniștit? Sună ridicol, știu, însă, după ce ți-am spus povestea mea și am petrecut atâta timp împreună, constat că sunt tot mai atașat de tine. Nu vreau să te pierd sau să te fac să-ți strici părerea despre mine.

Nu când mai am așa de multe de spus.

Chestia e că la începutul poveștii ți-am promis că voi spune doar adevărul. Însă privind înapoi la ce-am scris îmi dau seama că se poate să te fi indus în eroare în privința câtorva detalii, pe ici, pe colo.

Nu ți-am spus cu adevărat minciuni, te asigur - e un păcat prin *omisiune*, atâta tot.

Nu ți-am spus decât adevărul.

Numai că nu în întregime.

Am făcut-o dintr-un motiv onorabil: dorința de a-mi proteja prietena, de a nu-i trăda încrederea. Dar așa n-o să înțelegi niciodată ce s-a petrecut pe insulă.

Prin urmare, trebuie să îndrept greșeala. Trebuie să-ți spun lucruri pe care e nevoie să le știi, să umplu anumite goluri. Trebuie să dezvălui toate secretele Lanei.

Și pe ale mele, la drept vorbind.

Asta-i problema cu sinceritatea. E o sabie cu două tăișuri; de aceea mă tem așa de tare s-o iau în mână.

Începem.

În primul rând, trebuie să mă întorc în timp.

Îți amintești când ți-am prezentat-o pe Lana, pe strada din Londra?

Hai să ne întoarcem acolo pentru o clipă. Hai să revenim la acea zi mizerabilă din Soho și la ploaia care i-a trezit Lanei ideea spontană de a fugi pentru câteva zile în însorita Grecie.

Prima mea omisiune, și cea mai gravă, este că te-am lăsat să-ți închipui că, de îndată ce a luat această hotărâre, Lana a sunat-o pe Kate la Old Vic ca s-o invite pe insulă.

De fapt, au trecut douăzeci și patru de ore până ca Lana să dea acel telefon.

Douăzeci și patru de ore în care, după cum vei vedea, s-au petrecut o mulțime de lucruri.

3

Lana mergea pe Greek Street, o denumire cum nu se poate mai potrivită, când i-a venit ideea să se ducă pe insulă. Dar în clipa în care și-a scos telefonul ca s-o sune pe Kate și s-o invite, ploaia măruntă de până atunci s-a transformat în potop.

A pus telefonul la loc în buzunar și s-a grăbit să se întoarcă acasă.

Nu era nimeni înăuntru când a intrat. S-a șters cât de bine a putut. Avea să facă o baie, a hotărât, după ce bea un ceai.

Era un obicei pe care-l luase după mutarea la Londra. În climatul acela umed și sumbru era perfect logic să te tratezi cu nenumărate cești cu ceai reconfortant. Și-a preparat un Earl Grey și s-a așezat pe bancheta de la fereastră, uitându-se cum afară turna cu găleata.

Mintea i s-a întors la subiectul care nu-i dădea pace. Era hotărâtă să rezolve problema. Dacă o analiza din toate unghiurile, era sigură că răspunsul avea să iasă la iveală.

Din nou i-a răsărit în minte Leo. De ce? Oare neliniștea asta avea de-a face cu el? Cu acea discuție neplăcută pe care o avuseseră în urmă cu câteva zile chiar acolo, în bucătărie?

– Mamă, trebuie să-ți spun ceva, a zis Leo.

Lana s-a crispat.

– Spune.

Nu știa la ce să se aștepte – vreo mărturisire tipică de adolescent despre sexualitate, dependență sau religie? Nici una dintre aceste posibilități n-o deranja. Aveau s-o scoată la capăt împreună, ca de fiecare dată. Îl sprijinise mereu sută la sută în orice făcea.

– Vreau să fiu actor.

Lana a rămas cu gura căscată. N-o șocau doar vorbele care ieșiseră din gura lui Leo – la care nu se așteptase –, ci și propria-i reacție, care a fost imediat și violent ostilă. Brusc, s-a înfuriat.

– Ce mama dracului spui acolo?

Leo o privea fără nici o expresie. Nu știa cum să răspundă. Părea că o să-l podidească lacrimile. De acolo, discuția a luat-o razna. Reacția Lanei îl surprinsese și-l rănise; n-a ezitat să-i spună că era o mamă „toxică", lucru peste puterea lui de înțelegere.

Lana a încercat să-i explice că era datoria ei de părinte să-l îndrume pe o cale cât mai bună. Alegând actoria ar fi irosit toate avantajele și șansele care-i fuseseră oferite. Avea o educație extraordinară, o inteligență ascuțită și o aptitudine înnăscută pentru învățare, precum și relațiile mamei – unii dintre cei mai influenți oameni din lume erau în agenda ei telefonică, putea să-i sune oricând.

N-ar fi fost o idee mult mai bună să meargă la facultate – acolo, în Marea Britanie, sau în America – și să obțină o calificare mai solidă? Anul trecut își exprimase interesul față de drepturile omului – cu siguranță așa ceva i s-ar fi potrivit mai bine. Sau medicina? Sau psihologia, sau filosofia? Orice... numai nu *actor*.

Lana se agăța de un fir de pai și o știa.

O știa și Leo. I-a aruncat o privire rece, plină de dispreț.

– Cât de ipocrită poți să fii! *Tu* ești actriță. Iar tata lucra și el în branșă.

– Leo, tatăl tău era producător. Om de afaceri. Dacă ai zice că vrei să te muți la Los Angeles și să lucrezi în domeniul producției de film, ar fi cu totul altceva...

– Nu, zău? Ai țopăi de fericire?

– N-aș țopăi de fericire, dar aș fi mai bucuroasă.

– Nu pot să cred că spui asta...

Leo și-a dat ochii peste cap. Respira greu. Clocotea de furie, Lana își dădea seama. Nevrând ca situația să scape de sub control, și-a coborât vocea și a încercat să-l împace.

– Dragule, ascultă-mă! Ce s-a întâmplat cu mine nu se întâmplă de obicei. Am fost incredibil de norocoasă. Știi câți actori șomeri sunt în Los Angeles? Șansele tale sunt de una la un milion. Una la *zece* milioane.

– A, m-am prins. Nu sunt destul de talentat? Asta crezi?

Lana mai avea puțin până să-și piardă răbdarea.

– Leo. N-am nici cea mai mică idee dacă ești sau nu talentat. Până în clipa asta n-ai arătat nici un interes față de actorie. N-ai jucat niciodată într-o *piesă de teatru*.

– O piesă de teatru? Leo a clipit, perplex. Ce-are de-a face cu asta?

Lana aproape a izbucnit în râs.

– Păi, are mult de-a face, îmi închipui...

– Nu mă interesează piesele! Cine a pomenit de piese? Vreau să fiu *vedetă de cinema*, ca tine.

„Of, Doamne!", și-a zis Lana. „E un dezastru."

Ajunsă în pragul disperării, a hotărât să-mi ceară sfatul. M-a sunat de îndată ce a rămas singură. Îmi amintesc ce încordată și neliniștită părea la telefon.

Retrospectiv, probabil ar fi trebuit să mă arăt mai înțelegător. Îmi dădeam seama de ce Lana era dezamăgită. Ca s-o citez pe Barbara West, „o actriță este ceva mai mult decât o femeie. Un actor, ceva mai puțin decât un bărbat".

Am avut inspirația să mă gândesc că nu era o vorbă de duh care să i se pară amuzantă în clipa aceea.

– Ei bine, Leo și-a găsit chemarea. Asta-i bine. Ar trebui să fii mulțumită.

– Nu fi ironic.

– Nu sunt. Nu de asta are nevoie lumea acum? De încă un actor?

– *Vedetă de cinema*, m-a corectat Lana cu jale.

– Scuze, vedetă de cinema. Am chicotit. Lana, iubito, dacă Leo vrea să fie vedetă de cinema, lasă-l. O să fie bine.

– Cum poți să zici asta?

– E fiul tău, nu?

– Ce legătură are?

Am căutat analogia potrivită.

– Păi, nu cumperi un cal fără să te uiți la dinții iepei, nu?

– Ce mai înseamnă și asta? E o glumă? Nu pricep.

– Înseamnă că orice agent din Londra și Los Angeles o să se facă luntre și punte ca să pună mâna pe el după ce află al cui fiu este. Oricum, am continuat înainte ca ea să poată protesta, are *șaptesprezece* ani. O să se răzgândească în vreo douăzeci și cinci de minute.

– Nu. Nu Leo. El nu-i așa.

– Ei bine, oricum n-o să moară de foame. Nu cu miliardele lui Otto la bancă.

Vocea Lanei s-a încordat.

– Nu miliarde. Asta-i o tâmpenie, Elliot. Iar banii pe care i-a pus deoparte Otto pentru el n-au nimic de-a face cu asta.

A pus capăt convorbirii în scurt timp, iar în următoarele zile s-a purtat cu răceală. Îmi dădeam seama că nimerisem un punct nevralgic.

Nu voia ca Leo să depindă de moștenirea lui. Lana credea că munca este importantă, din tot soiul de motive. Ani în șir se definise exclusiv prin muncă, obținând din asta o imensă satisfacție: stimă de sine, un sentiment al utilității pe acest pământ – ca să nu mai vorbim de averea pe care a făcut-o pentru ea însăși și pentru alții.

Într-o zi, Leo avea să-i moștenească averea, precum și banii tatălui lui. Avea să fie extrem de bogat. Dar nu înainte să moară ea.

Gândurile Lanei se tot întorceau la ultimul lucru pe care i-l spusese Leo – săgeata pe care i-o aruncase pe când ieșea din bucătărie. Fusese ca un cuțit înfipt între coaste.

Leo s-a oprit la ușă și i-a aruncat o privire piezișă.

– De ce ai făcut-o?

– Ce anume?

– Ai renunțat la actorie. De ce te-ai retras?

– Ți-am spus. Lana a zâmbit. Voiam o viață adevărată, nu una simulată.

– Asta nu înseamnă nimic.

– Înseamnă că acum sunt mai fericită.

– Îi duci dorul, a zis Leo.

Nu era întrebare, ci afirmație.

– Nu, nici vorbă, a spus ea zâmbind în continuare. Absolut deloc.

– Mincinoaso!

Leo i-a întors spatele și a plecat. Zâmbetul Lanei s-a stins.

„Mincinoaso!"

Leo avea dreptate. Era o mincinoasă. Își mințea fiul – și pe ea însăși.

În sfârșit, înțelegea de ce discuția cu Leo o deranjase atât de mult. Acesta era secretul care o urmărise prin Soho. Până la urmă reușise s-o prindă.

„Chiar îi duc dorul", și-a zis. „Sigur că-i duc dorul. Îi duc dorul în fiecare zi."

Ca o ironie a sorții, Leo n-avea habar că din cauza lui se retrăsese Lana din activitate. Nu i-o spusese niciodată. Doar câtorva apropiați le-a mărturisit de ce a renunțat. Eu mă număram printre ei.

Când a murit Otto, Leo avea șase ani. Și toată lumea Lanei s-a prăbușit. Însă trebuia să meargă mai departe, de dragul băiatului. Așa că s-a pus iar pe picioare în singurul fel pe care-l știa: prin muncă. S-a aruncat în muncă. Deși cariera ei mergea din succes în succes – și a făcut unul dintre cele mai bune filme ale sale, *Preaiubita*, care în cele din urmă i-a adus un Oscar –, Lana nu era fericită. Avea impresia oribilă că o dă în bară ca părinte. Așa cum o dăduse în bară mama ei.

Știa că se află în poziția privilegiată în care n-avea nevoie să muncească. Și atunci de ce să nu se retragă din activitate și să se dedice creșterii singurului său copil? De ce să nu-l pună pe el mai presus de toate – așa cum ea nu fusese niciodată pusă mai presus de toate?

Așa că asta a făcut. S-a retras.

Sună neserios? Ca și cum Lana ar fi luat hotărâri vitale dând cu banul? Te asigur că n-a fost așa. Bănuiesc că a chibzuit ani în șir. Moartea bruscă, neașteptată, a lui Otto i-a forțat mâna. Nu trebuie decât să te uiți acum la Leo ca să vezi că pariul ei a fost câștigător. Da, Leo era un adolescent câteodată cu toane, dar binevoitor, inteligent, blând și responsabil. Îi păsa de ceilalți și de planeta pe care trăia.

Lana era mândră de felul în care evoluase. Fără îndoială, asta se datora faptului că ea își alesese prioritățile corect. Spre deosebire de Kate, care era nemăritată, fără copii, împleticindu-se dintr-o relație dezastruoasă, autodistructivă, în alta.

S-a gândit o clipă la prietena ei. În zilele astea făcea repetiții la *Agamemnon*, la Old Vic. Kate era la apogeul carierei, cu o imensă împlinire profesională, încă distribuită în roluri principale. Lana era invidioasă? Poate că da.

Însă nu exista cale de întoarcere. Cum ar fi fost să se reapuce de actorie? Arătând mai bătrână, simțindu-se mai bătrână, expunându-se comparațiilor defavorabile cu sinele său mai tânăr? Orice fel de revenire ar fi implicat un compromis – și probabil s-ar fi sfârșit în decepție. Un eșec total sau chiar o producție mediocră ar fi distrus-o.

Nu, Lana alesese – și fusese răsplătită cu un fiu fericit, stabil mintal și emoțional; cu un soț pe care-l iubea; cu o căsnicie care mergea bine. Toate astea contau enorm.

„Da“, și-a zis. „Nu mai e nimic de adăugat, gata.“

Părea de-a dreptul poetic ca după o viață așa de febrilă și agitată să ajungă aici, bând tihnită ceai și privind ploaia. Lana Farrar era o doamnă de vârstă mijlocie, mamă și într-o bună zi, spera ea, bunică.

Se simțea împăcată. Neliniștea aceea oribilă o părăsise. „Asta înseamnă să fii mulțumit. Totul e perfect exact așa cum este.“

A fost deosebit de crud din partea sorții să aleagă anume acel moment – tocmai când Lana ajunsese la această epifanie în privința vieții sale – ca să intre în încăpere Agathi...

Și lumea Lanei s-a sfărâmat.

4

Ziua lui Agathi începuse fără evenimente deosebite. Marțea era întotdeauna foarte ocupată; era ziua în care ieșea cu treburi în oraș. Îi plăcea asta, să se plimbe, să meargă de colo-colo prin Mayfair cu o listă lungă de cumpărături.

Când plecase de acasă, de dimineață, părea o zi minunată de umblat pe-afară. Soarele strălucea și cerul era senin. Mai târziu a prins-o ploaia, dar, spre deosebire de patroana ei, fusese destul de prevăzătoare ca să-și ia umbrela.

Agathi s-a dus la farmacie cu o rețetă pentru Lana, apoi la curățătoria locală, condusă de Sid, un bărbat de vreo șaizeci de ani despre care se știa că-i sare ușor țandăra. Totuși, cu Agathi, spre deosebire de restul clienților, era amabil datorită asocierii cu Lana, pe care o adora.

Sid i-a zâmbit radios lui Agathi când a intrat și i-a făcut semn să vină la tejghea.

– Scuză-mă, dragă, i-a spus clientei care urma la rând. O s-o servesc întâi pe această doamnă. Se grăbește – lucrează pentru *Lana Farrar*, știi.

Agathi a trecut jenată pe lângă clienții de la coadă, însă nici unul n-a îndrăznit să protesteze.

Sid a arătat spre hainele de pe suport învelite în saci de plastic.

– Poftim, hainele Majestăţii Sale. Puse frumos la adăpost, în caz că se schimbă vremea. De altfel, vine ploaia.

– Crezi? Mie îmi pare o zi frumoasă.

Sid s-a încruntat. Nu-i plăcea să fie contrazis.

– Nu. Ascultă-mă pe mine! O să toarne cu găleata într-o jumătate de oră.

Agathi a încuviinţat. A plătit pentru haine şi a dat să plece, când Sid a oprit-o brusc.

– Aşteaptă o clipă! Aproape că uitasem. Nu prea mai am ţinere de minte. Stai aşa... A deschis un sertăraş. A scos cu grijă o bijuterie scânteietoare, un cercel, pe care l-a împins pe tejghea. Era agăţat de costumul domnului Farrar, acolo era. Sub rever.

„E domnul Miller, nu Farrar", şi-a zis Agathi, însă nu l-a corectat pe Sid.

S-a uitat la cercelul de argint, o semilună micuţă de care atârna un lănţişor cu trei diamante.

I-a mulţumit, a luat cercelul şi a plecat.

Pe când mergea spre casă, s-a întrebat dacă să-i spună sau nu Lanei. Ce dilemă stupidă; aşa de măruntă, aşa de banală. Şi totuşi...

Ce s-ar fi întâmplat dacă arunca cercelul într-un coş de gunoi acolo, pe stradă? Sau dacă-l punea în sertarul noptierei, lângă cristalul bunicii, şi-l dădea uitării? Dacă nu-i pomenea niciodată Lanei de el? Dacă-şi ţinea gura?

Ei bine, eu n-aş sta acum aici, vorbind cu tine, nu? Totul ar fi diferit. Ceea ce mă face să cred că adevărata eroină a poveştii – poate eroina *negativă?* – este Agathi. Pentru că acţiunile ei şi hotărârea pe care era pe cale s-o ia au determinat soarta noastră, a tuturor. N-avea habar că ţine în palmă viaţa şi moartea.

Tocmai atunci s-a pornit ploaia.

Agathi a deschis umbrela și s-a grăbit să se întoarcă acasă. Scutura stropii de ploaie de pe hainele învelite în plastic și bodogănea enervată în grecește când a intrat în bucătărie.

Lana a zâmbit.

– Și pe tine te-a prins ploaia? Pe mine da, m-a udat până la piele.

Fără să răspundă, Agathi a așezat hainele de la curățătorie pe spătarul unui scaun. Avea un aer nefericit.

Lana i-a aruncat o privire.

– Ești bine?

– Poftim? Oh, sunt bine.

– Ce e? Vreo problemă?

– Nu. Agathi a ridicat din umeri. Nu-i nimic. Nimic. Doar... asta.

A scos din buzunar cercelul.

– Ce-i?

Agathi s-a apropiat de Lana. Și-a descleștat pumnul. A scos la iveală cercelul.

– L-a găsit patronul curățătoriei. Era agățat de haina lui Jason, sub rever. S-a gândit că trebuie să fie al tău.

Agathi nu se uita la Lana în vreme ce spunea asta. Nici Lana nu s-a uitat la ea.

– Să văd.

Lana a întins mâna.

Agathi a lăsat cercelul să-i cadă în palmă. Lana s-a prefăcut că se uită la el.

– Nu-mi dau seama. Schițând un căscat, ca și cum discuția ar fi plictisit-o, a zis: O să verific mai încolo.

– Pot să verific eu, a spus Agathi repede. Dă-mi-l înapoi.

A întins mâna...

„Lana, dă-i-l înapoi. Dă-i lui Agathi cercelul – las-o să-l ia și să-l ducă unde știe, să-l elimine din viața ta.

Scoate-ți-l din minte, Lana. Uită de el, gândește-te la altceva, ia telefonul, sună-mă - hai să ieșim la cină sau la o plimbare, să vedem un film - și atunci va fi evitată această cumplită tragedie..."

În loc să-i înapoieze lui Agathi cercelul, Lana și-a închis degetele peste el.

Și soarta i-a fost pecetluită.

Nu doar soarta ei. Ce făceam eu exact în acel moment? Prânzeam cu un prieten? Sau vizitam o galerie de artă, sau citeam o carte? N-aveam nici o idee că întreaga mea viață deraiase.

N-aveau nici Jason, care transpira de zor în biroul lui, nici Leo, care se lăsa cuprins de emoții la cursul de teatru, nici Kate, care-și uita replicile la repetiție.

Nici unul dintre noi n-avea nici cea mai mică idee că se petrecuse ceva atât de monstruos, rescriindu-ne toate destinele, punând în mișcare o serie de evenimente care aveau să se încheie peste patru zile cu o crimă.

Aici a început.

Aici a început numărătoarea inversă.

5

Reacția Lanei a fost extremă. Crede-mă, nu exagerez deloc.

Poți înțelege numai dacă o cunoști. Și de-acum o cunoști, nu? Un pic, în orice caz. Așa că ceea ce se va întâmpla în continuare s-ar putea să nu te surprindă.

La început și-a păstrat calmul – s-a dus în dormitor și s-a așezat la măsuța de toaletă. S-a uitat lung la cercelul din mână. Nu era al ei, își dăduse seama dintr-o privire. Totuși, i se părea că-l mai văzuse undeva. Dar unde?

„Nu înseamnă nimic“, și-a zis. „S-a întâmplat la curățătorie. O confuzie. Las-o baltă.“

Și totuși nu era în stare. Știa că e irațională și paranoică, însă nu putea să nu se mai gândească la asta. Vezi tu, pentru ea cercelul însemna mult mai mult. Un semn rău de care se temuse.

Viața îi mai fusese distrusă o dată, când murise Otto. Lana nu crezuse c-o să-și revină vreodată sau c-o să găsească iubirea. Așa că, atunci când l-a întâlnit pe Jason, a fost ca și când i s-ar mai fi dat o șansă. Aproape că nu-i venea să creadă. Se simțea în siguranță și fericită – și iubită.

Era profund romantică. Așa fusese încă de când era mică; încă din acea copilărie rece, goală, blestemată cu o mamă pe care o durea în cot dacă fiică-sa trăia sau murea. Micuța Lana își umplea golul cu visuri romantice, viziuni de basm despre evadare și celebritate și, cel mai important, iubire.

– Tot ce mi-am dorit vreodată a fost iubirea, mi-a recunoscut odată ridicând din umeri. Tot restul a fost pur și simplu... *întâmplător*.

Lana l-a iubit pe Otto – însă nu era *îndrăgostită* de el. La moartea lui, a fost ca și cum ar fi pierdut un tată, nu un iubit. Ceea ce simțea față de Jason era o pasiune fizică incredibil de intensă și excitantă. Cu el și-a îngăduit să fie din nou o fetișcană, o adolescentă, îndrăgostită până peste urechi, beată de poftă trupească.

Totul se întâmplase foarte repede. Acum Kate le făcea cunoștință, în momentul următor se îndreptau spre altar.

Cum aș vrea s-o fi înșfăcat de umeri în acea primă seară – cea în care l-a cunoscut pe Jason – și s-o fi zgâlțâit! „Încetează", i-aș fi zis. „Revino la realitate. Nu-l preface pe străinul ăsta pe care nu-l cunoști într-un prinț din basme. Uită-te mai bine la el, nu vezi că nu-i adevărat? Nu te lăsa amăgită de ochii strălucitori, de zâmbetul prea nerăbdător, de râsul fals. Nu vezi că-i doar spectacol? Nu-i vezi mintea disperată, mercenară?"

Nu i-am spus nimic din toate astea. Și dacă aș fi făcut-o, mă îndoiesc că ar fi auzit vreo vorbă. Iubirea, se pare, e pe cât de oarbă, pe atât de surdă.

Acum, pe când ședea la măsuța de toaletă, cu ochii țintă la cercel, Lana a început să simtă o amețeală ciudată – ca și cum ar fi stat pe marginea unei faleze, privind cum pământul se fărâmițează în fața ei, căzând, căzând, strivindu-se de stânci în marea care urlă dedesubt. Totul cădea – tot, întreaga ei viață, se rostogolea în valuri.

Jason avea o amantă? Era cu putință? N-o mai dorea pe ea? Căsătoria lor era o farsă? Era ea nedorită?

Neiubită?

Exact în acest moment, se cuvine s-o spun, Lana și-a ieșit din minți. S-a dezlănțuit și a început să tremure din toate încheieturile. S-a apucat apoi să scotocească frenetic prin toate lucrurile lui Jason - prin sertare, dulapuri, costume, buzunare, lenjerie, șosete, căutând ceva ascuns, orice fel de indiciu. Aproape că au lăsat-o puterile când s-a dus să caute în sacul cu hainele murdare din baie, convinsă că va găsi prezervative. Dar nu - nimic. Și nu era nimic nici pe departe suspect ori sinistru în biroul lui - nici un extras de la cardul de credit, nici o factură acuzatoare. Nici urmă de al doilea cercel. Nimic. Știa că se înnebunește singură. Trebuia să-și scoată bănuielile din cap dacă voia să rămână întreagă la minte.

„Jason te iubește“, și-a zis, „tu îl iubești și ai încredere în el. Liniștește-te.“

Nu se putea liniști însă. Din nou s-a trezit învârtindu-se prin casă - din nou s-a simțit urmărită de ceva imposibil de aflat.

A aruncat o privire pe fereastră. Ploaia se oprise.

Și-a luat pardesiul și a ieșit.

6

Lana s-a plimbat cam o oră. A străbătut cu hotărâre distanța până la Tamisa concentrându-se pe senzația fizică a mersului și încercând să nu se gândească, să nu-și lase mintea s-o ia razna.

În drum spre fluviu a trecut pe lângă o stație de autobuz – și a văzut un afiș pe panoul publicitar. S-a oprit. S-a uitat la el. Chipul lui Kate i-a întors privirea, în alb-negru, stropit cu sânge roșu, având dedesubt titlul piesei: *AGAMEMNON*.

„Kate", și-a zis. Kate avea s-o sfătuiască. Kate știa cu siguranță ce era de făcut.

În mod aproape reflex, a făcut semn unui taxi negru care trecea. Mașina a tras la trotuar în scrâșnet de pneuri. I-a spus șoferului prin geamul coborât:

– La Old Vic, vă rog.

Simțea cum se liniștește în vreme ce taxiul gonea pe pod spre teatrul aflat pe malul sudic. Vedea deja în minte cum vor râde amândouă de asta – cum Kate îi va spune să nu fie prostuță, să nu-și imagineze ceea ce nu este; îi va spune că e absurd, că Jason îi este devotat. Dintr-odată a năpădit-o un val de afecțiune pentru Kate, cea mai veche și mai dragă prietenă a ei. „Doamne, îți mulțumesc pentru Kate!"

Sau bat câmpii? Oare Lana bănuia în secret ceva? Altfel de ce să gonească așa spre teatru? O să-ți spun un secret: după decenii petrecute în lumea modei, atât în calitate de clientă, cât și ca model, Lana căpătase o memorie fotografică pentru haine și bijuterii. Mi-e greu să cred că, deși cercelul îi părea cunoscut, nu reușea să-și amintească unde-l mai văzuse - sau la cine. Poate că greșesc. Dar nu cred că vom afla vreodată cu siguranță.

Până să ajungă la Old Vic, Lana se potolise, convinsă că totul era doar în mintea ei; că era pur și simplu paranoică.

A bătut în gemulețul ușii de la intrarea artiștilor și i-a oferit bătrânului din gheretă zâmbetul ei celebru.

Fața lui s-a luminat când a recunoscut-o.

– Bună ziua. O căutați pe domnișoara Crosby, nu-i așa?

– Ba da.

– În clipa asta e la repetiție. Vă deschid. Bărbatul a coborât vocea, confidențial: Chiar dacă nu sunteți pe listă.

Lana a zâmbit din nou.

– Mulțumesc. O s-o aștept în cabină, dacă e în ordine.

– Foarte bine, domnișoară.

Omul a apăsat pe un buton.

Cu un bâzâit puternic, ușa de la intrarea artiștilor s-a descuiat. Lana a șovăit o clipă, apoi a deschis-o și a intrat.

7

Lana a mers pe coridorul îngust, neaerisit până a ajuns la cabina vedetei.

A bătut la ușă. Neprimind răspuns, a deschis-o prudentă. Încăperea era goală. A intrat și a închis ușa.

Nu era o cameră mare. Avea o canapea jerpelită lângă un perete, o baie îngustă – practic o cabină de duș – și o masă de toaletă mare, bine luminată. În mod tipic pentru Kate, era harababură, cu genți pe jumătate despachetate și haine peste tot.

Lana a tras aer în piept. Apoi, în sfârșit, a hotărât să nu se mai ascundă după deget și a început să caute repede și metodic printre lucrurile lui Kate. Chiar și când făcea asta, Lana rămânea disociată mintal de acțiunile sale. Rămânea calmă și detașată, ca și cum mâinile i-ar fi acționat de capul lor. Degetele scormoneau prin genți și cutii din propria voință. N-aveau nimic de-a face cu ea.

În orice caz, căutarea n-a dat nici un rezultat.

„Ce ușurare!“, și-a zis. „Slavă Domnului!“

Sigur că n-a găsit nimic: *nu era nimic de găsit*. Totul era în ordine. Imaginația i-o luase razna.

Apoi a observat geanta mare, neagră, cu produse de machiaj așezată pe masa de toaletă. A încremenit. Cum de n-o văzuse? Era chiar acolo.

Lana a întins mâna cu degete tremurătoare. A tras fermoarul... a deschis-o...

Şi acolo, în geantă... era un cercel în formă de semilună, scânteind spre ea.

A scos din buzunar celălalt cercel. I-a comparat, dar nu era nevoie. Era evident că sunt identici.

Uşa cabinei s-a deschis brusc în spatele ei.

– Lana?

A lăsat să cadă un cercel înapoi în geanta de machiaj. Pumnul i s-a strâns în jurul celuilalt. S-a răsucit repede.

Kate a intrat zâmbind.

– Bună, iubito. Oh, *la dracu'* – n-am făcut vreun plan, nu? Mai sunt câteva ore până să pot pleca. Azi e un dezastru în toată regula. L-aş ucide bucuroasă pe Gordon.

– Nu, Kate, nici un plan. Eram doar în trecere pe la teatru. M-am gândit să te salut.

– Totul e în regulă? Kate a măsurat-o îngrijorată cu privirea. Lana, nu arăţi bine. Vrei un pic de apă? Haide, aşază-te...

– Nu, mersi. Ştii, nu mă simt prea bine. Am mers prea mult pe jos. Acum... ar trebui să plec.

– Eşti sigură? Să-ţi chem un taxi?

– Mă descurc.

– Sigur?

– Sunt bine. Te sun mai încolo.

Până să apuce Kate să protesteze, Lana a ieşit în grabă din cabină.

Nu s-a oprit până nu a ajuns în faţa teatrului. Inima îi bubuia în piept. Avea senzaţia că o să-i explodeze capul. Îi era greu să respire. Se simţea cuprinsă de panică; trebuia să ajungă acasă.

A văzut un taxi care trecea și i-a făcut semn. Pe când își flutura mâna și-a dat seama că încă are cercelul în pumn.

Și-a desfăcut degetele și s-a uitat.

Cercelul săpase atât de adânc în palmă, încât îi dăduse sângele.

8

Lana s-a întors în Mayfair în stare de șoc.

Durerea fizică din palmă, unde cercelul îi săpase în carne, era singura senzație. Se concentra pe ea, o simțea pulsând, zvâcnind.

Când ajungea acasă, o știa, trebuia să-și înfrunte soțul. Habar n-avea ce să spună sau cum s-o spună, așa că a hotărât să păstreze tăcerea deocamdată. Mai mult ca sigur Jason avea să observe că era supărată, dar avea să se străduiască din răsputeri să ascundă adevărata amploare a furiei.

Totuși, în mod tipic pentru Jason, n-a sesizat nimic în neregulă când s-a întors în sfârșit acasă în seara aceea. Era preocupat de propriile probleme – purta o discuție tensionată la telefon când a intrat în bucătărie, unde Lana pregătea două cotlete pentru cină.

Lana se minuna cât de ascuțite îi erau simțurile. Totul părea așa de viu – mirosul cotletelor, sfârâiala, senzația cuțitului în mână pe când tăia legume pentru salată –, ca și cum creierul și-ar fi încetinit activitatea. Nu putea să facă față decât la *acel moment*. Nu îndrăznea să se gândească la viitor. Dacă ar fi făcut-o, s-ar fi năruit pe podeaua bucătăriei.

A izbutit să se stăpânească, și seara a trecut cam ca oricare alta. La vreo două ore după cină s-au dus la etaj.

Sub privirea Lanei, Jason s-a dezbrăcat și s-a vârât în așternuturi. Curând a adormit.

Însă Lana era complet trează.

S-a dat jos din pat. S-a aplecat peste Jason, privindu-l.

Nu știa ce să facă. Trebuia să-l înfrunte. Dar cum? Ce putea să spună? Că-l bănuia de o aventură cu cea mai bună prietenă a ei? Pe ce bază? Un *cercel*? Era ridicol. Probabil că Jason ar fi râs – și i-ar fi dat o explicație perfect nevinovată.

Dacă ăsta ar fi fost un film, ca una dintre acele comedii romantice ușurele pe care le făcea ea, s-ar fi dovedit că Jason se întâlnise în secret cu Kate ca să-l ajute să aleagă un cadou de ziua Lanei – sau poate un cadou de aniversare a căsătoriei? – și, cumva, într-un moment care ar fi stârnit amuzamentul publicului, cercelul lui Kate se agățase de reverul lui.

Poftim, o explicație cu totul nevinovată.

Și imposibil de crezut. În timp ce-l privea pe Jason dormind, Lana a început să accepte adevărul. Adevărul era că știa de o vreme că există ceva – un sentiment anume – între Kate și Jason. Poate că fusese acolo dintotdeauna, de la bun început. Din prima clipă?

Vezi tu, Kate l-a cunoscut prima pe Jason. Chiar au ieșit de câteva ori împreună. În seara în care l-a întâlnit Lana, era acolo ca partenerul lui Kate.

Îți poți imagina ce s-a întâmplat – în clipa în care Jason a văzut-o pe Lana, la fel ca mulți alții înaintea lui, a fost vrăjit; și de atunci încolo n-a mai avut ochi decât pentru ea. Kate s-a dat deoparte, îndatoritoare. Totul s-a rezolvat foarte amical. Kate i-a dat Lanei binecuvântarea și a asigurat-o că nu-i nici o supărare; nu fusese nimic serios între ei.

Totuși, Lana se simțise vinovată. Poate că vinovăția a fost ceea ce a orbit-o. Poate că de aceea a tot ignorat bănuiala sâcâitoare că, în ciuda tuturor protestelor ei, ochii lui Kate zăboveau mereu asupra lui Jason și îi făcea complimente ciudate, neașteptate, sau flirta cu el după ce bea vreo două pahare și încerca să-l facă să râdă. Totul era acolo, tot ce trebuia să știe Lana, chiar în fața ei.

Închisese ochii.

Însă acum avea ochii deschiși.

S-a îmbrăcat repede și s-a repezit afară din dormitor. A străbătut pe pipăite culoarul întunecat și s-a urcat pe terasa de pe acoperiș, unde ținea ascunse un pachet de țigări și o brichetă, ferite de intemperii într-o cutie de tablă. Practic se lăsase de fumat. Dar acum avea nevoie de o țigară.

A deschis cutia și a scos pachetul. Mâinile îi tremurau când și-a aprins o țigară. A tras adânc fumul în piept, încercând să se liniștească.

În vreme ce fuma, privea peste acoperișuri la luminile Londrei și la stelele care străluceau deasupra.

Apoi s-a uitat lung la pavajul de dedesubt. A aruncat cu un bobârnac mucul peste margine, iar jarul roșu a dispărut în beznă.

A simțit brusc dorința să-l urmeze.

„Ar fi așa de ușor“, și-a zis. Doar doi pași și ar fi trecut peste margine, trupul i-ar fi zburat prin aer și s-ar fi izbit de pavaj. Totul s-ar fi terminat.

Ce ușurare ar fi fost. N-ar mai fi trebuit să înfrunte ororile care o așteptau - durerea, trădarea, umilința. Nu voia să simtă nimic din toate astea.

A făcut un pas mic spre margine. Apoi încă unul...

A stat chiar la marginea acoperișului. „Încă un pas și gata... da, da, fă-o...“ A ridicat piciorul... Moment în care a sunat telefonul.

O mică abatere a atenției, însă destul ca s-o scoată din transă. S-a îndepărtat de margine, trăgându-și sufletul.

A scos telefonul și s-a uitat la el. Era un mesaj. Ghicește de la cine?

De la subsemnatul firește. „Ai chef să bei ceva?"

Lana a șovăit. Apoi, în fine, a făcut lucrul pe care ar fi trebuit să-l facă din prima clipă.

A venit să mă vadă.

9

Aici începe povestea mea.

Dacă eu aş fi eroul poveştii, nu Lana, aş începe chiar aici – cu Lana bătând la uşa mea la unsprezece şi jumătate noaptea.

Acesta a fost evenimentul meu declanşator, cum i se spune în tehnica dramatică. Fiecare personaj are unul – poate fi ceva ieşit din comun şi violent, ca o tornadă care te trimite învârtejit în altă lume, sau banal, ca un prieten care îţi răsare în prag pe neaşteptate într-o seară.

Ştii, eu folosesc adesea structura teatrală ca să-mi descriu viaţa. Mi se pare de mare ajutor. Ai fi surprins să afli cât de des se aplică aceleaşi reguli.

Am învăţat să structurez o poveste într-o ucenicie dură: ani în şir de scriere obsesivă a unei piese de rahat după alta, o linie de producţie de drame imposibil de pus în scenă, fiecare mai proastă decât cea dinainte – construcţie nefirească, dialoguri stupide nesfârşite, foaie după foaie de personaje inerte, fără noimă, care nu fac nimic – până când, încet şi dureros, am învăţat meseria.

Dacă ne gândim că trăiam cu o scriitoare celebră în toată lumea, s-ar putea crede că Barbara West ar fi fost persoana potrivită ca mentor. Vă închipuiţi că mi-a dat vreun pont de folos sau frânturi de încurajare? Nu, niciodată. Atitudinea ei implicită, trebuie spus, era lipsită de bunăvoinţă. N-a făcut decât întâmplător un comentariu despre munca mea – după ce a citit o scenetă pe care o scrisesem: „Îîîh, dialogurile sunt de tot rahatul". Mi-a dat-o înapoi. „Oamenii reali nu vorbesc așa."

Nu i-am mai arătat niciodată ceva.

În mod ironic, cel mai bun profesor pe care l-am avut vreodată a fost o carte pe care am găsit-o în biblioteca Barbarei. Un volum vechi, necunoscut, publicat la începutul anilor '40. *Tehnicile scrierii de piese de teatru*, de domnul Valentine Levy.

Am citit-o într-o dimineață de primăvară, așezat la masa din bucătărie. Pe când citeam mi s-a aprins un bec – în sfârșit, lucrurile aveau sens. În sfârșit, cineva explica arta povestirii în cuvinte pe care le puteam pricepe.

Atât teatrul, cât și realitatea, zicea domnul Levy, se rezumă la trei cuvinte: *motivație, intenție* și *scop*.

Fiecare personaj are un *scop* – să zicem că vrea să fie bogat. Și-l atinge punând în aplicare o *intenție*, de pildă muncind sârguincios, căsătorindu-se cu fiica șefului sau jefuind o bancă. Până acum e simplu. Ultima componentă este cea mai importantă, și, fără ea, personajele sunt bidimensionale.

Trebuie să întrebăm „*de ce?*".

„*De ce?*" nu este o întrebare pe care tindem s-o punem prea des. Nu-i o întrebare la care e ușor să răspunzi – este nevoie de conștiință de sine și sinceritate. Însă, dacă vrem să ne înțelegem vreodată pe noi înșine sau pe alți oameni – reali sau fictivi – trebuie să ne cercetăm *motivația* cu toată sârguința unui Valentine Levy.

De ce vrem ceva? Care este motivul nostru?

După părerea domnului Levy, nu există decât un răspuns: „Motivația noastră este să alungăm *durerea*".

Poftim. Atât de simplu, și totuși atât de profund.

Motivația noastră este întotdeauna durerea.

E evident, zău așa. Cu toții încercăm să scăpăm de durere și să fim fericiți. Și tot ce facem ca să atingem acest scop – *intențiile* noastre –, asta-i materia poveștii. Asta-i arta povestirii. Așa funcționează.

Așadar, dacă ne gândim la clipa în care Lana a apărut în apartamentul meu, puteți vedea că motivația mea era durerea. Pe Lana o durea așa de tare în seara aceea, încât mi-a provocat suferință simpla ei vedere. Încercarea nechibzuită de a-i alina suferința – și pe a mea – mi-a fost intenția. Iar scopul meu? S-o ajut pe Lana, desigur. Am izbutit? Ei bine, aici, din nefericire, teatrul se deosebește de realitate.

În viața reală, lucrurile nu ies tocmai cum ai plănuit.

Când a ajuns acasă la mine, Lana era într-un hal fără de hal. De-abia se putea stăpâni, și n-a trebuit mult – doar două pahare – ca să se deschidă ecluza și apoi să se prăbușească de-a binelea.

Nu mai văzusem niciodată așa ceva. N-o mai văzusem pe Lana pierzându-și controlul. N-o să spun că n-a fost groaznic; însă e întotdeauna tulburător să fii în preajma unei emoții scăpate din frâu, nu-i așa? Mai ales când este vorba despre o persoană pe care o iubești.

Ne-am dus în living – o încăpere mică, ticsită cu cărți, o bibliotecă mare pe un perete întreg. Ne-am așezat pe două fotolii de lângă fereastră. Am început cu martiniuri, dar curând Lana dădea pe gât vodcă simplă dintr-un pahar.

Povestea ei era confuză și incoerentă – venea pe bucăți, în fragmente dezmembrate, uneori imposibil de deslușit printre lacrimi. După ce a vărsat tot ce avea pe suflet, mi-a cerut părerea: credeam că e posibil ca Jason și Kate să aibă o relație?

Am șovăit, nedorind să răspund. Ezitarea mea vorbea mai convingător decât orice cuvinte.

– Nu știu.

M-am ferit să mă uit în ochii ei.

Lana mi-a aruncat o privire consternată.

– Dumnezeule mare, Elliot! Ești un actor așa de nepriceput! S-a lăsat pe spătarul fotoliului, vlăguită de această confirmare a celor mai mari temeri ale sale. De câtă vreme știi? *De ce nu mi-ai spus?*

– Pentru că nu știu sigur. E doar o impresie... Și, Lana, nu-i treaba mea să spun ceva.

– De ce nu? Îmi ești prieten, nu? Singurul meu prieten. Și-a șters lacrimile din ochi. Nu crezi că l-a pus acolo Kate dinadins, nu? Cercelul? Ca să-l găsesc eu?

– Ce? Glumești? Sigur că nu.

– De ce nu? E exact genul de lucru pe care l-ar face ea.

– Sincer să fiu, nu cred că o duce capul până acolo. Nu cred că vreunul din ei este prea luminat la minte. Sau bun la suflet.

Lana a ridicat din umeri.

– Nu știu.

– Eu știu. Devenind tot mai convingător, am desfăcut altă sticlă de vodcă și ne-am umplut iar paharele. „Iubirea nu-i cu-adevărat iubire / de se preschimbă și altcum răsună“[1], am declamat. Iubirea nu înseamnă aventuri și minciuni și fofilări.

Lana n-a răspuns. Am încercat din nou, pentru că era important.

– Ascultă-mă! Iubirea înseamnă respect reciproc și loialitate – și *prietenie*. Așa, ca între noi. I-am luat mâna și am ținut-o în timp ce vorbeam mai departe:

---

[1] Sonetul XVI, în William Shakespeare, *Sonete*, traducere de Gheorghe Tomozei, Editura Porto-Franco, Galați, 1991, p. 126

Nătărăii ăştia doi sunt prea superficiali şi egoişti ca să ştie ce e iubirea. Orice or avea, sau or crede că au, *n-o să dureze*. Aia nu-i iubire. O să crape la cea mai mică presiune. O să se sfărâme.

Lana n-a zis nimic. Privea în gol, nefericită. Am simţit că nu pot să ajung la ea. Era insuportabil s-o văd aşa. Dintr-odată, m-am înfuriat.

– Ce-ar fi să iau o bâtă de baseball şi să-l bat de să-i sune apa în cap?

Nu glumeam decât pe jumătate.

Lana a izbutit să arate o umbră de zâmbet.

– Da, te rog.

– Spune-mi ce vrei, *orice*, şi o să fac.

A ridicat fruntea şi s-a uitat la mine cu ochii înroşiţi.

– Îmi vreau viaţa înapoi.

– Bine. Atunci trebuie să-i înfrunţi. O să te ajut. Dar trebuie să faci tu asta. Pentru sănătatea ta mintală. Ca să nu mai vorbesc de respectul de sine.

– Să-i înfrunt? Cum s-o fac?

– Invită-i pe insulă.

– Poftim? a exclamat ea surprinsă. În Grecia? De ce?

– Pentru că n-ar avea unde să fugă. Vor fi prinşi în capcană. Ce loc ar fi mai bun pentru o discuţie? Pentru o confruntare?

Lana a chibzuit un pic. În cele din urmă a dat din cap aprobator.

– Bine. O s-o fac.

– O să-i înfrunţi?

– Da.

– Pe insulă?

Lana a încuviinţat.

– Da. Apoi mi-a aruncat brusc o privire speriată. Dar, Elliot, după ce-i înfrunt... ce urmează?

– Păi... I-am surâs. Asta depinde de tine, nu-i aşa?

10

A doua zi eram în bucătăria Lanei, bând șampanie. Ea vorbea la telefon cu Kate. Eu o urmăream cu atenție.

– Vii? Pe insulă – de Paște?

Eram impresionat. Lana dădea un spectacol fără cusur, cu minime repetiții, fără nici o urmă din supărarea de aseară. Arăta și suna binedispusă, cu inima ușoară.

– N-o să fim decât noi. Tu, eu, Jason și Leo. Și Agathi, desigur... Nu știu dacă o să-l invit pe Elliot – în ultima vreme mă calcă pe nervi. Ei bine, ce zici?

Mi-a făcut cu ochiul, iar eu am scos limba. Lana a râs, apoi și-a întors atenția spre Kate.

– Ei bine, ce zici?

Ne-am ținut amândoi răsuflarea.

Lana a dat drumul aerului din piept și a zâmbit.

– Grozav! Grozav! Bine. Pa.

A încheiat convorbirea.

– Vine.

– Bravo! am zis aplaudând.

Lana a făcut o mică plecăciune.

– Îți mulțumesc.

Am ridicat paharul.

– Se ridică cortina. Și astfel începe.

11

În zilele următoare, pentru Lana viața a continuat să aibă o notă teatrală.

Avea impresia că participă la o improvizație extinsă - rămânând „în pielea personajului" de dimineața până seara, prefăcându-se că e altcineva.

Cu excepția faptului că persoana care se prefăcea că este era *ea însăși*.

„Răsuflare adâncă, umerii în jos, zâmbet larg" - asta era mantra pe care Otto o învățase s-o recite înainte de o audiție. Acum îi prindea tare bine.

Se purta ca și cum ar fi fost cea de acum câteva zile. Se purta ca și cum n-ar fi avut inima frântă - ca și când n-ar fi fost disperată și plină de durere.

Mă gândesc adesea că viața nu-i decât un spectacol. Nimic din toate astea nu-i real. E doar o prefăcătorie. Abia când cineva sau ceva iubit moare ne trezim din piesă și vedem cât de artificială e realitatea asta construită în care locuim.

Ne dăm seama dintr-odată că viața nu-i veșnică; nu există viitor - și nimic din ce facem nu contează. Și, nefericiți, urlăm și țipăm și blestemăm cerul până ce, la un moment dat, facem inevitabilul: mâncăm, ne îmbrăcăm și ne spălăm pe dinți. Continuăm mișcările ca de marionetă ale vieții, oricât de straniu ar părea. Apoi, încetul cu încetul, iluzia se instăpâneşte iar – până ce uităm că suntem actori într-o piesă.

Până ce ne loveşte următoarea tragedie – ca să ne trezească.

Şi după ce tocmai fusese trezită, Lana era hiperconştientă de cât de teatrale erau toate relaţiile ei – cât de fragil şi fals îi era fiecare zâmbet, cât de prost juca. Slavă Domnului, nimeni nu părea să observe.

Cel mai tare o durea să constate cât de uşor era să-l amăgească pe Jason. Fusese sigură că el o să-i simtă chinul, c-o să-şi dea seama cât de greu îi venea să-l atingă în treacăt ori să-i adreseze cuvântul. Să-l privească în ochi era ceva îngrozitor. Toate sentimentele ei erau la vedere, ar fi fost imposibil ca Jason să nu le perceapă.

Şi totuşi n-a văzut nimic. „A fost întotdeauna aşa?“, s-a întrebat Lana. „Aşa de insensibil? Probabil mă crede proastă. Probabil n-are nici un strop de conştiinţă...“

Exista însă şi altă posibilitate pe care trebuia s-o recunoască: poate că Jason n-avea nimic pe conştiinţă pentru că era nevinovat?

Nu ştiu sigur asta – dar bănuiam că, pe când făcea bagajele pentru călătoria pe insulă, Lana a început să se gândească la orele petrecute la mine acasă ca la un vis urât. Isteria, lacrimile, jurămintele de răzbunare – nimic nu era adevărat, doar psihoză stârnită de vodcă.

Asta era real, acum, hainele din mâna ei, hainele pe care le alesese şi le cumpărase pentru bărbatul iubit. E oare posibil ca Lana să fi simţit cum aluneca înapoi în neştiinţă?

„Negare“ este cuvântul pe care l-aş folosi.

Trebuie să-şi fi dat seama de asta, pentru că m-a ocolit în următoarele zile. Mi-a ignorat apelurile şi a rămas monosilabică în mesaje. Înţelegeam ce se petrece.

Nu uita, eram atât de apropiați, Lana și cu mine, încât puteam să-i citesc gândurile.

Sigur că o irita că-mi spusese de trădare; vorbind despre ea o adusese în realitate. Iar acum, după ce-mi turnase în cap toate bănuielile și suferințele ei, avea de gând să le lase acolo, în apartamentul meu.

Voia să uite totul.

Ce bine, atunci, că eram prezent, mereu gata să-i aduc aminte.

12

Din clipa în care am ajuns pe Aura am simțit că Lana mă ocolea.

Era prietenoasă, desigur, dar în purtarea ei exista o anumită distanță. O răceală. Invizibilă pentru ceilalți, însă eu o percepeam.

Am urcat să-mi desfac bagajele. Îmi plăcea tare mult camera aceea. Avea un tapet verde decolorat, mobilă din lemn de pin, un pat cu patru stâlpi. Mirosea a lemn vechi, a piatră și a rufărie curată. De-a lungul anilor mi-o apropriasem: lăsam dinadins în urmă părți din mine – cărți preferate pe rafturi, loțiunea după bărbierit, loțiunea de protecție solară, ochelarii pentru înot și mai multe costume de baie – care mă așteptau credincioase.

Pe când despachetam m-am întrebat care ar trebui să fie mișcarea mea următoare. Am hotărât că soluția cea mai bună era s-o înfrunt pe Lana și să-i amintesc de ce ne aflam acolo. Am exersat un mic discurs care s-o scoată din negare și s-o aducă înapoi în realitate.

Toată seara am încercat să vorbesc cu ea, dar n-am putut s-o prind singură. Eram convins că încerca să mă evite. Am privit-o cu atenție în timpul cinei, încercând să-i citesc gândurile.

Nu puteam să nu mă minunez: era aceeași femeie care cu doar trei zile înainte fusese isterică pe canapeaua mea. Acum mânuia cu îndemânare un cuțit și nu-l înfigea în inima soțului netrebnic, ci îi servea altă felie de friptură cu un zâmbet așa de convingător, așa de sincer, cu o expresie așa de destinsă și fericită, că până și eu am fost păcălit.

Capacitatea de negare a Lanei era pur și simplu uluitoare, mi-am zis. După toate probabilitățile, dacă nu interveneam, avea să treacă prin săptămâna aceea de vacanță ca și cum nu s-ar fi întâmplat nimic.

Pe de altă parte, Kate părea să facă tot ce-i stătea în puteri ca să fie provocatoare. Era și mai puțin discretă decât de obicei.

Chestia cu cristalul, de exemplu. După cină, când ne adunaserăm afară în jurul vetrei, Kate a sărit ca arsă cu o cerere bruscă.

– Cristalul lui Agathi. Unde e?

Lana a șovăit.

– Sunt sigură că Agathi a adormit. Nu poate să rămână pe altă dată?

– Nu. E teribil de urgent. O să-l iau pe furiș din camera ei. N-o trezesc.

– N-o să-l găsești. Probabil e prin fundul vreunui sertar.

Asta era o minciună. Lana știa foarte bine că acel cristal nu era niciodată departe de Agathi; întotdeauna pe noptieră, alături, când dormea.

– Agathi e încă trează, a spus Leo făcând semn cu capul spre casă. Are lumina aprinsă.

Kate a năvălit înăuntru, un pic nesigură pe picioare, dar în mod clar foarte hotărâtă. S-a întors peste câteva minute ținând în mână, triumfătoare, cristalul.

– L-am luat.

S-a așezat lângă vatră, cu chipul luminat de flăcări, și a început să legene cristalul deasupra palmei stângi, făcându-l să scânteieze în lumina focului. Buzele ei se mişcau în vreme ce punea fără sunet o întrebare.

Am bănuit ce întreba Kate. Fără îndoială, o variantă a lui „O s-o părăsească pentru mine?“ sau: „Ar trebui să termin relaţia cu el?“

Incredibil, nu? Atâta cruzime - să-şi etaleze fără pic de jenă relaţia cu Jason în faţa Lanei. Ce prostie din partea ei să se simtă aşa de sigură, mai presus de orice bănuială!

Sau sunt nedrept? Oare Kate era doar prea beată ca să-şi filtreze gândurile - nu-şi dădea seama ce spunea, cât de aproape era de dezvăluirea secretului său?

Sau era numai un spectacol pentru Jason, ca o ameninţare voalată? Un avertisment că ajunsese la capătul răbdării? În cazul ăsta, se străduia degeaba. Jason nu era deloc afectat. Părea să-l preocupe mai mult faptul că Leo îl bătea la table.

Kate a privit cum cristalul zvâcnea în aer. A început să se legene înainte şi înapoi, înainte şi înapoi, înainte şi înapoi, ca un metronom, într-o linie clară, dreaptă.

Răspunsul la întrebarea ei era un „nu“ hotărât.

Chipul lui Kate s-a adumbrit. Părea îndurerată. A prins cristalul în pumn şi i-a oprit legănarea, apoi i l-a azvârlit lui Leo.

-Uite, încearcă şi tu.

Băiatul a ridicat privirea de la jocul de table, clătinând din cap.

-Nu. Nu mă mai interesează. Mi-am dat seama cum merge.

-Zău? Cum anume?

-*Tu* eşti. Nici măcar nu ştii că o faci. Mâna ta îl face să se mişte aşa cum vrei.

-Nu, iubitule, a spus Kate oftând. Te înşeli. Altfel, aş fi primit alt răspuns.

*

Care era întrebarea pe care i-o pusese Kate cristalului?

M-am întrebat adesea de-a lungul anilor. M-am întrebat ce efect a avut asta asupra următoarelor douăzeci și patru de ore. Și asupra tuturor lucrurilor rele pe care le-a făcut Kate.

Oare tot ce s-a întâmplat a fost la porunca cristalului? Oare Kate s-a supus pur și simplu hotărârii lui – indiferent la ce ducea?

Chiar dacă a făcut asta, nu cred că avea vreo idee cum se va sfârși. De unde să știe?

Lucrurile au mers mult mai departe decât și-ar fi putut închipui vreodată oricare dintre noi.

13

N-am avut ocazia să vorbesc singur cu Lana până a doua zi dimineață.

Tocmai ajunseserăm pe mica plajă cu coşul de picnic. Am aşezat pe jos prosoapele şi păturile şi am aşteptat ca Leo să se îndepărteze puţin.

– Lana, am zis cu voce joasă. Putem sta un pic de vorbă?

– Mai târziu, m-a expediat ea. Mă duc să înot.

Am privit-o cum se duce la marginea apei. M-am încruntat. Nu-mi rămânea decât s-o urmez.

Apa era netedă ca sticla. Lana a înotat până la plută. Am luat-o după ea.

Când am ajuns la plută, m-am căţărat pe scara de frânghie şi m-am trântit pe spate să-mi recapăt suflul. Lana era în formă mai bună decât mine, aproape că nu gâfâia. Şedea cu genunchii la piept, privind în zare.

– Te fereşti de mine, am zis când mi-am revenit în cele din urmă.

– Zău?

– Da. De ce?

O clipă Lana n-a răspuns. A ridicat din umeri.

– Nu ghiceşti?

– Nu, dacă nu-mi spui. Nu-s clarvăzător.

Am hotărât că o puteam manevra cel mai bine făcând pe prostul. Aşa că i-am aruncat o privire nevinovată şi am aşteptat.

Într-un târziu a rupt tăcerea.

– În noaptea aceea, în apartamentul tău...

– Da.

– Am vorbit multe.

– Știu că așa am făcut, am zis ridicând din umeri. Iar acum te ferești de mine. Ce-ar trebui să înțeleg?

– Trebuie să aflu ceva. Lana m-a studiat cu atenție un moment. De ce faci asta?

– Ce anume? Că încerc să te ajut? Am privit-o drept în ochi. Îți sunt prieten, Lana. Te iubesc.

S-a uitat la mine cu sprâncenele înălțate, ca și cum nu mă credea.

Am simțit un fulger de iritare. Nu-i aiurea? În toți acei ani, nici un cuvânt aspru, nici o neînțelegere, o prietenie în care ne adoram reciproc, fără nici un conflict, până ce mă amestecasem în problemele din căsnicia ei.

„Nici o faptă bună nu scapă nepedepsită“, m-am gândit. Cine a spus asta? Avea mare dreptate.

Eram într-o poziție delicată. O știam. Nu trebuia s-o presez prea tare. Riscam s-o pierd. Dar nu mă puteam stăpâni.

– Îmi pare rău. Nu pot suporta să stau deoparte și să văd cum ești maltratată. Nu-i în ordine să-i lași să se poarte așa cu tine. Cum păstra tăcerea, m-am încruntat. Lana! Răspunde-mi, pentru numele lui Dumnezeu.

Fără să scoată o vorbă, s-a ridicat în picioare și a plonjat de pe plută. A dispărut în apă.

După picnic ne-am întors acasă. Însă Lana n-a intrat. A zăbovit pe verandă, purtându-se ca și cum urcatul treptelor ar fi obosit-o și avea nevoie să-și tragă sufletul. Dar eu nu m-am lăsat păcălit. Se uita la Kate, care se îndepărta de casa de oaspeți spre crângul de măslini - spre ruine.

Mi-am dat seama la ce se gândea Lana. Am scos un căscat prefăcut.

-Mă duc să fac un duș. Ne vedem mai încolo.

Lana n-a răspuns. Am intrat în living, apoi m-am oprit chiar lângă ușă. Am stat acolo un moment, după care am ieșit iar. Și Lana plecase. Întocmai așa cum mă așteptam, cobora treptele spre nivelul inferior.

Am urmat-o - păstrând distanța, ca să nu mă vadă. N-ar fi trebuit să-mi fac griji; nu s-a uitat niciodată în spate. Nici Kate n-a întors capul pe când mergea printre copaci, fără să aibă habar că era urmărită nu de unul, ci de doi oameni.

Când a ajuns în luminiș, Lana s-a ascuns după un copac. Am rămas un pic mai în spate, la o distanță sigură. Priveam amândoi scena care se petrecea la ruine.

Jason și Kate au vorbit o vreme. Apoi Jason a lăsat din mână pușca și s-a apropiat de Kate. Au început să se sărute.

Ce ciudat trebuie să fi fost pentru Lana să-i vadă sărutându-se! Mi-am imaginat cum i s-a prăbușit tot sistemul de apărare în clipa aceea, cum negarea, amăgirea, proiectarea furiei asupra mea s-au prefăcut în praf. Cum poți să negi ceea ce este drept în fața ta?

Deodată, picioarele Lanei au cedat. S-a prăbușit pe pământ. A căzut în patru labe în țărână. Părea că a îngenuncheat în rugăciune, însă plângea. Era o priveliște jalnică. O compătimeam din toată inima. Dar ar fi necinstit să nu recunosc că o parte din mine era ușurată. Pentru că, dacă Lana avea nevoie de mai multe dovezi decât un cercel, atunci soarta tocmai i le oferise.

Jason a simțit ochii Lanei ațintiți asupra lui. A ridicat privirea, însă era orbit de soare și n-a văzut-o.

Cu pași nesiguri, dar iuți, Lana a luat-o spre casă prin crângul de măslini. Am urmat-o.

Aveam un sentiment neplăcut legat de ce intenționa să facă în continuare.

14

Lana a dat ocol casei. A intrat pe ușa din spate.

A mers repede pe coridor și a intrat în camera de arme a lui Jason. El luase două, așa că mai erau două în rastel.

Lana a întins mâna și a luat un pistol.

A străbătut coridorul până în living, unde a ieșit prin ușile de sticlă pe verandă. Postată lângă zidul scund, se uita în jos.

Jason venea spre casă ținând doi porumbei morți. Lana a ridicat încet pistolul și l-a ațintit drept spre el.

Avea de gând să-l omoare pe Jason? Sau doar să-l sperie?

Nu știu cât de conștientă era de ceea ce făcea. Era epuizată psihic, complet destabilizată. Poate că un instinct de supraviețuire vechi, primitiv, pusese stăpânire pe ea – nevoia de a simți în mână o armă? Dacă ar fi avut la îndemână un topor, poate că l-ar fi luat, asemenea Clitemnestrei. Așa, ținea între degete un pistol.

„Haide“, am zis în gând. „Fă-o! Apasă pe trăgaci! Împușcă-l...“

Tocmai atunci a apărut Leo, care se îndrepta spre piscină. Lana a lăsat imediat în jos pistolul, ascunzându-l la spate.

Leo a ridicat privirea și, văzându-și mama, i-a făcut un semn afectuos. Lana s-a silit să zâmbească și a fluturat și ea mâna.

Trezită din transă, s-a răsucit pe călcâie și s-a întors repede în casă. Ajunsă pe coridor, nu s-a oprit la camera armelor să lase pistolul, ci s-a dus în grabă la etaj.

În dormitor, Lana s-a așezat la măsuța de toaletă. S-a privit lung în oglindă – cu pistolul în mână. Imaginea din fața ei a speriat-o teribil.

Peste câteva clipe, auzind că se deschide ușa, a aruncat pistolul în sertar. S-a uitat în oglindă și a văzut-o pe Agathi intrând zâmbitoare.

– Bună. Ai nevoie de ceva?

– Nu.

– Vreo idee pentru cină?

– Nu. Poate că o să ieșim în oraș. Nu mă pot gândi acum... O să fac o baie.

– Ți-o pregătesc eu.

– Mă descurc.

Agathi a dat aprobator din cap. A privit-o pe Lana un moment. Nu-i stătea în fire să-și spună părerea când nu-i era cerută, însă era pe cale să facă o excepție.

– Lana, ești... ești bine? Îmi pare că nu. Neprimind răspuns, a adăugat: Putem pleca imediat, dacă vrei. Agathi i-a zâmbit încurajator. Lasă-mă să te duc acasă.

– Acasă? Lana părea nedumerită. Unde-i asta?

– La Londra, desigur.

Lana a clătinat din cap.

– Londra nu-i acasă.

– Atunci unde?

– Nu știu. Nu știu unde să mă duc. Nu știu ce să fac.

S-a dus în baie și a deschis robinetele ca să umple cada.

Când s-a întors în dormitor, peste câteva minute, Agathi nu mai era acolo. Dar lăsase în urmă ceva.

Pandantivul de cristal era acolo, pe măsuța de toaletă, scânteind în soare.

Lana l-a ridicat. S-a uitat la el. Nu credea în magie, dar nu mai știa în ce să creadă. A legănat pandantivul deasupra palmei.

S-a uitat la el mișcând buzele – în vreme ce murmura o întrebare.

Aproape imediat cristalul a început să tresară, să zvâcnească, să danseze în aer.

O mică mișcare circulară care a tot crescut, deasupra palmei sale întinse, mai largă și mai înaltă... un cerc, o răsucire în aer.

Afară, o frunză răzleață s-a mișcat pe pământ.

În clipa următoare a fost ridicată în aer de o forță nevăzută, care o făcea să se răsucească. Cercul s-a tot mărit, s-a lărgit, mai sus și mai sus... în vreme ce vântul sufla din ce în ce mai tare...

Și a început *furia*.

15

Furia era un nume potrivit, mi-am zis, dată fiind starea de spirit a lui Kate.

În tot timpul cinei la Yialos căutase cearta cu lumânarea. Acum, înapoi în casă, părea hotărâtă să se ia de cineva.

Mi-am zis că era mai bine să mă feresc din calea ei, așa că am rămas afară, lângă ușile de sticlă, fumând țigara cu marijuana. Din acest punct de observație ferit am putut urmări drama care se desfășura în living.

Kate își turna altă porție mare de whisky. Jason s-a dus la ea cu mișcări stângace și i-a vorbit cu voce scăzută.

– Ai băut destul.

– Ăsta-i pentru tine. Kate a împins în direcția lui paharul plin cu whisky. Ia-l!

El a clătinat din cap.

– Nu. Nu-l vreau.

– De ce nu? Haide, bea-l!

– Nu.

– Cred că ar trebui să mergem cu toții la culcare, a zis Lana cu hotărâre.

A privit-o fix pe Kate un moment; cea mai clară privire de avertizare pe care am văzut-o vreodată. Și pentru o clipă Kate a părut c-o să bată în retragere.

Dar nu. Kate a acceptat provocarea. Și-a smuls șalul, l-a răsucit prin aer ca pe *muleta* toreadorului și l-a azvârlit pe spătarul canapelei.

Apoi a dus la gură paharul de whisky și l-a golit dintr-o suflare.

Lana avea o expresie indescifrabilă, dar îmi dădeam seama că e furioasă.

– Jason, mergem sus? Sunt obosită.

Kate a întins mâna și l-a înșfăcat de braț.

– Nu, Jason. Stai aici.

– Kate...

– Vorbesc serios. Nu pleca. O să-ți pară rău dacă pleci.

– Îmi asum riscul.

Jason i-a îndepărtat mâna de pe brațul său – o mișcare nechibzuită, mi-am zis. Știam că asta o s-o înfurie. Am avut dreptate.

– *Te bag în mă-ta*, a șuierat ea.

Jason a părut surprins. Nu se așteptase la acest nivel de furie. Aproape că l-am compătimit.

Acum înțelegeam. Furia o trădase pe Kate: toată această șaradă era pentru *Jason*, nu pentru mine sau Lana. Asupra lui Jason se revărsa furia ei.

Lana a înțeles și ea. Avea instinctul extraordinar al unui mare actor. Știa că ăsta era semnalul de a-și spune replica și, ca întotdeauna, a rostit-o cu reținere:

– Jason. Hotărăște-te, te rog.

– Poftim?

– Trebuie să alegi. Lana a arătat cu capul spre Kate fără să-și ia ochii de la soțul ei. Eu sau ea.

– Despre ce vorbești?

– Știi al naibii de bine despre ce vorbesc.

S-a lăsat un moment de tăcere. Fața lui Jason era o imagine de neuitat – ca atunci când vezi cu încetinitorul un accident de mașină. Prins între aceste două femei, n-avea nici o șansă de scăpare. În afară de cazul în care izbutea cumva să împiedice deznodământul.

Ceea ce a făcut în clipa aceea a fost extrem de grăitor. Barbara West mi-a dezvăluit cândva un vechi truc scriitoricesc: dai valoare unei anumite persoane sau unui obiect prezentându-le la alegere cu o a doua variantă. La ce ești pregătit să renunți pentru un lucru ne spune totul despre valoarea pe care i-o atribui.

Jason avea aici o alegere clară, între Kate și Lana. Eram pe cale să descoperim – dacă aveam vreo îndoială – pe care o prețuia mai mult.

Barbarei i-ar fi plăcut grozav asta, mi-am zis. Exact genul de situație pe care s-o fure și s-o pună într-o carte.

Gândul la Barbara m-a făcut să zâmbesc – ceea ce a fost o greșeală, mi-am dat seama văzând că Jason se holba la mine cu o expresie furioasă.

– Ce mama dracului? Crezi că e *amuzant*, ticălos nenorocit ce ești?

– Eu? Am râs. Cred că sunt cea mai mică dintre problemele tale, amice.

La asta, Jason și-a ieșit din fire. S-a năpustit la mine și m-a înșfăcat de gât. M-a lipit de perete și a ridicat pumnul ca și cum avea de gând să mă pocnească în față.

– Încetează! Încetează! Kate îl lovea cu pumnii în spate. Lasă-l în pace! Jason...

În cele din urmă mi-a dat drumul. Mi-am tras sufletul și mi-am îndreptat gulerul cu toată demnitatea pe care am putut s-o adun.

– Acum te simți mai bine?

Jason n-a răspuns. M-a fulgerat cu privirea. Apoi, amintindu-și prioritățile, s-a răsucit ca s-o implore pe Lana.

– Lana. Ascultă...

Însă Lana nu era acolo. Plecase.

16

Nikos era în căsuța lui, așezat pe un fotoliu de lângă șemineu. Bea uzo și asculta vuietul vântului.

Îi plăcea să asculte vântul în toate toanele lui. În seara asta era furios. În alte seri gemea ca un bătrân cuprins de durere sau se jeluia ca un copilaș rătăcit în vijelie. Uneori, Nikos putea să se convingă singur că afară era o fată care plângea de mama focului, pierdută în furtună. Ieșea din casă și se uita atent în beznă, dar era întotdeauna vântul, jucându-i feste.

Și-a turnat iar niște uzo. Era cherchelit, cu mintea la fel de cețoasă ca băutura din pahar. S-a lăsat pe spate în fotoliu și s-a gândit la Lana. Și-a imaginat cum ar fi fost ca ea să locuiască acolo, pe Aura, cu el. Asta era una dintre fanteziile lui preferate.

Era sigur că Lana ar fi fost fericită acolo. Întotdeauna prindea viață pe insulă – era ca și cum o lumină ar fi strălucit dinăuntrul ei în clipa în care cobora din barcă. Pe deasupra, l-ar fi salvat de singurătate. Ar fi fost ca ploaia căzând pe pământul pârjolit; o gură de apă rece care să-i aline buzele uscate, sărate.

A închis ochii, alunecând într-un vis erotic. Și-a închipuit că se trezește dimineața în pat cu Lana – ea era cu fața spre el, cu pletele aurii împrăștiate pe pernă... ce moale îi era părul, ce dulce îi era mirosul, ca florile de portocal... I-ar fi luat în brațe trupul catifelat, și-ar fi frecat nasul de gâtul ei, i-ar fi sărutat pielea. Şi-ar fi apăsat gura pe buzele ei...

Excitat, pe jumătate beat, pe jumătate adormit, a crezut că visează când a deschis ochii... şi ea era acolo.

Lana.

Nikos a clipit. S-a îndreptat de spate, dintr-odată complet treaz.

Lana stătea acolo, în uşă. Era acolo în realitate, nu în închipuirea lui. Era superbă, îmbrăcată complet în alb. Arăta ca o zeiţă. Însă o zeiţă tristă. Una speriată.

– Nikos, a şoptit Lana. Am nevoie de ajutorul tău.

17

Jason, Kate şi cu mine rămăseserăm în living. Am aşteptat să văd cine vorbeşte primul. A fost Kate, părând înfrântă.

– Jason. Putem să vorbim?

În vocea ei era un gol. Furia îi trecuse, focul se stinsese – nu mai rămânea decât cenuşa.

– Jason?

Jason s-a uitat prin ea. Era o privire de gheaţă, mi-am zis. Ca şi când Kate n-ar fi existat. S-a răsucit pe călcâie şi a ieşit din încăpere.

Dintr-odată, Kate arăta ca o copiliţă, gata să izbucnească în plâns. Fără voie, mi-a fost milă de ea.

– Vrei să bei ceva?

A clătinat scurt din cap.

– Nu.

– Îţi pregătesc un pahar, oricum.

M-am dus la bufetul cu băuturi şi am pregătit două pahare. Am pălăvrăgit despre vreme, ca să-i dau lui Kate timp să-şi vină în fire. Dar îmi dădeam seama că nu mă ascultă.

Am ţinut paharul în faţa ei vreo douăzeci de secunde până să-l vadă.

– Mulţumesc.

A luat paharul şi l-a pus pe masă, cu gândul în altă parte. A întins mâna spre ţigări.

Mi-am masat gâtul. Mă durea acolo unde mă înșfăcase Jason. M-am încruntat.

– Ar fi trebuit să vii să stăm de vorbă, Kate. Aş fi putut să te lămuresc. Aş fi putut să te previn.

– Să mă previi? Despre ce?

– El n-o s-o părăsească pe Lana pentru tine. Nu-ți face iluzii.

– Nu-mi fac iluzii.

Kate a bătut violent în masă cu țigara, după care a pus-o în gură şi a aprins-o.

– Cred că-ți faci.

– Habar n-ai.

A fumat o vreme – am observat că-i tremură mâna. Apoi a strivit brusc țigara în scrumieră şi s-a răsucit spre mine cu o scânteie din vechea furie:

– Întrebarea este ce treabă ai *tu* cu asta. De ce eşti aşa de interesat de căsnicia Lanei? Chiar dacă se despart, ea n-o să se mărite cu *tine*.

Kate glumea. Văzând însă fulgerarea de durere din ochii mei, a tras brusc aer în piept.

– Oh, Dumnezeule mare! *Asta* ai tu în cap? Chiar crezi... că tu și *Lana*...?

Nu şi-a putut sfârşi vorba, pentru că a copleşit-o râsul. Un râs răutăcios, batjocoritor.

Am aşteptat până s-a potolit. Apoi am spus cu răceală:

– Încerc să ajut. Asta-i tot.

– Nu, nu, nu încerci. Kate a clătinat din cap. Pe mine nu mă duci de nas cu aerele tale de Machiavelli. Dar până la urmă o să capeți ce meriți. O să vezi.

N-am băgat-o în seamă. Eram hotărât s-o fac să mă asculte. Era important.

– Vorbesc serios, Kate. Nu-l pune pe Jason într-o situație în care trebuie să aleagă între voi. O să-ți pară rău.

– Du-te dracului!

Însă ocara ei era lipsită de convingere – era clar că nu se putea gândi la Jason. Se uita la ușă.

În cele din urmă, luând brusc o decizie, s-a ridicat și a ieșit în grabă.

Rămas singur în living, am încercat să-mi imaginez ce ar putea să se întâmple mai departe.

Evident, Kate plecase să-l caute pe Jason. Dar pe Jason nu-l interesa Kate – tocmai arătase asta foarte clar.

Prioritatea lui era Lana. Va încerca s-o recâștige. O va alina; o va asigura că nu este nimic între el și Kate. Va minți, va susține că e nevinovat și va jura că n-a înșelat-o niciodată.

Iar Lana? Ce va face ea? Asta era întrebarea-cheie. Totul depindea de ea.

Am încercat să vizualizez scena. Unde se aflau? Pe plajă, poate? Nu, într-un cadru mai romantic, *la ruine* – o întâlnire sub clar de lună printre coloanele străvechi. Aveam o idee despre cum intenționa Lana să-și joace cartea. Că veni vorba, eram sigur că o văzusem jucând un rol asemănător într-un film. Avea să fie stoică și plină de abnegație – ce mod mai bun de a declanșa cele mai nobile sentimente ale eroului? Simțul onoarei și datoriei?

La început l-ar fi întâmpinat pe Jason cu răceală, apoi ar fi lăsat încetul cu încetul reținerea să se topească. Nu l-ar fi mustrat. Nu, s-ar fi învinovățit pe sine, luptând cu lacrimile în timp ce vorbea; se pricepea la asta.

În cele din urmă avea să se uite la Jason cu privirea ei specială, cea pe care o păstra pentru prim-planuri: deschizându-și larg ochii imenși, hipnotici, vulnerabilă, plină de durere și totuși grozav de curajoasă – o șarlatanie, după Barbara West, însă una extrem de eficientă.

Cât ai bate din palme, Jason avea să fie vrăjit, luat pe sus de spectacolul dat de Lana. Căzut în genunchi, ar fi implorat iertare, jurând să se schimbe – şi chiar ar fi gândit asta. Kate avea să se topească pe fundalul minţii lui. *Sfârşit*.

Preţ de o clipă m-am gândit să dau fuga să-i găsesc – şi să încerc să intervin. Dar nu. Trebuia să am încredere în Lana.

La urma urmei, era foarte posibil să-mi ofere o surpriză.

18

– Ei bine? a zis Lana. O s-o faci?

Nikos se holba la ea uluit. Nu-i venea să creadă ce auzise. Nu reușea să dea crezare vorbelor care tocmai ieșiseră din gura Lanei – sau să înțeleagă ceea ce tocmai îi ceruse să facă.

Simțea că nu-i în stare să răspundă, așa că n-a făcut-o.

– Ce vrei în schimb? a întrebat ea.

Din nou, nici un răspuns.

Lana și-a dus mâinile la ceafă și și-a desfăcut colierul de diamante. I-a întins mormanul scânteietor de pietre încolăcit în palmă.

– Ia-l. Vinde-l. Cumpără-ți ce vrei. Citindu-i gândurile așa cum numai ea putea, a adăugat: O barcă. Asta-i ceea ce-ți dorești, nu-i așa? Cu asta poți să cumperi o barcă. Întrucât bărbatul nu deschidea gura, s-a încruntat. Te simți jignit? Nu fi. E un schimb cinstit. Spune-mi ce vrei ca să faci ce ți-am cerut.

El n-o asculta. Nu se putea gândi decât la frumusețea zeiței din fața lui. Până să-și dea seama, cuvintele îi ieșiseră din gură.

– Sărută-mă.

Lana s-a uitat la el ca și cum n-ar fi auzit.

– Poftim?

Nikos n-a răspuns.

Nedumerită, i-a căutat privirea.

– Nu pricep. Asta vrei? Ăsta-i prețul tău?

El n-a vorbit și nu s-a clintit. Doar a stat acolo.

Într-un târziu, ea a înaintat cu un pas mic. Fețele le erau la depărtare de câțiva centimetri. În timp ce se priveau, Lana și-a dat seama că nu-i observase niciodată ochii. Erau deosebit de frumoși, emanând o lumină albastră limpede. I-a răsărit în cap un gând nebunesc: „Ar fi trebuit să mă mărit cu Nikos. Atunci aș fi putut să trăiesc aici și aș fi fost fericită".

S-a aplecat în față și și-a apăsat buzele pe gura lui.

Pe când se sărutau, Nikos, care era uscat ca iasca pe dinăuntru, s-a aprins – și a fost mistuit. Nu mai simțise în viața lui așa ceva. N-avea să mai fie niciodată același, o știa.

– O s-o fac, a șoptit printre sărutări. O să fac ceea ce vrei.

Lana a ieșit din căsuța lui Nikos și a luat-o pe cărare spre crângul de măslini. Peste câteva minute a pătruns în luminișul care găzduia ruinele.

Rămășițele construcției străvechi erau apărate de furia vântului de măslinii deși care le înconjurau. Lana s-a așezat o clipă pe o coloană spartă. A închis ochii și a stat acolo, adâncită în gânduri.

Dintr-odată, în tufele din spatele ei o crenguță a trosnit sub tălpi.

A deschis ochii și a întors capul să vadă cine este.

Au răsunat trei împușcături.

Peste câteva clipe, Lana zăcea pe pământ, într-o baltă de sânge.

19

Leo a ajuns primul în luminiş. L-a urmat Agathi, apoi am apărut eu şi cu Jason.

Când ne-am strâns în jurul trupului Lanei, timpul a părut să stea în loc. Ne ţinea suspendaţi, în vreme ce totul în jurul nostru se mişca. Vântul se învârtejea şi urla, copacii se legănau pe când noi stăteam neclintiţi, îngheţaţi, captivi într-o stare atemporală, incapabili să gândim sau să simţim.

N-a durat decât câteva secunde, dar a părut o veşnicie – până ce s-a ivit Kate şi a rupt vraja. Părea dezorientată şi confuză. Expresia i s-a schimbat de la confuzie la neîncredere şi apoi la oroare.

– Ce s-a întâmplat? tot bâiguia. Dumnezeule mare...

Cumva, sosirea ei ne-a îmboldit să acţionăm. Am îngenuncheat lângă Leo.

– Trebuie s-o culcăm pe pământ. Leo? Trebuie să-i dai drumul...

Leo o legăna în braţe, plângând în hohote. Am încercat să-l înduplec:

– Haide, Leo, te rog...

– Las-o jos, Leo! a zis Jason.

Pierzându-şi răbdarea, a făcut o mişcare bruscă spre el.

Leo a reacţionat ca şi cum l-ar fi muşcat un şarpe. A început să urle, şi faţa lui mânjită de sânge era o privelişte înfiorătoare.

– *Pleacă de lângă ea! Pleacă!*

Surprins, celălalt s-a tras înapoi.

– Doar pune-o pe pământ, pentru numele lui Dumnezeu!

I-am aruncat lui Jason o privire exasperată.

– Mă descurc eu cu el. Cheamă o ambulanță!

Jason a început să-și caute prin buzunar telefonul. L-a găsit, l-a deblocat și l-a vârât în mâna lui Agathi.

– Sună la Mykonos. Spune că avem nevoie de o ambulanță și de poliție. Trebuie să vină *acum*!

Agathi a dat din cap buimăcită.

– Da, da...

– Mă duc să iau o pușcă. Stați aici. Nu vă mișcați.

A pornit în goană spre casă. Kate a ezitat puțin, apoi a fugit după el.

Agathi și cu mine am reușit să-l facem pe Leo să lase din brațe trupul Lanei. Am întins-o cu grijă pe pământ. Leo a ridicat privirea, cu ochii holbați. A vorbit cu vocea gâtuită.

– *Armele.*

– Ce?

Însă Leo se ridicase deja – și o rupsese la fugă după ceilalți.

20

Kate a intrat repede în casă. S-a uitat în jur, însă Jason nu era nicăieri.

– Jason, a șoptit. Jason...

În acel moment, bărbatul a ieșit din camera armelor. S-a uitat lung la ea cu o expresie derutată, stranie.

– Au dispărut.

– Poftim? a întrebat ea nedumerită.

– Armele. Nu-s acolo.

– Ce vrei să zici? Unde sunt?

– Habar n-am, fir-ar să fie. Le-a luat cineva.

S-au auzit pași la capătul coridorului. Au ridicat amândoi privirea.

Leo rămăsese pe loc, uitându-se la ei. Oferea o priveliște groaznică – plin de sânge, cu hainele în neorânduială, îndurerat la culme. Părea că și-a pierdut mințile.

– Armele, a zis Leo. Eu...

Jason s-a încordat.

– Ce?

– Le-am mutat. Le-am ascuns. Era o glumă, eu...

Însă Jason se repezise deja la el. L-a înșfăcat de umeri și a început să răcnească:

– Unde sunt? *Spune-mi!*

– Jason, dă-i drumul! a intervenit Kate.

– Unde-s armele?

– Dă-i drumul!

Jason l-a eliberat şi Leo s-a prăbuşit pe podea, lângă perete, plângând, strângându-şi genunchii la piept.

– *E moartă!* a țipat. *Nu-ți pasă nici un pic?*

Şi-a acoperit fața cu mâinile. Kate s-a dus la el şi l-a luat în brațe.

– Şşt, şşt, dragule! Te rog, spune-ne. Unde-s armele?

Leo a ridicat o mână şi a arătat spre lada de lemn.

– Înăuntru.

Jason s-a năpustit spre ladă. A smucit capacul.

S-a încruntat.

– E o glumă?

– Ce?

Tânărul s-a ridicat. S-a dus acolo. S-a uitat înăuntru.

Lada era goală.

Leo era uluit.

– Dar... le-am pus acolo.

– Când?

– Înainte de cină. Cineva le-a mutat.

– Cine? De ce să facă asta?

Kate s-a încruntat. Îi venise o idee.

– Unde-i Nikos?

– Sunt aici, a zis o voce din spatele lor.

S-au răsucit. Nikos stătea în uşă. Avea o puşcă în mână.

După o mică pauză, Jason a rostit cu prudență:

– Lana a fost împuşcată.

Nikos a dat din cap.

– Da, ştiu.

Jason a aruncat o privire spre arma din mâna grădinarului.

– De unde o ai?

– E puşca mea.

– Eşti sigur? Toate armele mele lipsesc.

Nikos a ridicat din umeri.

– E a mea.

Jason a întins mâna.

– Păi, ai face bine să mi-o dai.

Nikos a clătinat din cap – un „nu" hotărât. Jason a hotărât să nu-l preseze. În schimb, a zis încet și apăsat:

– Trebuie să cercetăm insula. Pricepi? E aici un intrus. E înarmat și periculos. Trebuie să-l găsim.

Apoi am intrat eu – aducătorul de vești proaste. Nu știam cum s-o spun, așa că am spus-o și gata.

– Agathi a vorbit cu cei de la poliția din Mykonos.

Jason a ridicat privirea.

– Și? Când vin aici?

– Nu vin.

– Ce?

– Nu vin. Din pricina vântului. Nu pot să ajungă cu barca.

Kate s-a holbat la mine. Fața i s-a crispat.

– Dar nu se poate... Trebuie să...

– Au zis că furtuna o să se potolească până în zori... Vor încerca atunci.

– Dar... asta înseamnă *peste cinci ore.*

– Știu, am zis. Până atunci trebuie să ne descurcăm singuri.

21

S-a stabilit ca Jason, Nikos și cu mine să scotocim insula căutând intrusul. Le-am spus că e pierdere de timp.

– E o prostie. Chiar credeți că a ajuns cineva pe mal pe vremea asta? E imposibil!

– Ce altă variantă ar fi?

Jason m-a fulgerat cu privirea.

– E cineva aici și o să-l găsim. Acum mișcați-vă.

Și așa, înarmați cu lanterne cu baterii, ne-am aventurat în noapte.

Am început să cercetăm cărarea din crângul de măslini, luminând cu lanternele. Printre copacii deși nu se zăreau decât pânze de păianjen și cuiburi de păsări.

Pe când mergeam, Jason se tot uita la pușca din mâna lui Nikos. Era clar că n-avea încredere în el. Sincer să fiu, eu n-aveam încredere în nici unul dacă avea o pușcă – îi supravegheam la fel de atent cum se supravegheau între ei.

Când am ajuns pe coastă am început să cercetăm plajele. Era o sarcină grea sub atacurile necontenite ale vântului. Furia era stăruitoare, ne șfichiuia fețele, ne azvârlea nisip în nas și în gură; ne urla în urechi, ne îmbrâncea, dezechilibrându-ne, ori de câte ori prindea ocazia. Însă am continuat, și ne-a trebuit un pic mai mult de o oră ca să parcurgem cărarea care șerpuia pe marginea insulei, ridicându-se și coborând de-a lungul țărmului.

În sfârșit, am ajuns în partea de nord: o faleză abruptă căzând în apa de dedesubt – unde oricui i-ar fi fost imposibil să amareze o barcă; și n-aveai unde să te ascunzi printre stâncile golașe.

Până la urmă, ce spusesem eu mai devreme le-a fost clar și celorlalți. Nu era nici o barcă, nici un intrus. Nu mai era nimeni altcineva pe insulă.

Nimeni, în afară de noi șase.

22

Poate că acesta e un moment bun în care să facem un popas și să evaluăm situația înainte să mergem mai departe.

Cunosc convențiile acestui gen literar. Știu ce trebuie să se întâmple în continuare. Știu ce aștepți. O anchetă criminalistică, un deznodământ, o întorsătură de situație.

Așa se presupune că trebuie să se petreacă lucrurile. Dar, așa cum te-am avertizat de la bun început, avem de-a face cu un caz ieșit din comun.

Prin urmare, înainte ca povestea noastră să se abată cu totul de la secvența familiară a evenimentelor, hai să vedem cum s-ar putea desfășura o narațiune alternativă.

Hai să ne imaginăm o clipă un detectiv – o versiune grecească a belgianului Agathei Christie, poate? Apare pe insulă peste câteva ore, după ce vântul s-a domolit.

E un bărbat mai în vârstă, care coboară cu grijă din barca poliției, asistat de un agent de rang inferior. E înalt și slab, cu părul sur și mustăcioară subțire, tunsă îngrijit. Are ochii negri și pătrunzători.

– Sunt inspectorul Mavropoulos de la poliția din Mykonos, spune cu accent grecesc puternic.

Numele lui, ne explică Agathi, înseamnă „mierlă" – mesagera morții.

Inspectorul, care seamănă cu o pasăre de pradă, se așază în capul mesei din bucătărie. După ce el și agenții își beau ceșcuțele de cafea grecească, devorând biscuiții dulci pe care Agathi i-a făcut să apară ca prin farmec, ancheta poate începe.

Mavropoulos își scutură câteva firimituri din mustață și cere să ne prezentăm pe rând ca să ne interogheze. În timpul acestor discuții stabilește rapid faptele.

Ruinele unde a fost descoperit cadavrul Lanei sunt la nici douăsprezece minute distanță de casă – pe cărare, prin crângul de măslini. Crima a fost săvârșită la miezul nopții, când s-au auzit împușcăturile. Cadavrul a fost descoperit curând după aceea.

Dat fiind că Leo a fost primul care a apărut în luminiș, el este primul chemat la interogatoriu.

– Băiete, îi spune inspectorul cu blândețe, îmi pare foarte rău pentru pierderea ta. Mă tem că trebuie să-ți cer să lași jalea deoparte un moment și să-mi răspunzi la întrebări cât de clar poți. Unde te aflai când ai auzit împușcăturile?

Leo răspunde că tocmai vomita – în grădina de legume proaspăt săpată, la care lucrau el și Nikos. Inspectorul presupune că tânărului îi era rău de la alcool – și Leo nu-l contrazice, gândindu-se că poate marijuana este încă ilegală în Grecia.

Înduioșat de suferința cumplită a băiatului, inspectorul nu-l presează, îl lasă să plece după câteva întrebări.

Următorul la rând este Jason. Reacțiile lui îi par lui Mavropoulos evazive, chiar stranii. Jason susține că la miezul nopții se afla în partea opusă a insulei, pe faleză. Când i se cere să dea o explicație, declară că o căuta pe Lana, întrucât n-o găsise nicăieri în casă. Faleza pare un loc ciudat în care s-o caute, dar inspectorul nu face nici un comentariu – pe moment.

Pur și simplu notează că Jason n-are alibi.

Nici Kate, singură în casa de oaspeți. Nici Agathi, dormind în patul ei. Nici Nikos, ațipit în cabană.

Și unde eram eu? vei întreba. Trăgeam la măsea în living, însă trebuie să mă crezi pe cuvânt. De fapt, nici unul dintre noi nu poate să dovedească unde se afla.

Ceea ce înseamnă că oricare dintre noi șase ar fi putut să comită crima.

Dar de ce?

De ce s-o ucidă unul dintre noi pe Lana? Toți o iubeam.

Cel puțin, eu o iubeam. Deși nu sunt sigur că inspectorul Mavropoulos înțelege deplin conceptul de *suflete-pereche*, mă străduiesc cât pot mai bine să-i explic că n-aveam nici un motiv s-o omor pe Lana.

Ceea ce nu-i cu totul adevărat.

De exemplu, nu-i spun că Lana îmi lăsase o avere în testamentul său.

De unde știu? Ea mi-a spus, pe când aranjam vânzarea casei din Holland Park pe care mi-o lăsase Barbara West. Lana m-a întrebat de ce vreau s-o vând, iar eu i-am explicat că, în afară de faptul că uram casa și toate amintirile din ea, aveam nevoie de bani. Aveam nevoie de ceva din care să trăiesc – altfel aș fi ajuns în stradă. Glumeam, însă Lana părea serioasă. Mi-a spus că n-o să îngăduie să se întâmple asta, că va avea întotdeauna grijă de mine; și mi-a lăsat prin testament șapte milioane de lire sterline.

Generozitatea ei m-a uluit și m-a mișcat profund. Probabil regretându-și indiscreția, Lana mi-a cerut să uit ce-mi promisese – și, mai ales, nu cumva să-i spun ceva lui Jason. Implicația nerostită era că Jason s-ar fi înfuriat. Sigur că s-ar fi înfuriat, de vreme ce era lacom, meschin, lipsit de generozitate. De fapt, opusul Lanei și al meu.

Faptul că știam de această moștenire nu-mi schimba câtuși de puțin sentimentele. Cu siguranță nu plănuisem uciderea Lanei, dacă asta crezi.

Dar poți să crezi ce vrei – asta-i partea distractivă a unei cărți polițiste, nu-i așa? Poți paria pe oricare cal ai chef.

În locul tău, mi-aș pune banii pe Jason.

Știm cu toții ce disperat era, ce mare nevoie avea de bani. N-a recunoscut-o în fața lui Mavropoulos, însă aerul de vinovăție plutește în jurul lui ca fumul de țigară. Orice inspector de poliție priceput ar trebui să-l adulmece și să devină bănuitor.

Iar Kate? Ei bine, ea n-avea un mobil de ordin financiar – în cazul ei ar fi *un crime passionnel*[1], nu-i așa? Dar rămâne întrebarea: oare chiar ar ucide-o pe Lana ca să-i fure bărbatul? Nu sunt convins de asta.

Nu sunt convins nici că Agathi e o suspectă demnă de luat în seamă. Și ea avea să capete o moștenire, ca mine – și, la fel ca mine, era foarte loială. Nu există vreun motiv să credem că i-ar fi făcut vreun rău Lanei. O iubea pe Lana, poate chiar un pic prea mult.

Cine mai rămânea?

Nu-l iau serios în considerare pe Leo. Dar tu? Oare un fiu și-ar ucide mama adorată numai din cauză că nu-l lasă să se ducă la școala de teatru? Cu toate că, să fim sinceri, sunt oameni care au săvârșit omoruri din motive mult mai puțin stringente. Iar dacă ar ieși la iveală că Leo e făptașul, asta ar oferi o surpriză suficient de șocantă; un sfârșit spectaculos al poveștii noastre.

---

[1] În limba franceză în original

Un cititor mai versat, care se visează detectiv, poate că l-ar alege pe Nikos – dubios de la bun început, tot mai obsedat de Lana, retras și excentric.

Sau Nikos e un suspect prea evident? Ne-am confrunta cu aplicarea poncifului „majordomul a făcut-o"[1] în decorul unei insule grecești?

Atunci cine mai rămânea?

Nu mai era posibilă decât o soluție. Un truc pe care Agatha Christie însăși l-a folosit uneori. Un personaj din afară, al cărui nume nu e pe lista celor șase suspecți. Cineva care a debarcat clandestin pe insulă, în ciuda vremii rele, înarmat cu o pușcă și cu dorința de a ucide. Cineva din trecutul Lanei?

Era posibil? Da. Probabil? Nu.

Hai totuși să nu respingem această idee – nu până ce inspectorul Mavropoulos ajunge la o concluzie și ne cere să ne adunăm ca să ne prezinte numele făptașului.

Inspectorul ne reunește în livingul casei principale – sau la ruine, dacă are chef de un moment teatral. Șase scaune, așezate în șir, în fața coloanelor.

Privim cum Mavropoulos se plimbă încolo și încoace, conducându-ne prin anchetă, prin toate meandrele gândirii sale. În cele din urmă, deduce că, spre imensa surprindere a tuturor, ucigașul este...

Ei bine, doar până aici pot merge pentru moment.

Toate cele de mai sus s-ar fi putut întâmpla dacă povestea ar fi fost scrisă de o mână mai fermă decât a mea – de pana implacabilă, fermă, a Agathei Christie.

Însă mâna mea nu-i fermă. E slabă și extrem de schimbătoare, la fel ca mine. Dezorganizată și sentimentală. Nu-ți poți imagina trăsături mai nepotrivite pentru un

---

[1] *The butler did it* – expresie care descrie o rezolvare stereotipă sau forțată a misterului dintr-o carte

autor de cărți polițiste. Slavă Domnului că sunt doar un diletant, n-aș putea să-mi câștig din asta pâinea cea de toate zilele.

Adevărul este că nimic nu s-a petrecut așa cum am descris mai sus.

N-a fost nici un inspector Mavropoulos, nici o anchetă, nimic atât de ordonat, metodic sau sigur. Când au venit în cele din urmă polițiștii era deja zi, și identitatea ucigașului era cunoscută.

Se dezlănțuise deja iadul.

Ce s-a întâmplat, așadar? Îngăduie-mi să-ți umplu la loc paharul și o să-ți spun.

Adevărul, se zice, e adesea mai ciudat ca ficțiunea.

ACTUL III

„Nu-i nefiresc faptul că cei mai buni scriitori sunt mincinoşi. O parte importantă din meşteşugul lor este să mintă sau să inventeze, şi vor minţi la beţie, sau pe ei înşişi, sau pe străini."

Ernest Hemingway

1

În acest punct, presupun că, la fel ca amărâtul ăla silit să suporte povestea ciudată a Bătrânului Marinar[1], te întrebi în ce mama naibii te-ai vârât când ai acceptat să-mi asculți povestea.

Tare mi-e teamă că devine și mai ciudată.

Mi-aș dori să știu ce crezi despre mine în clipa asta. Ești un pic fermecat, chiar fascinat, așa cum fusese Lana? Sau, asemenea lui Kate, crezi că sunt enervant, cabotin, nu-mi refuz nimic?

Există un grăunte de adevăr în toate cele de mai sus. Însă ne place ca problemele morale să rămână simple, nu? Bun/rău, nevinovat/vinovat. Asta merge în ficțiune; viața reală nu-i așa de bine definită. Oamenii sunt făpturi complicate, cu nuanțe de lumină și întuneric prezente în noi toți.

Dacă sună ca și cum aș încerca să mă justific, te asigur că nu-i așa. Sunt foarte conștient că atunci când o să auzi restul poveștii s-ar putea să nu fii de acord cu faptele mele. Nu-i nimic. Nu-ți caut aprobarea.

Ceea ce caut – nu, ceea ce pretind – este *înțelegerea* ta.

Altfel, povestea mea n-o să-ți ajungă niciodată la inimă. Va rămâne un thriller de doi bani pe care ai

---

[1] Referire la *Balada bătrânului marinar*, poem de Samuel Taylor Coleridge

putea să-l iei din aeroport, să-l devorezi pe plajă – doar ca să-l arunci pe undeva și să uiți de el până ajungi acasă. Nu voi îngădui ca viața mea să fie redusă la maculatură. A, nu.

Dacă e să înțelegi vreunul dintre evenimentele incredibile care urmează, trebuie să-ți explic câteva lucruri despre mine, unele pe care nu ți le-am putut dezvălui când ne-am cunoscut. De ce nu? Presupun că am vrut să mă cunoști un pic mai bine. Am sperat că atunci ai putea să-mi ierți unele dintre trăsăturile mai puțin atrăgătoare.

Acum însă, pur și simplu nu-mi mai pot înăbuși această dorință de a scăpa de povară. N-aș putea să mă opresc nici dacă aș vrea. La fel ca Bătrânul Marinar, trebuie să-mi descarc sufletul.

Trebuie să te avertizez, paginile următoare sunt aproape de nesuportat. Mie însumi îmi vine foarte greu să scriu mai departe. Dacă ai crezut că uciderea Lanei reprezintă punctul culminant al acestei povești sordide, te-ai înșelat grav.

Adevărata oroare abia urmează să se arate.

Din nou trebuie să dau ceasul înapoi. De această dată nu la strada din Soho, Londra, ci mult, mult mai departe.

O să-ți povestesc despre Lana și mine – despre prietenia noastră, așa ciudată și extraordinară cum a fost. Însă acesta este doar vârful aisbergului, ca să fiu sincer. Relația mea cu Lana a început cu mult timp înainte să ne fi întâlnit.

A început pe când eram altcineva.

2

Ce ciudat, ori de câte ori romancierul Christopher Isherwood scria despre sinele său mai tânăr, folosea persoana a treia.

Scria despre „el“, un puști pe nume „Christopher“.

De ce? După toate probabilitățile, pentru că-i permitea accesul la empatia față de sine. E mult mai ușor să empatizezi cu alții, nu-i așa? Dacă zărești pe stradă un băiețel speriat, agresat, umilit, disprețuit, simți pe loc simpatie față de el.

În cazul propriei copilării e greu să vezi așa de limpede. Percepția ne este încețoșată de nevoia de a ne conforma, de a justifica și de a ierta. Uneori este nevoie de cineva din afară, imparțial, cum ar fi un terapeut bun, care să ne ajute să vedem adevărul – că în copilărie am fost singuri și speriați într-un loc înspăimântător, și nimeni nu ne-a văzut durerea.

Pe atunci nu puteam să recunoaștem asta. Era prea înspăimântător, așa că o măturam sub un preș enorm, sperând că o să dispară. Însă n-a dispărut. A rămas acolo, zăbovind veșnic, ca deșeurile radioactive.

E vremea să ridici preșul și să te uiți atent, nu crezi? Cu toate că, pentru siguranță, o să împrumut tehnica lui Christopher Isherwood.

Ceea ce urmează e povestea puștiului, nu a mea.

*

Primii ani ai puştiului n-au fost fericiţi.

Pentru părinţii lui, apariţia copilului fusese, fără îndoială, o neplăcere. Un experiment ratat pe care nu aveau de gând să-l repete. I-au dat mâncare şi adăpost, dar aproape nimic altceva - doar, din când în când, lecţii de beţie şi brutalitate.

Acasă era rău. La şcoală era şi mai rău. Puştiul nu era popular. Nu era sportiv, nici cool, nici deştept. Era timid şi retras şi singuratic. Singurii colegi care vorbeau cu el în mod regulat erau bătăuşii, o gaşcă de patru băieţi răi din clasa lui. I-a poreclit „neanderthalienii".

Neanderthalienii îl aşteptau în fiecare dimineaţă la poarta şcolii şi-i goleau buzunarele, îi luau banii pentru prânz, îl îmbrânceau, îi puneau piedică şi îi jucau alte feste. Le plăcea în mod deosebit să-i şuteze mingi de fotbal în cap, încercând să-l doboare, în vreme ce-l acopereau de ocări precum „aschimodie" şi „monstru", sau mai rău.

Iar când era cu faţa la pământ întotdeauna se auzea în spate un cor de râsete. Râsete ascuţite de copii. Batjocoritoare şi răutăcioase.

Am citit undeva că râsul este rău la origine - pentru că are nevoie de un obiect al ridicolului, o ţintă, un bufon. Un tiran nu glumeşte niciodată pe seama lui, nu-i aşa?

Căpetenia neanderthalienilor era un mare farsor pe nume Paul. Era popular în acel fel în care pot să fie copiii răutăcioşi. Era un mucalit, un glumeţ. Stătea în fundul clasei şi îşi bătea joc şi de profesori, şi de elevi.

Dovedind o cunoaştere precoce a armelor psihologice, Paul a hotărât că nici unul dintre colegi n-avea voie să vorbească cu puştiul. A decretat că era un lepros – prea dezgustător, prea grosolan, prea urât mirositor şi prea al dracului de ciudat ca să i se vorbească, să fie recunoscut sau atins. Trebuia să fie ocolit cu orice preţ.

De atunci încolo, fetele se distrau luând-o la goană, cu izbucniri de chicoteli ațâțate și țipete, dacă puștiul se apropia de ele pe terenul de joacă. Băieții se strâmbau și se opinteau să vomite dacă treceau pe lângă el pe scară. Bilețele crude, în care îi urau să pățească tot felul de grozăvii, îi erau lăsate pe pupitru. Și întotdeauna în spate se auzeau acele râsete ascuțite, batjocoritoare.

Din când în când apăreau întreruperi ale acelei suferințe.

Când avea doisprezece ani a jucat pentru prima dată într-un spectacol de teatru. La școală s-a pus în scenă o piesă americană celebră, *Orașul nostru* de Thornton Wilder. Pare o alegere ciudată pentru un gimnaziu din afara Londrei, însă profesoara de teatru, Cassandra, venea din Statele Unite. Probabil îi era dor de casă când a hotărât să monteze la Basildon, în Essex, această scrisoare de dragoste pentru America târgușoarelor.

Puștiului îi plăcea de Cassandra. Avea o față cabalină prietenoasă și purta un colier cu mărgele de chihlimbar care aveau prinse în ele gâze preistorice. I-a oferit puștiului unele dintre momentele cele mai apropiate de fericire pe care le trăise el vreodată.

L-a distribuit (fără pic de ironie) în rolul lui Simon Stimson, un dirijor de cor cinic, bețiv, care până la urmă se spânzură. Puștiul a fost încântat de rol. Angoasă existențială, sarcasm, disperare – n-avea habar ce înseamnă literal replicile lui, dar crede-mă, a prins esența. În seara premierei, puștiul a trăit pentru prima dată experiența aplauzelor. Nu mai simțise niciodată așa ceva – era ca un val de afecțiune, de iubire care inunda scena, potopindu-l. A închis ochii și a savurat momentul.

Apoi a deschis ochii – și i-a văzut pe Paul și ceilalți neanderthalieni așezați pe rândul din fund, râzând, schimonosindu-se și făcând gesturi obscene. Expresiile lor răzbunătoare i-au spus că o să plătească acest scurt moment de fericire.

N-a avut mult de așteptat. A doua zi dimineață a fost târât în vestiarul băieților. I s-a spus că o să fie pedepsit pentru că s-a dat mare. Că s-a crezut special.

Un neanderthalian ținea de șase la ușă, asigurându-se că nu-i deranjează nimeni. Ceilalți doi l-au silit să îngenuncheze și l-au ținut acolo, lângă pisoarul împuțit.

Paul a băgat mâna în dulapul său. A scos-o cu un gest grațios de magician, dând la iveală o cutie mare cu lapte.

– O am de câteva săptămâni, a spus, am ținut-o la clocit – pentru o ocazie specială.

A desfăcut un pic cutia, adulmecând cu grijă – apoi a făcut o mutră dezgustată, ca și cum îi venea să verse. Ceilalți băieți chicoteau nerăbdători.

– Pregătește-te, a zis Paul.

Dădea să răstoarne cutia cu fundul în sus pe capul puștiului când, dintr-odată, i-a venit o idee mai bună.

I-a întins cutia.

– Fă-o tu!

Puștiul a clătinat din cap, străduindu-se să nu plângă.

– Nu. Te rog... nu, te rog...

– E pedeapsa ta. Fă-o!

– Nu...

– *Fă-o!*

Aș vrea să pot spune că puștiul s-a împotrivit. Însă n-a făcut-o. A luat cutia care-i era îndesată în mâini.

Și încet, ceremonios, sub supravegherea lui Paul, și-a turnat pe cap conținutul. Laptele stricat, albicios, vâscos, verzuliu, o mâzgă împuțită, i-a alunecat pe față acoperindu-i ochii, umplându-i gura. I-a venit să vomite.

Îi auzea pe băieți râzând, țipând. Hohotele lor dezlănțuite erau aproape la fel de crude ca pedeapsa însăși.

„Nimic nu poate fi mai rău decât asta", și-a zis. Rușinea, umilința, furia care clocotea în el - nimic n-ar fi putut să fie așa de rău.

Se înșela, desigur. Mai avea cale lungă de bătut spre infern.

Pe când scriu asta nu pot să nu mă revolt. Chiar dacă e prea târziu, și chiar dacă nu-s decât eu, mă bucur că cineva empatizează în fine cu el. Nimeni altcineva n-a făcut-o - și cel mai puțin el însuși.

Vezi tu, Heraclit avea dreptate: *caracterul este destinul.* Alții, care au avut copilării mai bune, crescuți să se respecte și să-și apere drepturile, poate că s-ar fi împotrivit, sau, cel puțin, ar fi alertat autoritățile. Din nefericire, în cazul acestui copil, ori de câte ori încasa o chelfăneală simțea că o merită.

După asta a început să chiulească. Bântuia singur prin oraș, pierdea vremea la centrul comercial sau intra pe furiș la cinematograf.

Și acolo, în întuneric, a văzut-o prima oară pe Lana Farrar.

Era mai mare decât el doar cu câțiva ani, abia ieșită din adolescență. Rula unul dintre primele filme ale Lanei, un rateu de la începuturi - *Întâlnire cu o vedetă*, o comedie romantică deloc amuzantă despre o vedetă de cinema care se îndrăgostește de un paparazzo, jucat de un actor destul de bătrân ca să-i fie tată.

Puștiul nu băga în seamă toate glumele sexiste și situațiile comice trase de păr. N-o vedea decât pe ea. Fața aceea, proiectată sus pe ecran, la înălțimea de zece metri, era cea mai frumoasă față pe care o văzuse vreodată. Așa cum a descoperit fiecare cineast care a lucrat cu ea, Lana nu avea unghiuri proaste; doar planuri perfecte - chipul unei zeițe grecești.

În momentul acela a aruncat o vrajă asupra puștiului, care nu și-a mai revenit.

Se tot întorcea la cinematograf. Doar ca s-o vadă, să se uite la ea. A văzut fiecare film al ei – și Dumnezeu știe că le scotea pe bandă rulantă în acele zile de început. Prea puțin îi păsa de calitatea lor variabilă. Le viziona fericit pe toate, iar și iar.

Puștiul era la capătul puterilor când a întâlnit-o pe Lana. Era aproape de disperare. Iar ea i-a dat frumusețe. I-a dat bucurie. Poate că nu era mare lucru, dar era destul ca să-l sprijine, să-l țină în viață.

Ședea singur în mijlocul sălii de cinematograf, pe rândul 15, și se uita în întuneric la Lana.

Nimeni nu putea să vadă, dar pe față avea un zâmbet larg.

3

Nimic nu durează veşnic. Nici măcar o copilărie nefericită.

Anii au trecut şi copilul a crescut. Pe când se înălţa, valurile de hormoni provocau creşteri bruşte în tot soiul de locuri speciale.

Nevoia de a se rade a fost ceva care l-a chinuit luni în şir. Privea cu tristeţe barba care începea să-i acopere obrazul, vag conştient că primul bărbierit e un soi de vechi ritual masculin de iniţiere – un moment de legătură între tată şi fiu, de trecere în lumea bărbaţilor. Gândul de a împărtăşi acest ritual cu tatăl său îl făcea să-i fie rău fizic.

Hotărât să evite o situaţie jenantă, s-a dus pe furiş la prăvălia de cartier şi şi-a cumpărat lame şi spumă de ras, pe care le-a ascuns ca pe nişte reviste pornografice în sertarul de lângă pat. Şi-a îngăduit să-i pună tatălui o întrebare. Avea impresia că e destul de nevinovată.

– Cum de nu te tai? a zis, chipurile în treacăt. Când te razi, vreau să zic – te asiguri că lama nu-i prea ascuţită?

Tatăl i-a aruncat o privire dispreţuitoare.

– Lama tocită te taie, idiotule, nu cea ascuţită.

Asta a pus capăt discuţiei lor. Aşa că, fără vreun alt ajutor în acele vremuri de dinaintea internetului, puştiul a dus pe furiş în baie spuma şi lamele. Prin încercări şi eşecuri sângeroase a învăţat singur să fie bărbat.

A plecat de acasă curând după asta. A fugit la câteva zile după ce împlinise şaptesprezece ani.

S-a dus la Londra, ca Dick Whittington[1], căutând faimă şi bogăţie.

Puştiul voia să fie actor. A presupus că tot ce trebuia să facă este să se ducă la una dintre audiţiile anunţate pe ultimele pagini din *The Stage*, la care se putea prezenta oricine, şi avea să fie descoperit şi catapultat la statutul de vedetă. N-a mers chiar aşa.

Uşor de văzut de ce, privind în urmă. Nu numai că nu era un actor foarte bun - prea timid şi lipsit de naturaleţe -, dar nici nu era destul de arătos ca să iasă în evidenţă din mulţime. Avea un aer de haimana, tot mai neîngrijit pe zi ce trece.

Nu că ar fi putut să vadă asta pe atunci. Dacă ar fi putut, poate că şi-ar fi călcat pe mândrie, s-ar fi dus acasă cu coada între picioare - şi ar fi avut parte de mult mai puţină suferinţă.

Aşa însă, şi-a format convingerea că succesul era la prima cotitură. Nu trebuia decât să mai strângă din dinţi o vreme şi gata.

Din nefericire, curând s-a isprăvit bruma de bani pe care o avea. Rămas fără un sfanţ, a fost izgonit din căminul pentru tineri din King's Cross, unde găsise adăpost.

Situaţia lui s-a înrăutăţit foarte repede.

N-ai crede asta, acum e modern şi curat - peste tot oţel sclipitor şi cărămidă aparentă - însă pe atunci, Dumnezeule mare, King's Cross era un cartier *dur*. Un loc dubios, plin de primejdii, cu o lume interlopă

---

[1] Negustor englez, primar al Londrei (c. 1354-1423) şi erou al unei legende populare puse în scenă frecvent în spectacolele de pantomimă

desprinsă din Dickens, populată de furnizori de droguri, prostituate şi copii ai străzii.

Mă cutremur acum când mă gândesc la puştiul acela atât de prost echipat pentru supravieţuire. Era sărac lipit pământului şi dormea pe băncile din parcuri – până ce a avut un pic de noroc, în timpul unei furtuni, şi s-a refugiat în Cimitirul Euston.

A intrat în cimitir căţărându-se pe zid, în căutarea unui refugiu. A descoperit pe o latură a bisericii un buncăr subteran destul de mare ca să poată sta culcaţi comod doi-trei oameni. Mă rog, cât de comod îţi poate fi într-o criptă goală, pentru că asta era. Însă oferea un pic de protecţie. Pentru puşti a fost o mică minune.

Echilibrul lui psihic era deja zdruncinat. Era flămând, speriat, paranoic – şi tot mai rupt de lume. Se simţea murdar, ca şi cum ar fi duhnit – şi probabil aşa era –, şi nu-i plăcea să se apropie de oameni.

Însă era disperat, aşa că a făcut pentru bani unele lucruri pe care...

Nu, nu mă pot hotărî să scriu despre asta.

Îmi pare rău, nu vreau să fac pe sfiosul. Sunt sigur că ai câteva lucruri pe care preferi să nu mi le spui. Cu toţii avem un schelet, două în dulap, ca să zic aşa. Ei bine, ăsta e scheletul meu.

Prima dată când a făcut-o s-a simţit cu totul desprins de realitate şi şi-a şters totul din minte, ca şi cum i s-ar fi întâmplat altcuiva.

A doua oară a fost mult mai rău, aşa că a închis ochii şi s-a gândit la nebuna care trăia pe treptele bisericii, zbierând la trecători să se azvârle în braţele lui Isus. Şi-a imaginat că se aruncă el însuşi în braţele lui Isus şi e mântuit. Dar, cumva, mântuirea părea să fie tare departe.

Copleşit şi speriat, a stat treaz până dimineaţa în gara Euston, cu mâinile încleştate pe un pahar cu cafea. Încercând să nu gândească, încercând să nu simtă.

A stat acolo în tot timpul orei de vârf - un copil de pripas deprimat, ignorat de marea de navetiști. A numărat minutele până când se deschideau cârciumile și putea să-și cumpere ceva de băut.

În cele din urmă, cârciuma sordidă de peste drum şi-a deschis uşile, oferind refugiu celor pierduţi şi descurajaţi.

Puştiul a intrat şi s-a aşezat la bar. A plătit cu bani gheaţă o vodcă - era prima dată când punea gura pe vodcă, de fapt. A dat-o pe gât, strâmbându-se când l-a ars pe beregată.

Apoi a auzit o voce răgușită la capătul tejghelei:

-Ce caută un lucruşor drăguţ ca tine într-o bombă ca asta?

Dacă stă să se gândească, a fost primul și ultimul compliment pe care i l-a făcut ea vreodată.

Puştiul a ridicat privirea, şi acolo era Barbara West. O femeie mai în vârstă, ridată, cu părul vopsit roşu, cu prea mult rimel. Avea cei mai negri şi mai pătrunzători ochi pe care-i văzuse el vreodată; străpungători, strălucitori şi înspăimântători.

Barbara a râs - un râs aparte, un hohot gutural. Izbucnea uşor în râs, a descoperit el, mai ales la propriile-i glume. Într-o bună zi avea să-i urască râsul, dar în ziua aceea îi era doar indiferent. A ridicat din umeri şi a lovit cu paharul gol în tejghea ca răspuns la întrebarea ei.

-A ce arată?

Barbara a priceput aluzia şi a făcut semn cu capul spre barman.

– Mai dă-i unul, Mike. Și mie, dacă tot faci asta. Porții duble.

Barbara intrase în cârciumă direct de la o sesiune de autografe în librăria Waterstones de alături – pentru că era alcoolică. Caracterul este destinul; și dacă Barbara n-ar fi avut nevoie de un gin tonic la unsprezece dimineața, ea și puștiul nu s-ar fi întâlnit niciodată. Aparțineau unor lumi diferite. Și până la urmă destinul i-a împins să-și facă numai rău unul altuia.

Au mai băut două pahare. Barbara nu și-a dezlipit ochii de el, cântărindu-l. Îi plăcea ce vedea. După încă o dușcă înainte de plecare, a chemat un taxi. L-a luat pe puști acasă la ea.

Trebuia să fie doar pentru o noapte. Însă o noapte a dus la alta, și încă una – și el n-a mai plecat.

Da, Barbara West s-a folosit de el, a profitat de acest copil disperat când era la ananghie. Era o prădătoare în toată puterea cuvântului, chiar dacă, spre deosebire de alcoolism, își ascundea bine această trăsătură. Era una dintre cele mai sinistre ființe din câte am întâlnit vreodată. Mi-e groază să mă gândesc ce ar fi făcut cu viața ei dacă n-ar fi avut talent la scrierea de romane.

Dar să nu-l subestimăm pe puști. Înțelegea perfect în ce se bagă. Știa ce vrea Barbara și era bucuros să-i ofere. Și până la urmă a ieșit în câștig. În schimbul serviciilor sale a primit nu doar un acoperiș deasupra capului, ci și educație, de care avea la fel de mare nevoie. În acea casă din Holland Park a avut acces la o bibliotecă particulară. O lume plină de cărți.

– Pot să citesc una? a zis, privindu-le cu venerație.

Barbara a părut surprinsă de cererea lui. Poate că se îndoia că știe să citească.

– Alege ce vrei, a zis ridicând din umeri.

El a luat la întâmplare o carte de pe raft: *Timpuri grele*.

– Oh, cââăh, Dickens, s-a strâmbat ea. Așa de *sentimental*. Totuși, presupun că trebuie să începi de undeva.

Însă puștiului Dickens nu i s-a părut sentimental, ci amuzant și profund. Așa că a citit după aceea *David Copperfield*; și odată cu plăcerea i-a sporit și pofta de lectură, nu doar pentru Dickens, ci pentru orice găsea pe rafturile Barbarei, ajungând să devoreze toate cărțile marilor autori care îi cădeau în mâini.

Fiecare zi petrecută în acea casă însemna instruire – nu doar de la cărțile ei, ci și de la Barbara însăși și de la cercul în care se mișca ea, salonul literar pe care îl ținea în living.

Pe măsură ce era expus la o parte tot mai mare a vieții ei, puștiul ținea larg deschiși ochii și urechile. Încerca să absoarbă cât de mult putea din conversațiile musafirilor ei; îl interesa nu doar ce spuneau toți acei oameni sofisticați, ci și felul în care se exprimau. Memora fraze și păreri și gesturi și le exersa când era singur, în fața oglinzii, probându-le ca pe niște veșminte incomode în care era hotărât să încapă.

Să nu uităm că puștiul se visa actor. Și, la drept vorbind, acesta era singurul său rol, pe care l-a repetat neobosit și meticulos de-a lungul anilor – până ce l-a șlefuit deplin.

Apoi, într-o bună zi, privindu-se în oglindă, n-a mai văzut nici urmă din puști.

Altcineva îi întorcea privirea.

Dar cine era această nouă persoană? Primul lucru pe care trebuia să-l facă era să-i găsească un nume. A furat unul dintr-o piesă de pe raftul Barbarei, *O căsnicie liniștită* a lui Noël Coward.

Barbarei i s-a părut foarte amuzant, desigur. Dar, în ciuda tuturor ironiilor, s-a prins în joc. Prefera acest nou nume, zicea, pentru că era mai puțin hidos decât cel real. Între noi fie vorba, cred că ideea pur și simplu îi stârnea latura perversă.

În seara aceea, cu o sticlă de șampanie, a fost botezat Elliot Chase.

Mă născusem.

Și apoi, cu o sincronizare perfectă, a apărut Lana.

4

Am uitat multe lucruri în viața mea de beție. Nenumărate nume și fețe, locuri în care am fost au căzut într-un gol din mintea mea. Dar ceva ce n-o să uit până mor - mi-e întipărit pe vecie în minte, gravat pe inimă - este momentul în care am întâlnit-o pe Lana Farrar.

Barbara West și cu mine ne duseserăm s-o vedem pe Kate la premiera unei piese. Era *Hedda Gabler* într-o nouă traducere la National Theatre. Cu toate că spectacolul era, după umila mea părere, o șușanea cu pretenții, a fost primit cu aclamații și trâmbițat ca un triumf.

Barbara a acceptat cu greu să participe la petrecerea de după spectacol. Orice șovăială din partea ei era pură aiureală, crede-mă. Dacă se dădeau băutură și de-ale gurii pe gratis, Barbara era întotdeauna prima acolo. Mai ales la o petrecere a actorilor cu fumuri, care aveau să stea la coadă ca să-i spună cât de mult îi influențaseră operele ei și, în general, s-o pupe în fund. Adora asta, după cum îți poți închipui.

Oricum, mă plictiseam crunt lângă ea. Ascunzându-mi un căscat, îmi plimbam alene privirea peste o ceată pestriță de actori și tipi care visau să fie actori, producători, jurnaliști și așa mai departe.

Dintr-odată am observat în celălalt capăt al încăperii un grup mare de admiratori și linge-blide, strânși în jurul cuiva – o femeie, judecând după cât am putut zări prin mulțimea care se înghiontea. M-am străduit să văd cine este, însă fața ei era mereu acoperită de trupurile care roiau împrejur. În cele din urmă cineva s-a mișcat, a apărut o deschizătură – și i-am văzut pentru o clipă chipul.

Nu-mi venea să cred. Era chiar ea? Imposibil!

Am întins gâtul ca să văd mai bine, dar nu era nevoie. Era Lana.

Entuziasmat, m-am răsucit să-i dau un ghiont Barbarei. Ea tocmai îi ținea o prelegere unui dramaturg cu un aer nefericit, explicându-i de ce nu avea succes comercial.

– Barbara?

Mi-a respins întreruperea cu o fluturare a mâinii.

– Vorbesc, Elliot.

– Acolo. Uite. E Lana Farrar.

– Și ce-i cu asta? a mormăit ea.

– Păi, o cunoști, nu-i așa?

– Ne-am întâlnit o dată sau de două ori.

– Prezintă-mă!

– Nici vorbă.

– Haide. Te rog.

M-am uitat la ea plin de speranță.

Zâmbea. Nimic nu-i plăcea mai mult decât să refuze o cerere făcută din tot sufletul.

– Nici gând, scumpete.

– De ce?

– Nu-i treaba ta să știi de ce. Du-te și adu-mi încă un pahar.

– Ia-ți singură afurisitul de pahar.

Într-un act de revoltă neobișnuit, am părăsit-o. Știam c-o să fie furioasă și mai târziu o să mă facă să plătesc, dar nu-mi păsa.

Am traversat sala, ducându-mă drept spre Lana.

Timpul a părut că încetinește pe când mă apropiam de ea. Aveam senzația că mă despărțisem de realitate, intrând într-o stare în care simțurile îmi erau intensificate. Probabil mi-am croit drum prin mulțime; nu-mi amintesc. Nu vedeam pe nimeni, doar pe ea.

M-am pomenit acolo, în cercul interior, uitându-mă fascinat la Lana, care asculta politicos ce spunea un bărbat. Când mi-a aruncat o privire, am rostit:

– Te iubesc.

Acestea au fost primele vorbe pe care i le-am spus Lanei Farrar.

Surprinși, cei din jur au izbucnit în râs.

Slavă Domnului, și Lana a râs.

– Și eu te iubesc.

Și așa a început. Am vorbit toată seara – ceea ce înseamnă că am izbutit să contracarez întreruperile rivalilor. Am făcut-o să râdă, glumind pe seama spectacolului prea încărcat pe care tocmai fuseserăm siliți să-l suportăm. Am lăsat să-mi scape mărturisirea că aveam o prietenă comună, pe Kate; o descoperire care a făcut-o pe Lana să se destindă vizibil în tovărășia mea.

Totuși, n-aveam o sarcină ușoară. Trebuia s-o conving pe Lana că nu sunt vreun ciudat, vreun admirator obsedat sau posibil hărțuitor. Trebuia s-o conving că îi sunt egal, cel puțin în planul intelectual, dacă nu în cel al celebrității sau averii. Doream cu disperare s-o impresionez. Aveam nevoie să mă placă. De ce? Ca să fiu sincer, nu cred că știam nici eu. Vag, în subconștient, voiam s-o păstrez. Chiar și pe atunci, se pare, nu puteam suporta să-i dau drumul.

A fost prudentă la început, dar receptivă la ce spuneam. Trebuie să recunosc că nu sunt sclipitor nici în cele mai bune momente – îți pot scoate o vorbă de duh, însă numai dacă îmi dai trei zile ca s-o scriu. De data asta, timiditatea n-a izbutit să mă copleşească.

Dimpotrivă, eram încrezător, lucid, cu rotiţele unse cu cantitatea potrivită de vin, şi m-am trezit perorând inteligent, amuzant, chiar spiritual, despre mai multe subiecte.

De exemplu, am vorbit în cunoştinţă de cauză despre teatru, despre piesele care se jucau în acel moment şi cele care aveau să vină, şi i-am recomandat Lanei două spectacole mai puţin populare, spunându-i că meritau să fie văzute. Şi i-am sugerat nişte expoziţii şi galerii de care nu auzise. Cu alte cuvinte, am jucat perfect convingător rolul pe care mi-l dorisem întotdeauna: cel al unui om de lume plin de încredere, rafinat, cu minte ascuţită. Acesta era bărbatul pe care-l vedeam reflectat în ochii Lanei. În ochii ei, în seara aceea, am strălucit.

Până la urmă, Barbara West s-a dat bătută şi ni s-a alăturat, numai zâmbet, salutând-o pe Lana ca pe o veche prietenă. Lana a fost foarte politicoasă cu Barbara, dar am simţit, spre satisfacţia mea, că n-o plăcea.

Când Barbara s-a dus la toaletă, lăsându-ne singuri, Lana a profitat de ocazie ca să se intereseze de relaţia noastră.

– Formaţi un cuplu?

Trebuie să mărturisesc că am fost un pic evaziv. Am zis că eram „partenerul" Barbarei şi cam atât.

Am înţeles de ce a întrebat Lana.

Vezi tu, când ne-am cunoscut era nemăritată, Jason încă nu apăruse în peisaj. Bănuiam că Lana voia doar să ştie că era „în siguranţă" cu mine, stabilind că eram proprietatea altcuiva – şi, prin urmare, era mai puţin probabil s-o atac sau să fac vreo mişcare bruscă. Îmi închipui că avea parte de multe din astea.

Până la sfârşitul serii am hotărât să ne revedem duminică pentru o plimbare de-a lungul Tamisei. Când Barbara nu era atentă, i-am cerut Lanei numărul de telefon.

Şi, spre marea mea bucurie, mi l-a dat.

Când am plecat cu Barbara de la petrecere în seara aceea, nu puteam să-mi şterg zâmbetul de pe faţă. Mi se părea că păşesc pe nori.

În schimb, Barbara era într-o dispoziţie groaznică.

– Ce spectacol de rahat! Îi dau trei săptămâni până să fie scos de pe afiş.

– Oh, nu ştiu. Am aruncat o privire spre afişul cu Kate ca Hedda Gabler, ţinând un pistol, şi am zâmbit. Eu m-am distrat pe cinste.

Barbara mi-a aruncat o privire otrăvită.

– Da, ştiu. Am *văzut*.

N-a mai zis nimic – pe moment.

Barbara a aşteptat mult timp să mă facă să plătesc pentru comportamentul insolent din seara aceea. Dar până la urmă m-a făcut să plătesc, aşa cum o să vezi.

O, da. M-a făcut să plătesc scump.

5

Mi-e greu să scriu despre prietenia mea cu Lana.

Sunt prea multe de spus. Cum aş putea să descriu într-o serie de viniete bine alese procesul lent şi complicat de formare a acelei legături de încredere şi afecţiune?

Poate că ar trebui să aleg un singur moment din anii petrecuţi împreună, aşa cum ai alege o carte din pachet într-un truc de magie, ca să-ţi dau o idee despre ceea ce a fost. De ce nu?

În cazul ăsta, aleg prima noastră plimbare împreună – o după-amiază de duminică spre sfârşitul lunii mai. Explică totul; despre ce s-a întâmplat ulterior, vreau să zic. Şi explică şi cum doi oameni care erau atât de apropiaţi în toate privinţele au putut, până la urmă, să se înţeleagă cu totul greşit unul pe celălalt.

M-am dus la întâlnire, stabilită în South Bank, cu un trandafir roşu pe care-l cumpărasem de la o tarabă din dreptul staţiei.

Mi-am dat seama pe loc, după expresia Lanei când i-am oferit trandafirul, că nu fusese o idee bună.

– Sper că nu înseamnă că pornim pe picior greşit, mi-a spus.

– Care picior este? am zis prosteşte. Stângul sau dreptul?

Lana a zâmbit şi a lăsat lucrurile aşa. Dar nu se terminase.

Am mers o vreme, apoi ne-am aşezat în faţa unei cârciumi, pe o bancă de pe mal. Ţineam fiecare un pahar cu vin.

Am stat tăcuţi minute în şir. Lana se juca cu trandafirul. În cele din urmă a vorbit.

– Barbara ştie că eşti aici?

– Barbara? Am clătinat din cap. Te asigur că o interesează prea puţin ce fac eu. De ce?

Lana a ridicat din umeri.

– Eram doar curioasă.

– Te temeai c-o să vină şi ea? am spus râzând. Crezi că Barbara ne spionează acum de după tufele alea? Cu binoclu şi puşcă? N-aş zice că nu-i în stare.

Lana a râs. Râsul ei, atât de cunoscut din filme, m-a făcut să zâmbesc cu toată faţa.

– Nu-ţi face griji, am asigurat-o. Mă ai doar pentru tine.

Asta a căzut prost. Amintirea mă face să mă crispez şi acum.

Lana a zâmbit, dar n-a răspuns. S-a jucat o vreme cu trandafirul. Apoi l-a ridicat şi şi-a înclinat capul ca să se uite în acelaşi timp la trandafir şi la mine.

– Şi asta? Ce înseamnă?

– Nimic. Nu-i decât un trandafir.

– Barbara ştie că mi-ai cumpărat un trandafir?

Am râs.

– Sigur că nu. Nu înseamnă nimic. E doar o floare. Îmi pare rău că te-a făcut să te simţi stingherită.

– Nu-i asta. O clipă s-a uitat în altă parte, apoi a zis: N-are importanţă. Mergem?

Ne-am băut vinul şi am plecat de la cârciumă.

Ne-am continuat plimbarea pe malul Tamisei. La un moment dat, Lana mi-a aruncat o privire, apoi a spus foarte încet:

– Nu-ți pot da ceea ce vrei. Nu-ți pot da ceea ce cauți.

Am încercat să-mi ascund neliniștea după un zâmbet.

– Ceea ce caut? Te referi la prietenie? Nu caut nimic.

Lana a surâs.

– Ba da, cauți, Elliot. Cauți iubire. Oricine poate să vadă asta.

Cu obrajii învăpăiați de rușine, mi-am ferit privirea. Lana a schimbat vorba cu tact. Ne apropiam de sfârșitul plimbării.

Și asta a fost tot: cu cea mai ușoară dintre atingeri mi-a dat de știre ferm și politicos că nu mă considera un posibil iubit. Mă repartizase pe tărâmul prieteniei.

Sau, cel puțin, așa am crezut atunci. Uitându-mă în urmă, nu mai sunt atât de sigur. Mare parte din interpretarea pe care o dădeam acelui moment era influențată de trecutul meu, de cine credeam că sunt și de lentilele distorsionate prin care priveam lumea. Eram pe deplin convins de indezirabilitatea mea – dacă ăsta este măcar un cuvânt. Așa mă simțisem încă din copilărie. Urât, neatrăgător. Nedorit.

Ce-ar fi fost dacă aș fi lăsat jos acel bagaj emoțional obsedant pe care țineam morțiș să-l car după mine?

Ce-ar fi fost dacă aș fi ascultat cu adevărat ce spunea Lana?

Ei bine, poate că aș fi descoperit că vorbele ei aveau prea puțin de-a face cu mine și totul de-a face cu ea.

Cu avantajul retrospectivei, pot să aud ce spunea de fapt. Spunea că e tristă, că e pierdută; și că e singură – altfel n-ar fi stat acolo cu mine, practic un străin, într-o după-amiază de duminică. Când m-a acuzat că vreau iubire, ceea ce voia cu adevărat să spună e că voiam să fiu salvat. „Nu te pot salva, Elliot“, încerca să-mi transmită. „Nu când am nevoie eu însămi să fiu salvată.“

Dacă mi-aş fi dat seama de asta atunci, dacă n-aş fi fost atât de orb, de temător, dacă aş fi avut mai mult curaj, ei bine, poate că aş fi acţionat cu totul altfel.

Şi poate că această poveste ar fi avut un sfârşit mai fericit.

6

De atunci încolo am început s-o însoțesc pe Lana în plimbările ei prin Londra.

Hoinăream ore în șir și petreceam multe după-amiezi fericite pe poduri, de-a lungul canalelor sau prin parcuri, descoperind cârciumi vechi și ciudate cuibărite în oraș, în jurul lui și uneori chiar în subteran.

Mă gândesc adesea la acele plimbări. La toate lucrurile despre care vorbeam – și despre care nu vorbeam. La toate lucrurile care erau ocolite, ignorate, respinse. La lucrurile pe care nu le-am observat.

Ți-am spus mai devreme că Lana vedea întotdeauna ce e mai bun în tine, făcându-te să accepți provocarea și să încerci să fii acea persoană: să te întrupezi în cea mai bună versiune a ta. Ei bine, era adevărat și în ceea ce-o privea. Lana încerca să fie așa cum voiam eu să fie, văd asta acum. Fiecare dădea un spectacol pentru celălalt. Mă întristează teribil să scriu asta. Uneori privesc înapoi și mă întreb dacă nu cumva totul a fost doar un spectacol.

Dar nu, nu-i cinstit. A fost destul de real. Eram atât de asemănători în adâncul nostru. În felul ei, Lana fugea de trecut la fel de mult ca mine – sau, ca s-o spun mai puțin poetic, era la fel de dată peste cap. Nu asta ne-a adus împreună, în primul rând? Nu asta ne-a legat? Faptul că eram amândoi atât de pierduți?

Pe atunci nu puteam vedea nimic din toate astea. Atotştiinţa mea e cu totul retrospectivă. Acum stau aici, ştiind ce ştiu, şi încerc să întrezăresc sfârşitul în început, punând la un loc toate indiciile şi semnele ascunse care mi-au scăpat când eram tânăr şi îndrăgostit şi fascinat.

Adevărul este că nu voiam s-o văd pe femeia tristă, rănită care mergea alături de mine. Persoana chinuită, speriată. Eram mult mai interesat de spectacol şi de masca pe care o purta. Mijeam un pic ochii când mă uitam la ea, ca să nu văd crăpăturile din mască.

Uneori, pe când ne plimbam, o întrebam pe Lana despre filmele ei vechi. Îşi arăta dispreţul atât de vehement, încât recunosc că mă simţeam jignit: erau nişte filme pe care le îndrăgeam şi le-aş fi revăzut oricând cu bucurie.

– Ai adus bucurie multor oameni. Inclusiv mie. Ar trebui să fii mândră de asta.

Lana a ridicat din umeri.

– Am nişte îndoieli.

– Eu nu. Eram un admirator.

N-am mers mai departe. Nu voiam s-o fac să se simtă stânjenită. Nu voiam să dezvălui cât de mare era... ce anume? Hai să fim îngăduitori; să nu-i zicem obsesie. Hai să-i zicem iubire, pentru că asta era.

Astfel, treptat, am devenit prieteni. Dar chiar am fost vreodată doar prieteni?

Nu-s aşa de sigur.

Nici măcar un bărbat atât de – mă trudesc să găsesc adjective nevinovate – neameninţător, nebărbătos, timid ca mine nu-i imun la frumuseţe. La dorinţă. Nu era oare o tensiune nerecunoscută între noi chiar şi atunci? Ceva foarte subtil, o înfiorare ca un funigel;

o şoaptă erotică. Însă era acolo, atârnând ca o pânză de păianjen în jurul nostru.

Cu cât deveneam mai apropiați, cu atât petreceam mai puțin timp pe afară. Cel mai mult stăteam acasă la ea, acel conac cu şase etaje din Mayfair.

Doamne, ce dor mi-e de casa aceea! Doar mirosul, care te întâmpina de cum păşeai pe uşă. Mă opream în holul mare, închideam ochii şi îl trăgeam în piept, îl sorbeam. Mirosul e atât de evocator, nu-i aşa? Seamănă cu gustul: ambele simțuri sunt maşini ale timpului care te duc - mai presus de controlul tău, chiar împotriva voinței - undeva în trecut.

În prezent, dacă adulmec o suprafață de lemn lustruit sau de piatră rece sunt transpus imediat în acea casă, cu aroma ei de marmură venețiană rece, stejar întunecat, crini, liliac, bețişoare parfumate cu santal - şi simt un val de satisfacție, o strălucire caldă în inimă. Dacă aş putea pune în sticluțe acel miros şi l-aş vinde, aş strânge o căruță de bani.

Am devenit o prezență permanentă acolo. Mă simțeam parte din familie. Era un sentiment neobişnuit, dar minunat. Sunetul chitarei acustice la care exersa Leo în camera lui; mirosurile îmbietoare venind din bucătărie, unde Agathi îşi făcea vrăjile; şi, în living, Lana şi cu mine, vorbind sau jucând cărți sau table.

„Ce banal", te aud zicând. „Ce nesofisticat." Se poate, nu neg. Aprecierea vieții casnice este o trăsătură britanică aparte. Să nu spuneți niciodată că locuința unui englez nu-i castelul lui. Tot ce-mi doream era să fiu în siguranță între acele ziduri, alături de Lana - cu podul rabatabil ridicat şi ferecat.

Toată viața tânjisem după iubire, orice o fi însemnând ea. Tânjisem după altă ființă care să mă vadă, să mă accepte, căreia să-i pese de mine. Dar când eram tânăr îmi pierdeam tot timpul cu această persoană *falsă* care voiam să fiu, acest sine neadevărat. Pur și simplu nu eram în stare să mă angajez într-o relație, nu lăsam niciodată pe cineva să se apropie destul de mult. Jucam permanent teatru, și dovezile de afecțiune pe care le primeam păreau ciudat de nesatisfăcătoare. Erau pentru spectacol, nu pentru mine.

Astea sunt cercurile de foc prin care sar cei vătămați: vrem cu disperare să avem parte de iubire, însă când ne este oferită n-o putem simți. Asta din pricină că n-avem nevoie de iubire pentru o creație artificială, o *mască*. Ceea ce ne trebuie cu orice preț este iubirea pentru singurul lucru pe care nu-l vom arăta niciodată cuiva: copilul urât și detestat dinăuntru.

Însă cu Lana era altfel. I-am arătat copilul.

Sau, cel puțin, am lăsat-o să-i arunce o privire.

7

Terapeuta mea cita uneori o replică faimoasă din *Vrăjitorul din Oz*.

Ştii fragmentul. Când Sperie-Ciori, în faţa Pădurii Bântuite, întunecată şi înspăimântătoare, zice:

„Desigur, nu ştiu, dar gândesc că o să se facă mai întuneric înainte să se facă lumină."

Mariana o folosea ca metaforă pentru procesul de vindecare. Avea dreptate: lucrurile chiar devin mai întunecate înainte să devină mai luminoase; înainte de zorii terapeutici.

Ca un aparteu, îmi place să cred că în viaţă fiecare corespunde unuia dintre personajele din *Vrăjitorul din* Oz. O avem pe Dorothy Gale, un copil rătăcit, căutând un loc în care să se simtă acasă; o Sperietoare de Ciori nevrotică, nesigură pe sine, căutând validare intelectuală; un Leu tiranic, în realitate un laş, mai speriat decât oricine altcineva. Şi Omul de Tinichea, fără inimă.

Ani în şir am crezut că sunt un Om de Tinichea. Am crezut că-mi lipseşte ceva vital: o inimă, sau capacitatea de a iubi. Iubirea era pe lume, undeva, dincolo de mine, în întuneric. Mi-am petrecut viaţa bâjbâind după ea – până ce am întâlnit-o pe Lana. Ea mi-a arătat că aveam deja o inimă. Atâta doar că nu ştiam cum s-o folosesc.

Dar atunci, dacă nu eram Omul de Tinichea... cine eram?

Mi-am dat seama consternat că trebuie să fiu însuși Vrăjitorul din Oz. Eram o *iluzie* – o scamatorie făcută de un individ speriat care se ghemuiește în spatele unei cortine.

Cine ești? mă întreb. Pune-ți sincer această întrebare, și s-ar putea ca răspunsul să te surprindă. Dar vei fi sincer, oare?

Asta-i adevărata întrebare, cred eu.

„În mintea ta se ascunde un copil speriat, încă nesigur; încă neauzit și neiubit."

Viața mi s-a schimbat pentru totdeauna în seara în care am auzit-o pe Mariana rostind aceste cuvinte.

Ani în șir am pretins că n-am avut copilărie. O ștersesem din amintire – sau am crezut că am făcut-o – și pierdusem din vedere copilul. Până în acea seară cețoasă, tipic londoneză, de ianuarie, când Mariana mi l-a găsit.

După ședința de terapie am făcut o plimbare lungă. Se lăsase un frig amarnic, cerul era alb și norii atârnau greu. Părea că va ninge. Am parcurs pe jos tot drumul din Primrose Hill până la casa Lanei din Mayfair. Aveam nevoie să-mi consum energia nervoasă. Aveam nevoie să mă gândesc la mine și la copilul prins în capcană în capul meu.

Mi-l închipuiam mic și speriat, tremurând, lăsat de izbeliște, nedezvoltat, subnutrit – legat în lanțuri în temnița minții mele. Pe când mergeam, tot soiul de amintiri au început să se întoarcă. Toate acele nedreptăți, cruzimile pe care le uitasem dinadins, toate chinurile pe care le-a îndurat.

I-am făcut pe loc un jurământ. O promisiune, un angajament, spune-i cum vrei. De acum încolo aveam să-l ascult, aveam să-l îngrijesc. Nu era urât sau prost sau netrebnic. Sau neiubit. Era *iubit*, pentru numele lui Dumnezeu - eu îl iubeam.

Făgăduiam să fiu părintele de care avea nevoie - prea târziu, e drept, dar mai bine mai târziu decât niciodată. Și de această dată aveam să-l cresc cum se cuvine.

M-am uitat în jos - și iată-l pe băiețel mergând lângă mine. Se trudea să țină pasul, așa că am încetinit. Am întins mâna și am prins-o pe a lui.

– E bine, am șoptit. Acum totul e în ordine. Sunt aici. Ești în siguranță, îți jur.

Am ajuns la conacul Lanei dârdâind, tocmai când se pornise ninsoarea. Era singură acasă. Am stat lângă foc bând whisky și privind cum se așterne zăpada. I-am spus despre - nu știu care e cuvântul potrivit - *epifania* mea, să-i zicem?

Am avut nevoie de ceva timp ca să-i explic totul. Mă luptam cu teama că n-o să mă pot face înțeles, însă n-ar fi trebuit să mă îngrijorez. În vreme ce Lana asculta și afară cădeau fulgii, a fost prima dată când am văzut-o plângând.

Am plâns amândoi în seara aceea. I-am spus toate secretele mele - aproape toate - și Lana mi le-a spus pe ale ei. Toate secretele întunecate de care ne rușinam, toate ororile despre care credeam că trebuie să fie ținute ascunse - toate s-au rostogolit afară fără rușine, fără judecată, fără stinghereală. Între noi era doar deschidere, doar adevăr.

Părea cea dintâi conversație *reală* de când mă știam. E greu de descris - pentru prima dată mă simțeam viu. Nu jucam un rol, înțelegi, nu mă prefăceam, nu simulam, nu eram *aproape* viu... ci pur și simplu *trăiam*.

Asta a fost și prima dată când am zărit-o în fugă pe cealaltă Lana - persoana secretă pe care o ținea ascunsă de lume și pe care nu voisem s-o găsesc. Acum am descoperit-o, în toată vulnerabilitatea ei dezgolită, pe când auzeam adevărul despre copilăria sa: despre acea copilă singuratică, tristă, care a trebuit să îndure lucruri groaznice. Am auzit adevărul despre Otto și anii înspăimântători ai căsniciei lor. Se părea că nu fusese decât unul din lungul șir al bărbaților care s-au purtat urât cu ea.

Mi-am jurat că voi fi diferit. Voi fi excepția. O voi proteja pe Lana, o voi prețui, o voi iubi. N-o voi trăda niciodată. N-o voi dezamăgi niciodată.

M-am întins spre cealaltă parte a canapelei și i-am strâns mâna.

– Te iubesc, am zis.

– Și eu te iubesc.

Cuvintele noastre au plutit în aer ca fumul.

M-am aplecat în față fără să-i dau drumul la mână și, încet, foarte încet, privind-o în ochi, m-am tras aproape, mai aproape... până ce chipurile ni s-au întâlnit.

Buzele mele erau lipite de ale ei.

Am sărutat-o blând.

A fost cel mai dulce sărut din viața mea. Atât de nevinovat, atât de tandru – atât de plin de iubire.

În următoarele zile mi-am petrecut mult timp gândindu-mă la acel sărut și la semnificația lui. Părea o recunoaștere finală a tensiunii de lungă durată dintre noi, împlinirea unei vechi promisiuni nerostite.

În ce mă privește, reprezenta, așa cum poate că ar fi spus domnul Valentine Levy, atingerea unui scop de mare preț. Și care era acest scop?

Să fiu iubit, desigur. În fine, mă simțeam iubit.

Lana și cu mine eram sortiți să fim împreună. Acum mi-era clar. Era mai profund decât orice îmi închipuisem vreodată.

Acesta era destinul meu.

8

O să-ți spun ceva ce n-am mai spus nimănui.

Aveam de gând să-i cer Lanei să se mărite cu mine.

Acum înțelegeam că într-acolo ne îndreptaserăm în tot acest timp; vântul ne purtase încet, dar sigur pe tărâmul romantic. Nu aveam parte de vâlvătăile pasiunii, care, apropo, se sting la fel de repede pe cât se aprind, ci de jarul acela care arde lent, constant, însemnând afecțiune adevărată, profundă și respect reciproc. Asta e ceea ce durează. Asta-i iubirea.

Petreceam împreună aproape fiecare clipă din zi. Pasul următor mi se părea logic: trebuia să plec din casa Barbarei West și să mă mut la Lana. Să ne căsătorim și să trăim fericiți până la adânci bătrânețí.

Ce-i rău în asta? Dacă ai avea un copil, ți-ai dori să trăiască într-o lume a frumuseții, a prosperității, a siguranței. Să fie fericit, ocrotit – și iubit. De ce să nu mi-o doresc și pentru mine? Aș fi fost un soț bun.

Că veni vorba de soți, am văzut multe fotografii de-ale lui Otto, și nici el nu era rupt din soare, crede-mă.

Da, continui să susțin asta. În ciuda discrepanței dintre înfățișările și conturile noastre bancare, Lana și cu mine alcătuiam o pereche grozavă. Poate că nu sexy sau strălucitoare, ca ea și Jason. Dar mai puțin stingheră și mai mulțumită.

Ca doi copii, nespus de fericiți.

*

Am hotărât să procedez oficial – cum ai face într-un film de modă veche. Mi se părea potrivit să fac o declarație romantică prin care să-mi mărturisesc sentimentele, să spun povestea unei prietenii care s-a transformat în iubire, genul ăsta de lucruri. Mi-am repetat micul discurs, care se încheia cu o cerere în căsătorie.

Ba chiar am cumpărat un inel – unul ieftin, ce-i drept, o verigă de argint simplă. Era tot ce-mi puteam permite. Intenționam să-l înlocuiesc cu ceva mai valoros într-o bună zi, când avea să-mi vină apa la moară. Dar, cu toate că era doar recuzită, un simbol al afecțiunii mele, inelul era la fel de semnificativ sau important ca orice insulă pe care i-ar fi putut-o cumpăra Otto.

Într-o seară de vineri, cu inelul de logodnă în buzunar, m-am dus să mă întâlnesc cu Lana la un vernisaj în South Bank.

Planul meu era s-o duc pe acoperiș, sub stele, și s-o cer în căsătorie deasupra Tamisei. Ce fundal putea să fie mai potrivit, date fiind plimbările noastre de-a lungul fluviului?

Când am ajuns la galerie, Lana nu era acolo. Era doar Kate, la bar, înconjurată de admiratori.

– Bună, a zis, aruncându-mi o privire ciudată. N-am știut că vii. Unde-i Lana?

– Tocmai voiam să-ți pun aceeași întrebare.

– Întârzie, ca de obicei. Kate a arătat spre bărbatul înalt care stătea lângă ea și a zis: Ți-l prezint pe tipul meu. Nu-i frumos de pică? Jason, el e Elliot.

Tocmai atunci a sosit Lana. A venit la noi și a făcut cunoștință cu Jason. Pe urmă... ei bine, știți restul.

În seara aceea, Lana s-a purtat cu totul altfel decât îi stătea în fire. Era grămadă pe Jason, flirtând cu nerușinare. S-a aruncat în brațele lui. Cu mine a fost foarte ciudată, distantă și cu nasul pe sus. Mi-a respins toate încercările de a-i vorbi – era ca și cum n-aș fi existat.

Am plecat năuc, tot răsucind între degete inelul dur și rece din buzunar. M-am pomenit că cedez sentimentului bine cunoscut de disperare în fața inevitabilului.

Îl auzeam pe copil suspinând în capul meu: „Sigur, sigur că nu te-a vrut. Se jenează cu tine. Nu ești destul de bun pentru ea, nu vezi? Îi pare rău că te-a sărutat. Iar în seara asta ți-a arătat unde ți-e locul."

Corect, mi-am zis. Poate că era adevărat. Poate că nu avusesem niciodată vreo șansă cu Lana. Spre deosebire de Jason, nu eram un seducător versat. În afară de băbătii, se pare.

Temnicerul meu mă aștepta când m-am întors acasă. Scrisese toată seara și acum se relaxa în living cu un pahar mare de scotch.

– Ei bine, cum a fost? Barbara și-a umplut iar paharul. Spune-mi toate bârfele. Vreau un raport complet.

– Nici o bârfă. Foarte plictisitor.

– Ei, haide. Ceva trebuie să se fi întâmplat. Am muncit din greu toată ziua, câștigându-ne pâinea cea de toate zilele. Cel puțin mă poți distra un pic înainte de culcare.

N-aveam chef să-i fac pe plac și am rămas monosilabic. Barbara îmi simțea nefericirea. Și, ca un adevărat prădător, nu s-a putut abține să nu-mi sară la beregată.

– Care-i necazul, dragă?

S-a uitat cu atenție la mine.

– N-am nimic.

– Ești foarte tăcut. E vreo problemă?

– Nu.

– Ești sigur? Povestește-mi. Ce e?

– N-ai înțelege.

– Oh, pariez că pot să ghicesc.

Dintr-odată, Barbara a izbucnit în râs plină de satisfacție, ca un drac de copil încântat de o farsă răutăcioasă.

Mă simțeam inexplicabil de neliniștit.

– Ce-i așa de amuzant?

– E doar o glumă. N-ai înțelege.

Aveam destulă minte ca să nu reacționez. Încerca să mă provoace, dar n-avea rost să mă las prins într-o ceartă cu Barbara. Învățasem din experiența amară că nu poți niciodată să învingi într-o dispută cu un narcisist. Nu merge așa. Singura ta victorie e să pleci.

– Mă duc la culcare.

– Așteaptă! a zis și a dat pe gât băutura. Ajută-mă să merg la etaj.

Urca greu treptele, deoarece începuse deja să folosească bastonul. Cu un braț se sprijinea de mine, iar cu mâna cealaltă se ținea de balustradă.

– Apropo, a zis pe la jumătatea scării. M-am văzut azi cu amica ta. Lana. Am luat ceaiul și am stat la un taifas pe cinste.

– Zău? N-avea nici un sens, m-am gândit. Nu erau prietene. Unde a fost asta?

– Acasă la Lana firește. Cogeamite palatul! N-aveam habar că ești așa de ambițios, scumpete. Nu trebuie să țintești prea sus. Adu-ți aminte ce-a pățit Icar.

– Icar? Am râs. Ce tot spui acolo? Câte pahare ai băut?

Barbara a rânjit, arătându-și dinții.

– Oh, ai dreptate să fii speriat. Și eu aș fi, în locul tău. A trebuit să-i pun capăt, vezi tu.

Am ajuns pe palier. Barbara mi-a lăsat brațul, iar eu i-am dat înapoi bastonul. Am încercat să par amuzat.

– Capăt la ce?

– Ție, scumpete. A trebuit s-o lămuresc pe biata fată. Nu-i potrivită pentru tine. Puțini sunt.

Cuprins de groază, m-am holbat la ea.

– Barbara. Ce-ai făcut?

Ea a râs, încântată de suferința mea. În vreme ce vorbea lovea cu bastonul în scândurile podelei, subliniind cadența. Era clar că savurează fiecare cuvințel.

– I-am spus totul despre tine. I-am spus cum te cheamă de fapt. I-am spus ce erai când te-am găsit. I-am spus că am pus să fii urmărit, că știu cu ce te îndeletnicești după-amiezile și în restul timpului. I-am spus că ești periculos, un mincinos, un sociopat – și că ai pus ochii pe banii ei, la fel cum i-ai pus pe ai mei. I-am spus că te-am prins recent umblând la medicamentele mele, nu doar o dată, ci de două ori. I-am zis: „Dacă o să mi se întâmple ceva în viitorul apropiat, nu trebuie să fii surprinsă". Barbara a izbit cu bastonul în podea, râzând în hohote. Biata fată a fost *îngrozită*. Știi ce-a zis? „Dacă toate astea sunt adevărate, cum poți *suporta* să stai în aceeași casă cu el?"

Am vorbit cu o voce joasă, plată, fără expresie. Mă simțeam ciudat de obosit.

– Și ce i-ai răspuns?

Barbara s-a îndreptat de spate și și-a luat un aer demn.

– Pur și simplu i-am amintit că sunt scriitoare. „Îl țin în preajmă nu din milă sau afecțiune, ci ca să-l *studiez*, ca pe un obiect respingător, dar fascinant. Așa cum ar ține cineva o reptilă în terariu."

A râs și a bubuit în podea de câteva ori, ca și cum și-ar fi aplaudat vorba de duh.

N-am zis nimic.

Dar dă-mi voie să-ți spun, în clipa aceea o uram pe Barbara. O uram cumplit.

Îmi venea s-o omor.

„Ar fi așa de ușor să-i trag un șut în baston și s-o dezechilibrez", m-am gândit.

Apoi cea mai fină atingere ar fi făcut-o să se dea de-a berbeleacul pe scară... cu trupul bufnind pe trepte, una câte una, până jos... până ce i se frângea gâtul, cu o trosnitură, pe podeaua de marmură.

9

Ar fi de înțeles dacă ai crede că, după toate porcăriile cu care i-a împuiat urechile Barbara West, Lana n-a mai vrut să audă de mine. Unele prietenii s-au stricat din motive mai banale.

Slavă Domnului, Lana nu era venită cu ultima ploaie. Îmi imaginez cum a reacționat la asasinarea caracterului meu, la acea încercare crudă de a mă discredita în ochii ei și de a ne distruge prietenia.

– Barbara, majoritatea lucrurilor pe care le-ai spus despre Elliot nu-s adevărate. Pe celelalte le știam deja. E prietenul meu. Și îl iubesc. Acum ieși din casa mea.

Oricum, așa îmi place să zugrăvesc tabloul. Adevărul este că după asta a apărut o răceală clară între Lana și mine.

A agravat-o faptul că n-am vorbit niciodată despre episodul cu pricina. Nici măcar o dată. Nu aveam decât cuvântul Barbarei că purtaseră acel dialog. Îți vine să crezi? Lana nu l-a pomenit niciodată. M-am gândit adesea să-l aduc în discuție; n-am făcut-o, dar uram ideea că existau secrete între noi, subiecte care trebuiau evitate, în condițiile în care împărtășeam atât de multe.

Din fericire, Barbara West a murit curând după aceea. Nu încape îndoială că universul a răsuflat ușurat la dispariția ei – eu cu siguranță am făcut-o. Aproape imediat Lana a început din nou să-mi telefoneze și ne-am reluat prietenia. Părea că hotărâse să îngroape vorbele otrăvite ale Barbarei odată cu vrăjitoarea bătrână.

Însă atunci era deja prea târziu pentru mine și Lana. Prea târziu pentru „noi".

Pentru că, vezi tu, Jason și Lana porniseră deja în „idila lor furtunoasă", cum au descris-o cu răsuflarea tăiată cei de la *Daily Mail*. Peste câteva luni s-au căsătorit.

Așezat în capelă, asistând la cununie, eram extrem de conștient că nu sunt singurul invitat care are inima zdrobită.

Kate ședea chiar lângă mine, înlăcrimată și cherchelită zdravăn. Eram impresionat că lăsase rușinea deoparte – în veritabilul stil Kate – și decisese să participe la nuntă cu fruntea sus, deși își pierduse în mod umilitor iubitul, luat de cea mai bună prietenă.

Poate că n-ar fi trebuit să vină. Poate că ceea ce ar fi trebuit să facă, pentru sănătatea ei mintală – și asta e valabil și pentru mine –, ar fi fost să se retragă și să se țină departe de Lana și Jason. Dar n-a fost în stare. Îi iubea prea mult ca să renunțe la vreunul din ei. Ăsta-i adevărul.

Iar după nuntă a încercat să-și îngroape sentimentele față de Jason și să lase în urmă tot ce a fost.

Dacă a izbutit sau nu, rămâne sub semnul întrebării.

Aș face bine să mărturisesc. Știam de ceva vreme de relația lui Kate cu Jason.

Am descoperit-o din întâmplare. Era o după-amiază de joi. S-a nimerit să fiu în Soho pentru o... mă rog, să-i zicem programare – și era cam devreme, așa că mi-am zis să intru într-o cârciumă să beau ceva rapid.

Când am cotit pe Greek Street, ghici pe cine am văzut ieşind de la Coach & Horses?

Kate ieşea din cârciumă cam pe furiş, privind în stânga şi în dreapta.

Tocmai dădeam s-o strig când a apărut Jason chiar în urma ei, dând aceeaşi impresie că se furişează.

M-am uitat la ei de vizavi. Ar fi putut să mă vadă, oricare din ei, dacă ar fi ridicat privirea. Însă n-au făcut-o. Îşi ţineau capetele aplecate şi s-au despărţit fără să-şi spună o vorbă. Au pornit grăbiţi în direcţii opuse.

„Hei, mi-am zis. Ce se petrece aici?"

Ce purtare ciudată, dar mai ales grăitoare! Îmi spunea ceva ce nu ştiusem: că Jason şi Kate se întâlneau fără să fie Lana de faţă.

Oare Lana era la curent? Mi-am notat în minte să aprofundez subiectul şi să văd cum l-aş putea folosi cel mai bine în avantajul meu.

Vezi tu, nu-mi pierdusem speranţa. Încă o iubeam pe Lana. Încă mai credeam că într-o bună zi ne vom căsători. În mintea mea nu încăpea nici o îndoială. Evident, ea era măritată acum cu Jason, ceea ce complica lucrurile în oarecare măsură, dar *scopul* meu, cum ar spune domnul Levy, rămânea acelaşi.

Când Lana şi Jason s-au căsătorit, am presupus, la fel ca toţi ceilalţi, că n-o să dureze. Mă gândeam că, după câteva luni de căsnicie cu un tip anost ca Jason, Lana o să-şi vină în fire. Avea să se trezească şi să-şi dea seama ce greşeală cumplită făcuse – şi o să mă vadă acolo, aşteptând-o. În comparaţie cu Jason, aveam să par delicat şi rafinat, un Cary Grant dintr-un film vechi – rezemat de pian, cu ţigara într-o mână şi un martini în cealaltă, spiritual, modest, cald, adorabil –, şi, la fel ca în cazul lui Cary, la final aveam s-o cuceresc.

Spre surprinderea mea însă, căsnicia lor a rezistat. Lună după lună, an după an. Era o tortură pentru mine. Fără îndoială, totul se datora caracterului adorabil al Lanei. Jason ar fi pus la încercare până și răbdarea unui sfânt, și era clar că Lana e mai mult decât o sfântă. O martiră, poate?

Prin urmare, în ceea ce mă privește, această întâlnire surprinzătoare cu Kate și Jason în Soho a reprezentat nici mai mult, nici mai puțin decât o intervenție divină.

Trebuia să profit la maximum de ea.

Am hotărât că ar fi o idee bună să încep s-o urmăresc pe Kate.

Ceea ce face să sune totul mai de „capă și spadă" decât a fost. Nu era nevoie să fii George Smiley[1] ca s-o filezi pe Kate Crosby. Nu trecea neobservată, n-o pierdeai într-o mulțime, pe când eu mă topeam întotdeauna în fundal.

În acea perioadă Kate apărea într-o montare de succes a piesei *Adânca mare albastră* de Rattigan, care se juca la teatrul Prince Edward din Soho. Așa că n-a trebuit decât să mă postez în umbră vizavi de intrarea actorilor, așteptând ca piesa să se termine și Kate să apară și să dea autografe mulțimii de admiratori.

Apoi, când Kate a pornit pe stradă, am urmărit-o.

N-am avut de mers prea mult, doar de la ușa artiștilor până la ușa cârciumii. Kate a dat colțul și a intrat pe ușa laterală de la – da, ai ghicit – Coach & Horses. Uitându-mă printr-una dintre ferestrele înguste ale localului, l-am văzut pe Jason, care o aștepta la o masă

---

[1] Eroul unor celebre romane de spionaj ale lui John le Carré

din colț cu două pahare de băutură. Kate l-a salutat cu un sărut lung.

Am fost șocat. Nu atât de revelația că erau amanți – ceea ce, să fim sinceri, avea în sine un caracter sordid –, ci de incredibila, totala lor lipsă de discreție. În seara aceea erau grămadă unul peste altul, tot mai beți și mai dezmățați. Erau atât de orbi la tot ce se întâmpla în jur, încât am simțit că nu risc nimic dacă intru în cârciumă.

M-am așezat la celălalt capăt al barului și mi-am comandat o vodcă tonic. În ton cu atmosfera, un moșnegel cânta la pianină refrenul din „If Love Were All" a lui Noël Coward: „Cu cât iubești mai mult un bărbat, cred eu / Cu cât ai mai multă încredere / Cu atât e mai sigur c-o să pierzi".

Când au plecat într-un târziu din cârciumă, i-am urmat. I-am privit cum se sărută prelung pe o străduță.

Apoi, hotărând că văzusem destul, am sărit într-un taxi și m-am dus acasă.

10

De atunci mi-am notat amănunțit observațiile în carnet: toate datele, orele, locurile întâlnirilor lor clandestine. Am scris totul. Ceva îmi spunea că s-ar putea dovedi de folos mai târziu.

Adesea, în timpul supravegherii, cugetam la natura exactă a aventurii celor doi, întrebându-mă cu ce se alegeau din asta (în afară de ceea ce era evident) și de ce erau așa de hotărâți să meargă pe un drum care, pentru mine, părea sortit dezastrului.

Uneori aplicam sistemul lui Valentine Levy la relația lor, analizând-o din punctul de vedere al motivației, intenției și scopului. Ca de obicei, motivația era cheia.

Fără îndoială, motivul lui Jason de a începe aventura era legat fie de plictiseală, fie de atracția sexuală, fie de egoism. Poate că sunt răutăcios.

Dacă aș fi generos, aș putea zice că lui Jason îi era mai ușor să discute cu Kate – Lana era minunată, însă obiceiul ei de a vedea întotdeauna ce ai mai bun în tine te obliga să te ridici la înălțimea aceea. În schimb, Kate avea o concepție mult mai cinică despre natura umană și, prin urmare, lui Jason îi era mult mai ușor să i se confeseze – nu că ar fi fost în întregime sincer nici cu ea.

În realitate, cred că adevăratul motiv al infidelității lui Jason rezida în partea cea mai întunecată a firii lui.

Îi plăcea să se creadă puternic. Era ambițios și agresiv, nu putea să piardă nici măcar o partidă de table fără să-i sară capacele, pentru numele lui Dumnezeu!

Așadar, ce se întâmplă când un astfel de bărbat se însoară cu o femeie ca Lana? O femeie care este infinit mai puternică în toate privințele? Oare n-ar vrea s-o pedepsească, s-o strivească, s-o frângă – și să numească asta iubire? Relația cu Kate era un act de *răzbunare* din partea lui Jason. Un act de ură, nu de iubire.

Motivul lui Kate era foarte diferit. Îmi amintește de ceea ce obișnuia să spună Barbara West, că trădarea emoțională este mult mai rea decât infidelitatea sexuală. „Trage-i-o altei femeie, e în ordine", zicea. „Dar dacă o inviți la cină, dacă o ții de mână, dacă-i mărturisești speranțele și visurile tale – atunci mi-ai tras-o *mie*."

Și exact asta voia Kate de la Jason: conversații la cină, plimbări ținându-se de mână, o relație pasională – pe scurt, o poveste de dragoste. Kate voia ca Jason s-o părăsească pe Lana și să fie cu ea. Îl tot presa s-o facă.

Jason o tot amâna. Și cine l-ar putea învinovăți? Avea mult prea mult de pierdut.

Într-o seară, târziu, am urmărit-o pe Kate până într-un bar din Chinatown. S-a întâlnit acolo cu o prietenă, o roșcată pe nume Polly. S-au așezat lângă fereastră și s-au pus pe sporovăit.

Stăteam pe celălalt trotuar, pândind în umbră. Nu trebuia să-mi fac griji că mă vor vedea, întrucât erau prinse într-o discuție însuflețită. La un moment dat, pe chipul lui Kate au început să șiroiască lacrimi.

N-aveam nevoie să pot citi pe buze ca să-mi dau seama ce-și spuneau. O cunoșteam bine pe Polly. Era regizoarea secundă a lui Gordon, cu care avea o relație de lungă durată. Toată lumea știa – în afară de nevasta lui Gordon.

Polly avea multe probleme personale. Dar îmi plăcea de ea. Era din soiul „ce-i în gușă și-n căpușă“, așa că mi-am putut imagina cum a decurs discuția ei cu Kate. Kate i-a mărturisit, fără îndoială sperând să aibă o ascultătoare plină de înțelegere. De unde stăteam, nu părea că așa stau lucrurile.

– Pune-i capăt, zicea Polly. Pune-i capăt *acum*.

– Ce?

– Kate. Ascultă-mă! Dacă nu-și părăsește nevasta *acum*, n-o s-o facă niciodată. Povestea o s-o țină așa la nesfârșit. Dă-i un ultimatum. Dacă n-o lasă într-o lună, termini cu el. *Jură-mi*.

Bănuiesc că acele vorbe au ajuns s-o obsedeze pe Kate. Pentru că termenul de o lună a venit și a trecut și ea n-a urmat sfatul lui Polly. Pe măsură ce trecea timpul, îi era tot mai limpede că se vârâse într-o situație fără ieșire. A început s-o mustre conștiința.

Asta n-ar trebui să fie o surpriză. În afară de cazul în care am dat-o în bară complet, ar trebui să fie cum nu se poate mai clar că, în ciuda multelor ei defecte, Kate era în esență un om bun – cu conștiință și inimă. Și această trădare prelungită, de o cruzime odioasă, a celei mai vechi prietene a început s-o chinuie.

Sentimentul de vinovăție a ajuns s-o obsedeze, astfel că „limpezirea atmosferei“, cum îi zicea ea, a devenit o idee fixă. Voia să pună cărțile pe masă cu Lana și Jason, să poarte toți trei o discuție sinceră și deschisă. Lucru pe care, nu mai e nevoie să-l spun, Jason era hotărât să-l împiedice.

Personal, cred că intenția lui Kate era naivă, în cel mai bun caz. Dumnezeu știe ce-și închipuia c-o să se întâmple. O mărturisire urmată de lacrimi, apoi iertare şi împăcare? Chiar credea că Lana o să le dea binecuvântarea? Că totul va avea un sfârşit fericit? Ar fi trebuit să aibă mai multă minte. Viaţa nu merge aşa.

Până la urmă, se pare că şi Kate era romantică. Şi exact asta era ceea ce ea şi Lana, atât de diferite în toate celelalte privinţe, aveau în comun.

Amândouă credeau în dragoste.

Ceea ce, după cum vei vedea, le-a pecetluit soarta.

11

La cât de indiscreți erau Kate și Jason, ar fi fost imposibil să fiu singurul care știa de relația lor. Lumea teatrală din Londra nu-i mare. Bârfa despre cei doi trebuie să fi fost în floare.

Cu siguranță era doar o chestiune de timp până să ajungă la urechile Lanei?

Nu neapărat – deoarece, cu toată celebritatea ei și plimbările prin cele mai ascunse colțuri ale Londrei, Lana ducea o viață liniștită. Cercul ei social era mic. Bănuiam că doar cineva din acel cerc știa adevărul, sau, cel puțin, îl ghicise: Agathi. Și ea n-avea să sufle vreo vorbă.

Nu, cădea pe umerii mei sarcina de a-i da vestea proastă. Dar cum să procedez? Un lucru era clar: Lana nu trebuia s-o audă din gura mea. Ar fi putut să-mi pună la îndoială motivele. Ar fi putut să intre la bănuieli și să refuze să mă creadă. Asta ar fi fost o catastrofă.

Nu, trebuia să n-am nimic de-a face cu această chestiune dezgustătoare. Doar atunci aș fi putut să apar ca un cavaler în armură strălucitoare, ca s-o salvez și s-o duc de acolo în brațe.

Cumva, trebuia să orchestrez nevăzut, într-un mod imposibil de detectat, descoperirea relației de către Lana; s-o fac să creadă că a descoperit totul ea însăși.

Uşor de spus, greu de făcut, ştiu. Dar întotdeauna mi-au plăcut provocările.

Am început cu abordarea cea mai simplă şi mai directă. Am încercat să provoc o coincidenţă, o întâlnire „accidentală" – în care Lana şi cu mine ne-am fi ciocnit pe neaşteptate de perechea vinovată, prinzându-i pe cei doi în flagrant delict, cum ar veni.

A urmat o perioadă de comedie sofisticată – sau farsă josnică, în funcţie de gusturile tale –, când m-am străduit s-o duc pe Lana în Soho cu diferite pretexte. Însă a fost un efort zadarnic şi, în cea mai bună tradiţie a farselor, a dus rapid la o fundătură.

Explicaţia e foarte simplă: era imposibil s-o duci pe Lana Farrar undeva fără să iasă în evidenţă. Singura dată când am izbutit s-o ademenesc la Coach & Horses, tocmai când se termina piesa lui Kate, sosirea Lanei a stârnit o mică răscoală. O ceată de beţivi voioşi au înconjurat-o imediat, implorând-o să le dea autograf pe suporturile halbelor. Dacă Jason şi Kate s-ar fi apropiat de cârciumă, ar fi văzut tot circul cu mult înainte să-i vedem noi pe ei.

Am fost silit să folosesc metode mai îndrăzneţe. Am început să strecor diverse remarci în conversaţiile noastre, fraze repetate cu grijă pe care speram ca Lana să le înregistreze şi să-i rămână în minte: „Nu-i ciudat că Jason şi Kate au exact acelaşi simţ al umorului? Întotdeauna râd împreună".

Sau: „Mă întreb de ce Kate n-are un iubit, e mult de când n-a mai avut, nu-i aşa?"

Într-o după-amiază am mustrat-o că nu m-a invitat la prânz la Claridge's – apoi, când a fost evident că nu pricepea la ce mă refer, mi-am luat un aer confuz şi am spus că Gordon îi văzuse pe Kate şi Jason mâncând acolo și presupusesem că era și Lana cu ei, însă Gordon trebuie să se fi înșelat.

Lana s-a uitat la mine cu acei ochi albaștri limpezi, netulburată, fără umbră de bănuială, și a zâmbit.

– N-avea cum să fie Jason. Nu poate suferi Claridge's.

Într-o piesă, toate micile mele aluzii i-ar fi rămas în minte, creând o patină subliminală de suspiciune pe care n-ar fi avut cum s-o ignore. Însă ceea ce funcționează pe scenă se pare că nu funcționează în viața reală.

Cu toate astea, am perseverat. Sunt foarte perseverent, chiar dacă uneori absurd. De exemplu, am cumpărat o sticluță cu parfumul folosit de Kate – o aromă florală distinctivă, cu nuanțe de iasomie și trandafir. Dacă asta n-o făcea pe Lana să se gândească la Kate, nimic n-ar fi făcut-o. Păstram sticluța în buzunar, și de câte ori eram acasă la Lana, sub pretextul că merg la baie, dădeam fuga până în spălătorie ca să stropesc din belșug cu parfum cămășile lui Jason.

Rămânea de văzut cât de mult contact direct avea Lana cu rufele lui Jason. Dar n-ar fi fost rău nici dacă Agathi simțea mirosul și făcea legătura, mi-am zis.

Într-o seară, când Lana ne-a invitat pe toți la cină, am furat câteva fire de păr lungi de pe mantoul lui Kate și le-am pus cu grijă pe haina lui Jason. Am cochetat cu ideea de a lăsa prezervative în sacul lui cu rufe murdare, însă am renunțat, părea prea bătător la ochi.

Era greu de găsit echilibrul perfect. O aluzie prea subtilă ar fi trecut neobservată; dacă era prea apăsată, m-aș fi dat de gol.

Cercelul a fost manevra cea mai potrivită.

Și atât de simplu de organizat. Habar n-aveam că o să funcționeze așa de bine sau o să provoace acea reacție. Pur și simplu i-am propus Lanei să-i facem lui

Kate o vizită-surpriză; am furat din dormitorul lui Kate un cercel pe care ulterior, când ne-am întors acasă la Lana, l-am agățat de reverul lui Jason. Lana a făcut restul singură, cu un pic de ajutor de la Agathi – și de la Sid, patronul curățătoriei.

Faptul că Lana a reacționat atât de violent sugerează că nutrea deja unele bănuieli. Nu crezi?

Atâta doar că nu voia s-o recunoască în sinea ei.

Ei bine, acum n-avea încotro.

12

Asta ne aduce înapoi la acea seară în care Lana a venit tulburată la mine acasă, după ce găsise cercelul.

S-a așezat pe un fotoliu în fața mea, cu ochii înroșiți, cu fața pătată de lacrimi, plutind în vodcă. Mi-a împărtășit suspiciunea ei că Jason și Kate erau amanți. Eu i-am confirmat temerile, spunând că aveam aceeași bănuială.

Mă simțeam triumfător. Planul meu funcționase. Era greu să-mi ascund entuziasmul. Însă exaltarea mea n-a avut viață lungă.

Când i-am sugerat cu tact să-l părăsească pe Jason, a părut derutată.

– Să-l părăsesc? Cine a spus ceva despre părăsire?

Era rândul meu să arăt derutat.

– Nu văd ce altă alegere ai.

– Nu-i așa de simplu, Elliot.

– De ce nu?

S-a uitat la mine cu ochii plini de lacrimi, nedumerită, ca și cum răspunsul ar fi fost evident.

– *Îl iubesc*, a zis.

Nu-mi venea să cred. Holbându-mă la ea, mi-am dat seama din ce în ce mai îngrozit că toate eforturile mele fuseseră zadarnice. Lana n-avea să-l părăsească. „Îl iubesc."

Aveam o senzație oribilă în stomac, de parcă urma să vomit. Îmi pierdusem timpul. Vorbele Lanei îmi zdrobiseră toate speranțele.

N-avea să-l părăsească.

„Îl iubesc."

Am strâns pumnul. Nu mai fusesem niciodată așa de furios. Voiam s-o lovesc. Voiam să-i trag una de să vadă stele verzi. Îmi venea să urlu.

Însă n-am făcut-o. Am dus mai departe conversația cu un aer înțelegător. Singurul semn vizibil al supărării mele era pumnul încleștat pe care îl țineam într-o parte. Tot timpul cât am vorbit, mintea îmi gonea nebunește.

Acum îmi înțelegeam greșeala. Spre deosebire de soțul ei, era clar că Lana trata cu toată seriozitatea jurământul făcut la altar. „Până ce moartea ne va despărți." Poate că avea s-o scoată pe Kate din viața ei, dar n-avea de gând să renunțe la Jason. Avea să-l ierte. Era nevoie de mai mult decât dezvăluirea unei aventuri ca să pună capăt căsniciei lor.

Dacă voiam să mă descotorosesc de Jason trebuia să merg mult mai departe. Trebuia să-l distrug.

În cele din urmă, Lana a băut până n-a mai știut de ea și și-a pierdut cunoștința pe canapeaua mea. M-am dus în bucătărie să-mi fac un ceai – și să mă gândesc. Pe când așteptam să fiarbă apa din ceainic am visat cu ochii deschiși cum mă furișez pe la spatele lui Jason cu una dintre armele lui, o îndrept spre el – și îi zbor creierii. M-a năpădit un val de excitare, un sentiment straniu, pervers, de mândrie, așa cum te simți când îi ții piept unui agresor – adică exact ceea ce era Jason.

Din nefericire, nu era decât o fantezie. N-aș fi mers niciodată până la capăt. N-aș fi putut scăpa cu fața curată. Trebuia să mă gândesc la ceva mai inteligent. Dar ce?

„Motivația noastră este să alungăm durerea", afirma domnul Valentine Levy.

Și avea dreptate. Trebuia să acționez, dacă nu voiam ca acea durere cumplită să mă chinuie toată viața. Crede-mă, pe când stăteam acolo, în bucătărie, la trei dimineața ajunsesem în pragul disperării. Îmi vedeam planurile zădărnicite. Eram înfrânt.

Dar nu - nu cu totul înfrânt.

Pentru că gândul la domnul Levy iscase în mintea mea o asociere. Începutul unei idei.

„Dacă asta ar fi o piesă de teatru", mi-am zis brusc, „ce aș face? Chiar așa, ce-ar fi să-mi abordez dilema din perspectiva unei opere dramatice?

Dacă asta ar fi o piesă pe care o scriu, și acestea ar fi personajele, mi-aș folosi cunoștințele despre ele ca să le prevăd acțiunile - și să le provoc reacțiile. Să le modelez destinul, fără ca ele să știe.

N-aș putea în același fel, în viața reală, să silesc să se producă o serie de evenimente care - fără ca eu să mișc un deget - să se încheie cu moartea lui Jason? De ce nu?"

Da, era riscant și putea foarte bine să eșueze - însă acel element de primejdie este intrinsec teatrului, jocului pe viu, nu-i așa?

Singura mea șovăială era legată de Lana. Nu voiam s-o mint. Dar am hotărât - și poți să mă judeci aspru pentru asta, dacă vrei - că era spre binele ei.

La urma urmei, ce făceam? Nimic altceva decât s-o scot pe femeia pe care o iubeam din mâinile unui individ necinstit, infidel - și să-l înlocuiesc cu un bărbat onest, cumsecade. I-ar fi fost mult mai bine fără el. Ar fi fost cu *mine*.

M-am așezat la birou. Am aprins lampa verde. Am scos carnetul din sertarul de sus. L-am deschis și l-am răsfoit până la o pagină goală. Am luat un creion, l-am ascuțit – și am început să plănuiesc intriga.

Pe când scriam îl simțeam pe Heraclit în spate, privind peste umărul meu, încuviințând. Pentru că, deși planul meu a luat-o razna așa de rău, deși s-a încheiat cu un astfel de dezastru, trebuie să recunoaștem că în stadiul inițial, de concepere a intrigii, era splendid.

Asta e povestea mea, pe scurt. Povestea unui plan splendid, bine-intenționat, care s-a încheiat în moarte. Ceea ce este o metaforă foarte bună a vieții, nu?

Mă rog, a vieții mele, oricum.

Așa stau lucrurile. Îmi dau seama că a fost un aparteu lung. Totuși, e parte integrantă din povestirea mea.

Dar asta nu depinde de mine, nu-i așa? Ce crezi *tu* e ceea ce contează.

Și tu nu spui nimic, evident. Mă asculți și mă judeci în tăcere. Sunt atât de conștient de judecata ta. Nu vreau să te plictisesc sau să te fac să-ți pierzi interesul. Nu după ce mi-ai acordat deja atât de mult din timpul tău.

Ceea ce îmi amintește de sfatul pe care li-l dădea Tennessee Williams celor care visau să fie dramaturgi:

„Nu fi plictisitor, puiule“, zicea. „Fă tot ce trebuie ca lucrurile să meargă mai departe. Detonează pe scenă o bombă, dacă trebuie. Dar nu fi plictisitor.“

Bine, puiule – uite că vine bomba aia.

13

Hai să ne întoarcem pe insulă – și în seara crimei.

Imediat după miezul nopții, la ruine s-au tras trei focuri de armă.

Peste câteva minute am ajuns cu toții în luminiș. A urmat o scenă haotică, pe când eu încercam să pipăi pulsul Lanei și s-o desprind din brațele lui Leo. Jason i-a dat telefonul său lui Agathi ca să sune la ambulanță și la poliție. Agathi și cu mine am rămas singuri.

Asta știi deja.

Ce nu știi e ce s-a petrecut după aceea.

Agathi era șocată. Îi pierise toată culoarea din obraji, ca și cum ar fi fost în pragul leșinului. Amintindu-și de telefonul din mână, l-a ridicat ca să sune la poliție.

– Nu, am oprit-o. Nu încă.

– Poftim?

S-a uitat la mine fără nici o expresie.

– Așteaptă!

Agathi părea nedumerită – apoi s-a uitat la cadavrul Lanei.

Oare s-a gândit o fracțiune de secundă la bunica ei, dorindu-și s-o aibă alături? Dorindu-și ca bătrâna vrăjitoare să închidă ochii și, legănându-se, să mormăie un descântec, o vrajă străveche menită s-o întoarcă pe Lana din moarte?

„Lana, te rog“, se ruga în tăcere Agathi, „te rog, învie! Te implor, trăiește... trăiește...“

Apoi, ca într-un vis sau un coșmar – sau când ai luat droguri care dau halucinații – realitatea a început să se distorsioneze la porunca lui Agathi...

Și trupul Lanei a început să se miște...

14

Unul dintre membrele Lanei a zvâcnit aproape imperceptibil.

Ochii albaștri s-au deschis.

Și trupul a început să se ridice în capul oaselor.

Agathi a dat să țipe. Am prins-o strâns.

– Șșșt! am șoptit. Șșșt! E în ordine. E în ordine.

Agathi s-a zbătut și m-a împins cât colo. Părea pe cale să-și piardă echilibrul, dar a izbutit să rămână în picioare, clătinându-se, răsuflând greu.

– Agathi, am zis. Ascultă. E în ordine. E un joc. Asta-i tot. O *piesă*. Jucăm. Vezi?

Încet, temătoare, Agathi și-a mutat privirea peste umărul meu, la trupul Lanei. Moarta era acum în picioare, chemând-o la ea s-o îmbrățișeze.

– Agathi, a rostit o voce pe care crezuse că n-o s-o mai audă niciodată. Draga mea, vino încoace!

Lana nu era moartă. Judecând după sclipirea din ochi, nu păruse niciodată mai vie. Agathi era copleșită de emoție. Ar fi vrut să se repeadă la ea, să plângă de bucurie și ușurare, s-o îmbrățișeze strâns. Dar n-a făcut-o.

În loc de asta, s-a pomenit că o străfulgeră cu o privire mânioasă.

– Un *joc*...?

– Agathi, ascultă...

– Ce fel de *joc*?

– Pot să-ți explic, a zis Lana.

– Nu acum, am intervenit. Nu-i timp. O să explicăm mai târziu. Acum avem nevoie să te prinzi și tu în joc.

Ochii lui Agathi s-au umplut de lacrimi. A clătinat din cap, neputând să mai rabde. S-a răsucit pe călcâie și a plecat, dispărând printre copaci.

– Așteaptă! a strigat Lana. Agathi...

– Șșșt, taci! am zis. Mă ocup eu de asta. O să vorbesc cu ea.

Lana părea că se îndoiește. Îmi dădeam seama că hotărârea i se clătina. Am încercat iarăși, cu mai multă forță:

– Lana, te rog, n-o face. O să strici tot. Lana...

Fără să mă bage în seamă, a fugit după Agathi în crângul de măslini.

M-am uitat după ea, îngrozit.

Nu știu dacă spun asta cu avantajul retrospectivei sau dacă am avut vreo bănuială atunci, dar exact în clipa aceea planul meu perfect a început s-o ia razna.

Și totul s-a dus dracului.

ACTUL IV

„Adevăr sau iluzie, George: nu vezi deosebirea."

Edward Albee, *Cui i-e frică de Virginia Woolf?*

1

O regulă de aur, când spui o poveste, este să amâni orice dezvăluire până în clipa când e neapărat necesară. Nimic nu-i mai suspect, după părerea mea, decât o explicație necerută. Cel mai bine e să taci, să te abții de la orice lămurire până ce ești silit s-o dai.

Acum, se pare, am ajuns la acel punct crucial din poveste.

Îți datorez o explicație, îmi dau seama de asta.

Ții minte ce-am spus despre Jason și Kate în seara aceea, la mine acasă?

„Orice ar avea, sau ar crede că au, o să crape la cea mai mică presiune. O să se sfărâme."

Ce cale mai bună de a-i pune la încercare, i-am spus Lanei, decât o micuță *crimă*?

– Ca una dintre piesele pe care le puneați în scenă la ruine, îți amintești? Doar că un pic mai sângeroasă, asta-i tot.

Lana părea nedumerită.

– Despre ce vorbești?

– Vorbesc despre o piesă. Pentru un public alcătuit din doi oameni, Kate și Jason. O crimă în cinci acte.

Am început să-i explic ideea. Am spus că, simulând moartea Lanei și aruncând bănuiala asupra lui Jason, vom vedea cum se destramă relația lui cu Kate.

– Se vor întoarce unul împotriva celuilalt cât ai bate din palme, am zis. Să nu crezi că n-o vor face. Dacă vrei să pui capăt relației lor, trebuie doar să-i aplici genul ăsta de presiune timp de câteva ore.

Cei doi amanți aveau să se sfâșie între ei, fiecare bănuindu-l pe celălalt. Iar în clipa în care începeau să se acuze reciproc, Lana putea să-și facă apariția. Avea să iasă din umbră, întoarsă din morți. Avea să stea în fața lor, strălucitor de vie – scoțându-i din minți de spaimă. Și nelăsându-le nici o îndoială despre ce simțeau cu adevărat unul pentru altul, despre cât de superficiale și coruptibile le erau sentimentele în realitate.

– S-ar termina pe vecie cu relația lor, am zis.

Cu siguranță, asta e ceea ce a convins-o: ideea mea îi oferea prilejul de a pune capăt relației lui Jason cu Kate. Poate că spera să-l recucerească pe Jason. Însă mai avea un motiv ca să accepte, un motiv tainic care, așa cum o să vezi, i-a adus prea puțină bucurie.

Ideea avea o frumoasă simetrie poetică, i-am spus. Ei îi oferea răzbunarea perfectă, iar pentru mine era provocarea artistică supremă. Desigur, Lana nu știa cât de departe aveam de gând să împing spectacolul.

N-am mințit-o. Pur și simplu am evitat s-o încarc cu o mulțime de dezvăluiri inutile.

În schimb, m-am concentrat pe aspectele concrete legate de punerea în scenă a dramei noastre.

În timp ce discutam am descoperit povestea împreună.

– Înec? am zis.

– Nu, prin împușcare, a spus Lana zâmbind. Ar fi mult mai bine, am putea să folosim armele din casă – și va fi ușor ca Jason să apară vinovat în ochii lui Kate.

– Ai dreptate, bună idee.

– Și ceilalți? Ar trebui să-i implicăm?

Știam că da, într-o anumită măsură. Lana și cu mine nu puteam duce treaba la bun sfârșit singuri. Pentru ca iluzia să funcționeze, nu trebuia să li se permită lui Jason și Kate să se apropie prea mult de cadavru. Nu puteam face singur asta. Aveam nevoie de ajutor.

Iar Leo – isteric, zbierând, poruncindu-le să nu se apropie de mama lui – era o alegere cum nu se poate mai potrivită.

Mă îngrijora faptul că Leo avea prea puțină experiență de actorie. Dacă nu se ridica la înălțimea provocării? Dacă era răpus de trac – poanta e involuntară – și dădea totul de gol?

Lana a promis să repete cu el sârguincios până ce juca la perfecție. Părea să fie o chestiune de mândrie maternă ca Leo să primească rolul. Era ironic, dacă ne gândim cât de tare dezaproba ideea ca fiul ei să devină actor.

I-am acceptat cererile, cu toate că aveam îndoieli în privința lui Leo. Ca și în privința neinformării lui Agathi. Însă Lana și-a impus voința în ambele chestiuni.

– Și Nikos? N-ar trebui să-i spunem?

– Hai să nu-l amestecăm în asta, am zis. Cu prea mulți bucătari dă oala-n foc și așa mai departe.

Lana a încuviințat.

– Bine. Probabil ai dreptate.

Și așa am căzut de acord.

După patru zile, pe insulă, cu câteva minute înainte de miezul nopții, m-am dus să mă întâlnesc cu Lana la ruine. Aveam la mine o pușcă.

Lana mă aștepta așezată pe una dintre coloanele sparte.

I-am zâmbit în vreme ce mă apropiam. Ea nu mi-a răspuns la zâmbet.

– Nu eram sigur că o să fii aici, am zis.

– Nici eu nu eram.

– Ei bine?

– Sunt gata.

– În ordine.

Am ridicat pușca și am îndreptat-o spre cer.

Am tras trei focuri.

Am privit-o pe Lana cum își pune pe ea sângele fals și machiajul pentru spectacol. Rănile de glonț erau din latex, sângeroase și convingătoare – cel puțin noaptea. Nu eram sigur cât de bine vor arăta la lumina zilei.

Efectele speciale erau ale ei, procurate de un machior cu care lucrase la mai multe filme. I-a spus că avea nevoie de ele pentru un spectacol privat – o descriere potrivită a micii noastre piese, mi-am zis.

Lana s-a lungit pe pământ în balta de sânge fals. Apoi am scos din buzunarul de la spate șalul roșu al lui Kate și i l-am pus pe umeri.

– Asta pentru ce e? a întrebat Lana.

– Doar o ultimă tușă. Acum încearcă să nu te miști. Stai neclintită. Lasă-ți membrele să se fleșcăiască.

– Știu cum să fac pe moarta, Elliot. Am mai făcut asta.

Se auzeau deja ceilalți, așa că m-am ascuns în spatele coloanei. Am vârât pușca într-o tufă de rozmarin.

După vreo două minute m-am arătat – purtându-mă ca și cum tocmai aș fi ajuns acolo, gâfâind și năucit.

Mai departe mi-am urmat instinctul dramatic. Văzând cum Lana zăcea acolo într-o baltă de sânge, cu Leo isteric alături, mi-a fost ușor să mă las antrenat în spectacol. De fapt, părea surprinzător de real.

Acum îmi dau seama că exact atunci gândirea mi-a luat-o pe un drum greșit. N-am prevăzut cât de real avea să pară. Eram așa de prins de meandrele intrigii, că nu m-am gândit cât de tare îi va afecta emoțional pe toți. Și că, prin urmare, aveau să reacționeze în feluri foarte imprevizibile.

Ai putea zice că am uitat regula fundamentală: *personajul face intriga.*

Și am plătit pentru asta.

2

Lana a rupt-o la fugă prin crângul de măslini, căutând-o pe Agathi.

Trebuia s-o găsească. Trebuia s-o liniștească înainte să strice totul.

Fusese o greșeală să-i ascundă planul. Însă Lana simțea că n-avusese de ales. Cu siguranță Agathi ar fi refuzat să participe și ar fi făcut tot ce-i stătea în puteri ca s-o convingă să se răzgândească. Acum își dorea să-i fi spus.

O siluetă mică se zărea printre pomi în depărtare, la capătul cărării... Era Agathi, intrând grăbită în casă.

Lana a urmat-o repede. La ușa din spate și-a scos pantofii și i-a lăsat afară. S-a strecurat înăuntru desculță, în tăcere, pe furiș. S-a uitat în jur.

Agathi nu se vedea nicăieri. Se dusese în camera ei? Sau în bucătărie?

Lana chibzuia în ce direcție s-o ia, când niște pași apăsați care veneau pe coridor au hotărât în locul ei.

S-a răsucit și a urcat repede spre etaj.

Peste câteva clipe, la picioarele scării a apărut Jason. Aproape s-a ciocnit de Kate, care venea pe ușa din spate.

N-aveau habar că Lana era acolo, în vârful treptelor, uitându-se la ei.

– Au dispărut, a zis Jason.

Kate l-a privit lung.

– Poftim?

– Armele. Nu-s acolo.

În afara ușii din spate – în culise – l-am înghiontit pe Leo să intre pe scenă.

– Du-te, am șoptit. E rândul tău.

Leo a alergat înăuntru și le-a mărturisit celor doi că ascunsese armele.

Faptul că nu erau în lada în care le pusese era o surpriză pentru Leo. Hotărâsem să nu-i spun că le-am mutat; m-am gândit că o să-și joace mai bine rolul dacă nu știe asta.

Oricum, îmi dădeam seama că Leo n-avea nevoie de nici un ajutor. „Puștiul are har“, mi-am zis. „Așchia nu sare departe de trunchi.“ Isteria și durerea pe care le afișa erau înspăimântător de reale. Un tur de forță.

– *E moartă!* a zbierat Leo. *Nici măcar nu-ți pasă?*

Lana, privind de la galerie, și-a lungit gâtul, încercând să vadă reacția lui Jason.

Asta era ceea ce așteptase. Acesta era adevăratul motiv pentru care fusese de acord cu planul meu. Voia să vadă reacția lui Jason la moartea ei – să-i pună la încercare iubirea. Voia să vadă dacă inima lui Jason avea să se frângă; sau, cel puțin, să întrezărească vreo dovadă că el avea inimă. Voia să-l vadă plângând; să-l vadă jelind-o pe iubita lui Lana.

Ei bine, a văzut. Jason n-a vărsat nici o lacrimă. Pe când îl privea din capul scării, Lana a văzut că era furios și speriat, încercând să nu-și piardă controlul. Dar n-avea inima frântă, nu era copleșit de durere. Nu era deloc emoționat.

„Nu se sinchisește“, și-a zis ea. „Îl doare-n cot.“

Și în clipa aceea a simțit că moare pentru a doua oară.

Lacrimile i-au umplut ochii; însă nu lacrimile ei – nu, erau ale unei copilițe de demult, care cândva se simțise atât de neiubită. O fată care se ghemuia exact în aceeași poziție în capul scării, cu mâna încleștată pe balustradă, privind cum mama ei își distra la parter „prietenii", simțindu-se nedorită și ignorată. Asta până când prietenii mamei au început să-i observe frumusețea precoce, și atunci au început cu adevărat necazurile.

De la acele zile sumbre, înspăimântătoare, Lana trecuse prin multe din dorința de a ajunge în siguranță, respectată, inatacabilă – și iubită. Dar acum, în timp ce se uita din capul scării la Jason, toată acea vrajă de Cenușăreasă dispăruse ca prin farmec. Lana s-a pomenit înapoi de unde plecase: o copiliță chinuită, singură în beznă.

Și-a dat seama că i se face rău, așa că s-a ridicat greoi și a dat fuga în dormitorul ei, în baie.

S-a năruit în genunchi în fața WC-ului și a vomitat.

3

Când a ieşit din baie a găsit-o pe Agathi în dormitor, aşteptând-o.

A fost o clipă de tăcere. Cele două femei se uitau una la alta.

Nu trebuia să-şi facă griji că Agathi o să-şi iasă din fire, s-a gândit Lana. Nu era nici un pericol de explozie emoţională. Agathi părea complet liniştită. Doar ochii înroşiţi arătau că plânsese de curând.

– Agathi. Te rog, lasă-mă să-ţi explic.

Agathi a vorbit cu voce joasă, monotonă.

– Ce-i asta? O glumă? Un joc?

– Nu. Lana a şovăit înainte să adauge: E mult mai complicat.

– Atunci ce este?

– Pot să-ţi spun, dacă mă laşi...

– Cum ai putut să faci asta? Agathi i-a căutat privirea, nevenindu-i să creadă. Cum ai putut să fii aşa de crudă? M-ai lăsat să cred că *ai murit*. Mi-ai frânt inima...

– Îmi pare rău...

– Nu. Nu-ţi primesc scuzele. Dă-mi voie să-ţi spun ceva, Lana. Eşti extrem de egoistă şi nu trăieşti cu picioarele pe pământ. Văd toate astea – şi te iubesc. Pentru că am crezut că mă iubeşti.

– Dar te iubesc.

– Nu.

Deopotrivă furioasă și disprețuitoare, Agathi și-a dat ochii peste cap. Lacrimile îi șiroiau pe obraji.

– Nu ești în stare. Nu știi să iubești.

Cuvintele ei au îndurerat-o profund pe Lana.

– Sunt egoistă și nu trăiesc cu picioarele pe pământ? Asta crezi? Poate că... ai dreptate. Dar sunt în stare să iubesc. Pe tine te iubesc. S-au privit în ochi un moment, apoi Lana a continuat aproape în șoaptă: Am nevoie de ajutorul tău, Agathi. Lasă-mă să încerc să-ți explic. Te rog.

Agathi s-a uitat la ea lung, fără să-i răspundă.

4

Între timp, am acceptat în silă să-i însoțesc pe Jason și Nikos la scotocirea insulei – căutând un intrus inexistent.

Iritarea îmi creștea cu cât înaintam de-a lungul coastei, zgâlțâiți de vânt. Eram epuizat, iar pantofii mei destul de noi erau distruși de umblatul prin tufărișuri, noroi și nisip. De asemenea, eram nerăbdător să mă întorc la Lana – și la Agathi.

Însă Jason se dovedea enervant de metodic, hotărât să scotocească fiecare metru pătrat de pământ de pe insulă. Chiar și când am ajuns la faleză – de unde, cum era de așteptat, nu se vedea nici o barcă trasă la mal – Jason a refuzat să accepte înfrângerea. Cred că, într-un fel pervers, se distra, purtându-se ca eroul dintr-un film prost.

– Să mergem mai departe, a strigat ca să fie auzit peste zgomotul vântului.

– Unde? am strigat la rândul meu. Nu-i nimeni aici, hai să ne întoarcem.

Jason a clătinat din cap.

– Mai întâi trebuie să căutăm prin clădiri. Începând cu locuința lui, a spus luminând cu lanterna fața lui Nikos.

Nikos l-a fulgerat cu privirea, clipind în lumină. N-a răspuns.

Jason a zâmbit.

– E vreo problemă?

Grecul a clătinat din cap. Nu-și lua ochii de la el.

– Bine, a zis Jason. Haideți!

– Eu nu, am spus. Ne vedem acasă.

– Unde te duci?

– Să văd ce fac ceilalți.

Înainte ca Jason să poată protesta, am plecat.

Pe când mergeam zorit înapoi spre casă, m-am întrebat dacă Lana o îmbunase pe Agathi. Speram că o potolise și o convinsese să se prindă în joc.

Pe de altă parte, cunoscând-o pe Agathi, nu eram deloc încrezător că Lana reușise.

Când am intrat în casă pe ușile de sticlă m-am uitat în jur. Nu se vedea nimeni. Am profitat ca să mă las pe vine lângă canapeaua lungă și, băgând mâna dedesubt, să bâjbâi după armele pe care le ascunsesem acolo.

Am scos un revolver.

L-am privit un moment, simțindu-i greutatea în palmă. Am cercetat țeava. Era goală. Am scos din buzunare gloanțele – furasem câteva din cutia din camera armelor – și l-am încărcat cu atenție.

Nu știam multe despre arme. Doar noțiunile de bază, învățate de la Lana atunci când Jason s-a apucat de vânătoare. Ea învățase să tragă pe platoul de filmare al unui western, și m-a invitat la o ședință de antrenament într-o după-amiază, pe insulă. De fapt, m-am descurcat destul de bine.

Totuși, mi-era frică de această armă pe care o țineam în mână. Degetele îmi tremurau un pic când am pus-o în buzunar. Prudent, am ținut o mână pe ea peste stofa pantalonilor.

M-am privit în oglindă.

Și acolo, chiar în spatele meu, era cadavrul plin de sânge al Lanei, privindu-mă cu ochi injectați.

Am tresărit și m-am întors brusc.

Lana arăta înspăimântător – acoperită de răni de glonț, sânge uscat și noroi. O priveliște nelalocul ei în acest living elegant. Am râs.

– Dumnezeule, m-ai speriat. Ce cauți aici? Întoarce-te la ruine înainte să te vadă Jason.

Fără să răspundă, s-a dus să-și toarne ceva de băut.

– Ai deraiat un pic acolo, iubito. Să fugi așa după Agathi. Ascultă-mă pe mine, nimic nu-i mai catastrofal decât ca o actriță să înceapă să-și scrie propriul scenariu. Întotdeauna se sfârșește cu lacrimi.

Glumeam, încercând s-o fac să râdă. Dar n-a mers. Lana nici măcar n-a zâmbit.

– Unde-i toată lumea? am zis. Unde-i Kate?

– În casa de oaspeți. Cu Leo.

– Bine. Apropo, el a dat un spectacol minunat. Ți-a moștenit talentul. O să ajungă departe.

Lana n-a răspuns. A luat de pe masă una dintre țigările lui Kate și a aprins-o. Nesiguranța a pus stăpânire pe mine în timp ce o priveam cum fumează.

– Ai vorbit cu Agathi?

Lana a încuviințat din cap și a suflat un fuior lung de fum. M-am încruntat.

– Și? Ai pus lucrurile la punct cu ea? Ți-a dat binecuvântarea?

– Nu, nu mi-a dat-o. E foarte supărată.

Am râs.

– Ar fi trebuit să-i spui că a fost ideea mea.

– I-am spus.

– Și? Ce-a zis?

– Că ești diabolic.

– Asta-i un pic dramatic. Altceva?

– Că o să te bată Dumnezeu.

– Cred că a făcut-o deja.

– S-a terminat, Elliot, a spus Lana strivind țigara. A zis că joaca trebuie să înceteze. Imediat.

Așadar, asta era, mi-am zis. Am încercat să-mi ascund iritarea.

– Dar nu s-a terminat. Mai avem actul final. Agathi trebuie să aștepte să se lase cortina.

– Acum se lasă cortina. S-a terminat.

– Cum rămâne cu Jason?

Lana a ridicat din umeri. A șoptit, mai mult pentru ea decât pentru mine:

– Lui Jason nu-i pasă. Crede că sunt moartă – și nu-i pasă.

Rostise acele cuvinte în culmea nefericirii.

„În sfârșit", mi-am zis. „În sfârșit, Lana s-a trezit. În sfârșit, a văzut lumina." Așteptasem acest moment. Acum puteam s-o luăm de la început – pe picior de egalitate, de data asta. Puteam s-o luăm de la început într-o sinceritate deplină.

– Foarte bine. S-a terminat. Și acum?

– N-am nici o idee, a spus ea ridicând din umeri.

– Eu am o idee... dacă vrei s-o auzi.

Fără să vrea, s-a uitat la mine cu o urmă de curiozitate.

– Ei bine?

Părea să fie momentul adevărului. Așa că m-am lansat.

– Îți amintești de seara în care l-ai cunoscut pe Jason? În South Bank? N-am vorbit niciodată despre asta.

– Și?

– Aveam la mine un inel... Aveam de gând să-ți cer să te măriți cu mine.

Lana a ridicat privirea spre mine. Îi vedeam în ochi surprinderea.

Am zâmbit.

– Însă, din nefericire, Jason a ajuns acolo primul. M-am întrebat adeseori ce s-ar fi întâmplat dacă nu l-ai fi cunoscut în seara aceea.

Lana a privit în altă parte.

– Nu s-ar fi întâmplat nimic.

Acum era rândul meu să arăt surprins.

– Nimic?

A dat din umeri.

– Tu și cu mine eram prieteni, asta-i tot.

– Eram? Am zâmbit. Aveam impresia că încă suntem. Și mult mai mult de atât – iar tu o știi. Brusc, am simțit cum mă cuprinde furia. De ce nu poți să recunoști sincer, măcar o dată? Te iubesc, Lana. Părăsește-l. Mărită-te cu mine.

Lana mă privea fix, în tăcere, ca și cum nu m-ar fi auzit.

– Vorbesc serios. Mărită-te cu mine – și fii fericită.

Am avut nevoie de tot curajul ca să spun asta. Mi-am ținut răsuflarea.

A urmat o tăcere. Reacția Lanei, când a venit, a fost brutală. A râs. Un râs rece, dur, ca o palmă peste obraz.

– Și după aceea ce? a zis. O să mă rostogolesc pe scară, ca Barbara West?

Am avut impresia că am încasat un pumn. M-am holbat la ea, uluit. Mă simțeam – ei, de-acum mă cunoști mai bine ca oricine, îți poți închipui cum m-am simțit. N-am cutezat să vorbesc. Mă temeam că aș putea spune ceva de neiertat, trecând o linie care nu trebuie să fie trecută.

Așa că n-am zis nimic. M-am răsucit pe călcâie și am plecat.

5

Am ieşit în acelaşi fel în care intrasem. Prin uşile de sticlă, pe verandă.

Am coborât treptele, asaltat de vânt şi de gândurile mele. Nu-mi venea să cred ce-mi spusese Lana. Gluma aceea răutăcioasă despre Barbara West nu-i stătea deloc în fire. Nu pricepeam.

Chiar şi acum, când scriu, mă chinui să-i înţeleg cruzimea. Era ceva cu totul neobişnuit pentru ea; nu puteam crede că Lana, prietena mea, era în stare de aşa ceva. Dar poate că aş fi crezut-o din partea celeilalte persoane, cea ascunsă; acea copilă speriată, plină de durere, care pândea sub piele, gata să atace.

Aveam s-o iert, desigur. Trebuia. O iubeam. Chiar dacă uneori putea fi crudă.

Eram pierdut într-un nor de gânduri şi nu l-am văzut pe Jason venind. M-am ciocnit de el la baza scării.

Jason m-a îmbrâncit.

– Ce mama dracului...?

– Scuze. Te căutam. Ai cercetat casa lui Nikos?

Jason a încuviinţat din cap.

– Nu-i nimic acolo.

– Unde-i acum Nikos?

– La el acasă. I-am spus să aştepte acolo până ajung poliţiştii.

– Bine.

Jason a încercat să treacă pe lângă mine și să urce treptele. L-am oprit.

– Stai un pic, am zis. Am o veste bună. Agathi tocmai a vorbit cu cei de la poliție.

– Și?

– Vântul s-a potolit. Sunt pe drum încoace.

Pe fața lui Jason a apărut o expresie de ușurare.

– Oh, slavă Domnului!

– Mergem să-i așteptăm pe dig?

Jason a dat aprobator din cap.

– Bună idee.

– Ne vedem acolo.

– Stai un pic, a zis privindu-mă bănuitor. Unde te duci?

– Să-i spun lui Kate. Neputând să mă abțin, am întrebat: Poate preferi s-o faci tu?

– Nu. Du-te tu.

S-a răsucit pe călcâie și a pornit spre plajă – și spre dig.

M-am uitat după el zâmbind în barbă.

Apoi, cu mâna încleștată pe revolverul din buzunar, m-am dus la Kate – ca să-mi duc intențiile la bun sfârșit.

Pe când mă îndreptam spre casa de oaspeți simțeam o hotărâre sumbră să-mi continui planul cu orice preț.

N-o să mint spunând că supărarea mea pe Lana din acel moment n-a fost un imbold. Dar în nici un caz nu m-aș fi putut opri acum, cu toată împotrivirea Lanei. Așa cum nu poți să oprești un bolovan pe care l-ai împins în jos pe deal. Acum era mai mare decât noi toți; prinsese avânt. N-aveam încotro, trebuia să lăsăm drama să se deruleze până la capăt. Ca actriță, Lana ar fi trebuit să înțeleagă.

Când am ajuns aproape de casa de oaspeți am văzut că se deschide ușa. A ieșit Leo. M-am ascuns iute după un copac. Am așteptat până a trecut pe lângă mine, apoi m-am furișat până la fereastră și m-am uitat înăuntru.

Kate era singură. Arăta într-un hal fără de hal. Speriată, paranoică, supărată. Fusese o seară grea pentru ea.

Din păcate, situația era pe cale să se înrăutățească.

M-am dus la ușă. Am întins mâna s-o deschid – apoi, în mod inexplicabil, am încremenit.

Am rămas nemișcat, paralizat de trac. Erau mulți ani de când nu mai urcasem pe scenă – și nu mai avusesem niciodată un rol atât de important. Totul depindea de felul în care jucam în această scenă cu Kate. Era ultimul truc de magie pe care trebuia să-l duc la bun sfârșit. Aveam nevoie să fiu sută la sută convingător – tot ce spuneam și făceam trebuia să pară cu totul nevinovat și credibil.

Cu alte cuvinte, trebuia să dau spectacolul vieții mele.

Mi-am adunat tot curajul și am bătut tare la ușă.

– Kate? Eu sunt. Trebuie să vorbim.

6

Văzând că sunt eu, Kate a descuiat ușa. Am deschis-o și am intrat.

– Încui-o.

A arătat spre ușă.

M-am supus, trăgând zăvorul.

– Tocmai l-am văzut pe Leo afară. I-am spus că ne vedem pe dig.

– Pe dig?

– Polițiștii sunt pe drum. Ne ducem acolo să-i așteptăm. Cu toții.

N-a scos nici o vorbă. Am privit-o cu atenție. Avea o mică legănare în mișcări, o împleticeală în cuvinte, dar speram că era destul de trează ca să priceapă ce-i spuneam.

– Kate, m-ai auzit? Vin cei de la poliție.

– Am auzit. Unde-i Jason? Ați găsit ceva? Ce s-a întâmplat?

Am clătinat din cap.

– Am scotocit prin toate ungherele insulei.

– Și?

– Nimic.

– Nici o barcă?

– Nici o barcă. Nici un intrus. Nu-i nimeni aici în afară de noi.

Informația nu părea s-o surprindă câtuși de puțin.

– E *el*. El a omorât-o, a spus.

– Despre cine vorbești?

– Despre Nikos, desigur.

– Nu, am clătinat din cap. Nu-i Nikos.

– Ba da, el e. E *nebun*. Nu trebuie decât să te uiți la el. E...

– E mort.

Kate s-a holbat la mine cu gura căscată.

– Ce?

– Nikos e mort, am repetat încet.

– Ce s-a întâmplat?

– Nu știu, nu eram acolo.

M-am ferit s-o privesc în ochi când am zis asta. Am simțit că se uita la mine, încercând febril să înțeleagă.

– Căutau în partea de nord a insulei, unde e faleza, și Nikos a căzut... Asta mi-a povestit Jason. Dar eu nu eram acolo.

– Ce încerci să...? Kate părea speriată. Unde-i Jason?

– E pe dig, cu ceilalți.

– Mă duc la el, a spus strivindu-și țigara.

– Stai. Mai e ceva ce trebuie să afli.

– Poate să aștepte.

– Nu, nu poate.

Fără să mă bage în seamă, s-a dus la ușă. Era acum sau niciodată.

– El a omorât-o, am zis.

Kate s-a oprit. S-a uitat la mine.

– Ce?

– Jason a omorât-o pe Lana.

A dat să râdă, dar s-a înecat.

– Ești nebun.

– Kate, ascultă-mă! Știu că nu suntem întotdeauna de acord. Dar suntem prieteni de mult, și nu vreau să pățești ceva. Trebuie să te previn.

– Să mă previi? În legătură cu ce?

– Asta n-o să fie ușor. Am arătat spre un scaun. Nu vrei să stai jos?

– Du-te dracului!

Am oftat, apoi am vorbit răbdător.

– Bine. Cât de multe ți-a spus Jason despre situația lui financiară?

Kate a fost năucită de întrebare.

– Despre *ce*?

– Așadar, nu știi. Are probleme mari. Lana a descoperit vreo șaptesprezece conturi ale firmei, toate pe numele ei, în bănci private din toată lumea. El muta fondurile clienților, folosind-o pe ea ca să spele banii – ca pe o afurisită de spălătorie.

M-am zbârlit tot de indignare când am spus asta. O vedeam pe Kate asimilând informațiile, cântărindu-le, cântărindu-mă pe mine, încercând să-și dea seama dacă să creadă sau nu vreun cuvânt. Trebuie să spun că spectacolul pe care îl dădeam era foarte bun – probabil pentru că cea mai mare parte din ce spuneam era adevărat. Jason *era* un escroc. Și nu crezusem nici o clipă că ea nu știa asta.

– Asta-i o tâmpenie, a zis cu voce slabă.

Dar n-a protestat mai departe, așa că m-am simțit încurajat să continui.

– Jason e pe cale să fie prins – dacă n-a fost deja. O să fie pus la popreală pentru mult timp, îmi închipui. Doar dacă cineva nu-l scoate pe cauțiune. Are nevoie disperată de bani...

Kate a râs.

– Crezi că a ucis-o pe Lana pentru *bani*? Te înșeli, Jason n-ar face asta. N-ar omorî-o.

– Știu că n-ar face-o.

S-a uitat la mine iritată.

– Şi atunci ce tot spui?

Am vorbit rar, cu răbdare, ca unui copil.

– Purta şalul *tău*, Kate.

O mică pauză. S-a holbat la mine.

– Ce?

– De aceea Jason s-a luat după ea până la ruine. Credea că eşti *tu*.

Mă privea în tăcere. Dintr-odată îi fugise tot sângele din obraji.

– E adevărat, am zis. Jason n-avea de gând s-o împuşte pe Lana. Avea de gând să te împuşte pe *tine*.

Kate a clătinat din cap violent.

– Eşti dus cu pluta... eşti dus dracului cu pluta.

– Nu pricepi? O să pună totul în cârca lui Nikos – acum, că s-a asigurat că Nikos nu se poate apăra. Te-am avertizat să nu-l faci pe Jason să aleagă între voi două. Lana e prea valoroasă ca să renunţe la ea. În vreme ce tu... eşti *neesenţială*.

Când am spus asta am văzut schimbarea din ochii ei. Un fel de recunoaştere dureroasă – acel cuvânt, „neesenţială“, intra în rezonanţă cu ceva ascuns în adâncul sufletului, o impresie veche, de acum multă vreme –, impresia că nu-i importantă, că nu-i specială în nici un fel, nu-i iubită.

Şi-a încleştat mâinile pe spătarul scaunului, de parcă ar fi vrut să-l azvârle spre mine. Însă avea nevoie de el ca să se echilibreze. Se sprijinea de el, arătând ca şi cum era gata să leşine.

– Trebuie să-l găsesc pe Jason, a şoptit.

– Poftim? N-ai auzit nici o vorbă din ce ţi-am spus?

– Trebuie să-l găsesc.

Dintr-odată hotărâtă, a pornit spre uşă.

I-am tăiat calea.

– Kate, opreşte-te...

– Dă-te deoparte. Trebuie să merg la el.

– *Aşteaptă.* Am vârât mâna în buzunar. Uite...

Am scos revolverul şi i l-am întins zicând: Ia-l.

Kate a făcut ochii mari.

– De unde-l ai?

– L-am găsit în biroul lui Jason, unde a ascuns toate armele. Ia-l, am repetat îndesându-i-l în mână.

– Nu.

– *Ia-l.* Poartă-te ca o toantă dacă aşa vrei, dar ia ăsta cu tine. Te rog.

Kate m-a privit un moment, apoi s-a hotărât. A luat revolverul.

Am zâmbit. M-am dat deoparte şi am lăsat-o să treacă.

7

Kate a ieşit din casa de oaspeţi cu degetele încleştate pe patul armei. A pornit pe cărare spre coastă, în direcţia plajei şi a digului, căutându-l pe Jason.

Am aşteptat un moment, apoi am urmat-o.

Eram agitat, aveam palpitaţii, aşa cum ai la o premieră. Mă entuziasma gândul că făcusem toate astea: scrisesem o dramă, dar nu cu stiloul pe hârtie, pentru nişte personaje fictive de pe scenă, ci pentru oameni *în carne şi oase*, într-un loc *real*. Toţi jucând într-o piesă din care n-aveau habar că fac parte.

Într-un fel, era Artă. Chiar credeam asta.

Pe când mă apropiam de plajă vedeam că vântul se potoleşte. Curând furia avea să se stingă de-a binelea, lăsând în urmă o insulă răvăşită. M-am uitat în jur după Kate. Era chiar în faţă, mergând peste nisip spre dig, unde aştepta Jason.

Ce avea să se întâmple acum? Ştiam răspunsul. Puteam să-l prezic la fel de sigur ca şi când l-aş fi scris în carnetul meu. Ceea ce, de fapt, făcusem.

Kate avea să urce treptele de piatră spre dig. Jason avea să vadă arma din mâna ei. Şi, fiind Jason, avea să i-o ceară.

Întrebarea era dacă, după tot ce-i spusesem lui Kate, după ce-i plantasem în minte toate acele îndoieli despre el, avea să-i dea arma.

Încă și mai important: acum că pusesem în mâna lui Kate o armă încărcată... avea ea s-o folosească?

Curând aveam să știm răspunsul la întrebarea pe care o formulasem în seara în care a venit Lana și eu am stat treaz până în zori, scriind fără oprire. Voi fi în stare să fac în așa fel încât Jason să moară fără să apăs eu însumi trăgaciul?

Planul meu avea toate șansele să funcționeze. Mai ales după ce Kate mi-a dat fără să știe apă la moară. În cele mai bune momente era imprevizibilă, iar în clipa asta mai era și băută și foarte tulburată. Era foarte probabil să se lase copleșită de sentimente. Dacă ar fi fost să pariez, aș fi mizat pe asta o sumă deloc neînsemnată.

Mi-am ocupat poziția lângă pinii înalți, la capătul plajei. Destul de aproape ca să văd bine, dar nu destul de aproape ca să fiu văzut; eram ascuns bine în umbrele teatrului meu personal.

Brusc m-a năpădit un atac de panică. Fiecare dramaturg are parte de asta la un moment dat, știi; panica din ceasul al unsprezecelea. Teama că povestea n-o să se închege. „Am făcut destul? Oare structura o să reziste?“

E obligatoriu să te abții să cârpăcești în această fază târzie. Multe capodopere au fost distruse de artiști care nu s-au putut abține să nu facă schimbări de ultimă oră. Ca și multe acțiuni criminale, fără îndoială.

Trebuia să am încredere în munca pe care o făcusem deja. Nu mai puteam să controlez ce avea să se întâmple mai departe. Acum era în mâinile actorilor; eu nu eram decât un spectator.

Așadar, m-am așezat comod ca să privesc reprezentația.

8

Kate a traversat plaja spre dig și a urcat încet treptele de piatră. Jason era singur pe platformă. Au stat față în față.

O clipă a fost tăcere. Jason a vorbit primul, privind-o prudent.

– Ești singură? Unde-s ceilalți?

Kate n-a răspuns. Se uita doar la el, în vreme ce ochii i se umpleau de lacrimi.

Jason părea nesigur, simțind, fără îndoială, că ceva nu-i în ordine.

– Kate. Ești bine?

Ea a clătinat din cap. O vreme n-a spus nimic. A arătat spre barca cu motor amarată sub ei.

– N-am putea să mergem, pur și simplu? Să plecăm dracului de aici...

– Nu. Curând vor veni polițiștii. E în ordine.

– Nu, nu-i. Te rog, hai să plecăm acum și gata...

– Ce-i asta? Jason se uita la arma din mâna ei. Tonul i s-a înăsprit: De unde naiba o ai?

– Am găsit-o.

– Unde? Dă-mi-o.

S-a apropiat de ea, întinzând mâna. Iar Kate a făcut un pas mic în spate – o mișcare involuntară, care însă a deschis între ei un hău.

Jason s-a încruntat.

– Dă-mi arma. Eu știu cum s-o folosesc, spre deosebire de tine. Și apoi: Katie, haide, eu sunt!

O clipă, Kate a crezut în autoritatea lui – dar apoi a văzut că mâna lui tremura. Și-a dat seama că Jason era la fel de speriat ca ea.

Jason avea toate motivele să fie speriat. Kate era dezlănțuită; trebuia s-o manevreze cumva. Trebuia s-o potolească și s-o aducă într-o stare mai rațională. Trebuia s-o convingă să renunțe la armă.

Așa că și-a asumat un risc calculat.

– Te iubesc, a zis.

Expresia ei încrâncenată i-a demonstrat că această tentativă eșuase.

– Mincinosule!

Și acea clipă pentru care mă rugasem a venit. O suspendare a neîncrederii, un soi de alchimie teatrală – spune-i cum vrei. În mintea lui Kate, iluzia a devenit adevăr. În închipuirea ei s-a înscăunat gândul că nu trebuia să aibă încredere în Jason. Pentru prima dată de când îl cunoștea, îi era frică de el.

Lucrurile s-au înrăutățit când Jason a încercat iar, cu mai multă forță.

– Dă-mi arma, Kate!

– Nu.

– Kate...

– Ai omorât-o?

– Ce? Jason se holba la ea, nevenindu-i să creadă. *Ce?*

– Ai omorât-o pe Lana? Kate a continuat pe nerăsuflate: Elliot a zis că tu ai omorât-o... din greșeală. A zis... că voiai să mă omori pe mine.

– Ce? E dement, a mârâit Jason. Asta-i o *minciună*.

– Oare?

– Sigur că da! Făcând un pas spre ea, i-a cerut: Dă-mi arma!

– Nu. Kate a ridicat revolverul. Oprește-te!

A ațintit arma spre el. Tremura așa de tare, că a trebuit s-o țină cu amândouă mâinile ca să stea neclintită.

Jason a mai înaintat un pas.

– Ascultă-mă. Elliot e un mincinos. Știi cât i-a lăsat ea în testament? *Milioane.* Gândește-te – în cine ai încredere, Kate? În mine sau în el?

Părea atât de necăjit, atât de pătimaș, atât de sincer, încât Kate s-a pomenit că vrea să aibă încredere în el. Însă era prea târziu.

– Nu te apropia de mine, Jason. Vorbesc serios. Stai departe.

– Dă-mi arma! Imediat!

– Oprește-te! Nu te apropia!

Însă el continua să meargă spre ea, pas cu pas.

– Jason, *oprește-te*!

Fără s-o asculte, a mai înaintat puțin. A întins mâna.

– Dă-mi-o! Sunt *eu*, pentru numele lui Dumnezeu. Sunt Jason.

Însă nu era el. Nu era Jason, nu mai era – nu era omul pe care îl știuse și-l iubise. Ca într-un coșmar, se transformase dintr-un iubit într-un monstru.

Apoi a făcut o mișcare bruscă spre ea...

Și degetul lui Kate a apăsat pe trăgaci. Glonțul a pornit.

Însă și-a ratat ținta. Iar Jason se tot apropia... Kate a tras iar...

Și iar...

Și iar.

În cele din urmă a nimerit. Jason a căzut și s-a rostogolit pe treptele digului. Zăcea acolo, nemișcat... golindu-se de sânge pe nisip.

*

Mi-aş dori să pot încheia povestea aici.

Un final straşnic, nu-i aşa? Are tot ce trebuie: un bărbat, o femeie, o armă de foc, o plajă sub clar de lună. Hollywoodul s-ar da în vânt după asta.

Însă nu pot să închei povestea aşa.

De ce nu? Pentru că, din păcate, nu-i adevărat.

Nu-i ceea ce s-a întâmplat. Nu-i decât o plăsmuire a imaginației mele. Este ceea ce am sperat să se întâmple – este scena pe care am schițat-o în carnet.

Dar mă tem că nu-i decât ficțiune.

Viața reală s-a dovedit a fi cu totul altfel.

9

În timp ce stăteam acolo, în întuneric, privind cum Kate urca treptele digului, am avut primul semn neplăcut că realitatea se abătea de la planurile mele.

Am simțit o împunsătură mică, ascuțită, în spinare. M-am răsucit repede.

Nikos era în spatele meu. Ținea o pușcă ațintită spre mine, cu care m-a împuns iar. De data asta mai tare.

Când am văzut că este el m-am simțit mai degrabă iritat decât neliniștit.

– Lasă-mă în pace! Nu aținti chestia aia afurisită spre mine. Credeam că Jason ți-a spus să rămâi acasă.

Nikos nu mi-a luat în seamă vorbele. Se uita la mine bănuitor.

– Găsim pe ceilalți. Mi-a făcut semn să pornesc. Mergi.

A arătat cu capul către plajă – în direcția digului, spre Jason și Kate.

– Nu, am zis repede. Nu acolo. Nu-i o idee bună.

– Mergi! Nikos m-a împuns iar cu pușca. Acum.

– Nu, ascultă. Vin polițiștii. Trebuie să-i găsim pe Leo și Agathi. Am continuat rar și apăsat, ca să priceapă: Tu și cu mine mergem înapoi în casă. Și îi găsim. Bine?

Am dat să-i indic direcția cea bună. Însă de cum mi-am mișcat mâna, pușca mi-a fost înfiptă adânc în piept. A apăsat-o cu putere între coaste. Îmi simțeam inima bubuind sub ea.

Nikos nu glumea.

A arătat din nou cu capul spre dig.

– Mergi! Acum...

– Bine, am zis, bine. Potolește-te.

Văzând că n-am încotro, mi-am acceptat soarta cu un suspin. Ca un copil bosumflat, am coborât pe plajă.

Am traversat nisipul cu Nikos ținându-se aproape, îndesându-mi pușca în spate. N-avea încredere în mine, și pe drept cuvânt. Ce prostie, să pândesc în tufișuri, spionându-i pe Kate și Jason! N-arăta deloc bine, și acum trebuia să scap de la ananghie dând cu gura – ceea ce n-avea să fie ușor. Va trebui să improvizez, lucru la care nu eram prea iscusit.

„Naiba să-l ia“, mi-am zis. „Strică totul.“

Când am ajuns la treptele digului m-am oprit, căci nu voiam să merg mai departe. Am simțit pușca înfiptă în spinare, silindu-mă să urc treaptă cu treaptă... până ce am ajuns pe platforma de piatră.

Am dat cu ochii de cei doi.

Am observat că ea încă ținea revolverul – iar Jason nu părea să protesteze, așa că poate mă înșelasem în această privință. Kate și-a plimbat privirea de la mine la Nikos, cu o expresie de neîncredere amestecată cu dezgust. S-a răsucit spre Jason.

– El a zis că Nikos e *mort.* A zis că tu l-ai ucis.

– Ce? Jason părea uluit. *Ce?*

– Elliot a zis că l-ai omorât... așa cum ai omorât-o pe Lana.

Jason a icnit.

– Ce *mama dracului?*

Kate s-a întors furioasă spre mine:

– Ce șarpe ești, Elliot! Ce șarpe nenorocit! Mă tot aștept să sâsâi. De ce nu *sâsâi? Ssssssssssss...*

– Kate, încetează, te rog! Pot să-ți explic...

Mă pregăteam s-o iau cu binișorul, când peste umărul lui Jason am văzut pe cineva pe plajă. Inima mi-a stat în loc. Era Agathi. Venea în grabă spre noi.

Se terminase. Tot castelul meu din cărți de joc era pe cale să se năruie. Nu-mi rămânea decât să mă resemnez.

Cât așteptam ca Agathi să ajungă la noi mi-am îndreptat atenția spre Kate și Jason, care vorbeau despre mine ca și cum n-aș fi fost acolo.

Ceea ce era derutant, ca să nu zic mai mult.

Auzisem adesea alți scriitori spunând despre personajele lor că „se îndepărtează de ei", se comportă independent, cu „viață proprie". Disprețuiam această idee, îmi dădeam ochii peste cap când cineva pretindea asta. Dar acum, spre uimirea mea, o simțeam eu însumi. Voiam să-i întrerup, să zic: „Nu, nu, nu trebuia să zici asta" și: „Asta n-ar trebui să se întâmple". Dar se întâmpla. Asta era realitatea, nu o piesă de teatru. Și nu mergea așa cum plănuisem eu.

– Încearcă să-ți facă o înscenare, a zis Kate. Lana i-a lăsat milioane de lire. Știai asta?

– Nu. Jason părea furios. N-am știut.

Agathi s-a ivit în capul treptelor. S-a uitat la noi cu ochi înspăimântați.

– Ce se întâmplă?

– Știm cine a împușcat-o pe Lana, a zis Kate.

– Cine?

Agathi părea derutată.

Kate a arătat cu pistolul spre mine.

– *Elliot.*

10

Stăteam acolo, pe dig, uitându-ne unii la alții. Un moment a fost tăcere. Nu se auzeau decât vaierul vântului și valurile care se spărgeau în jurul nostru.

În spatele ochilor lui Agathi vedeam cum se gândește de zor la următoarea mișcare. A vorbit cu prudență.

– De ce să facă Elliot asta?

– Banii, a zis Kate. E ruinat, știu de la Lana. Mi-a spus că i-a lăsat o avere.

Asta era singura posibilitate la care nu mă gândisem: că *eu* aș putea să ajung principalul suspect.

Nu mi-a scăpat ironia situației. M-am străduit să nu las să se vadă nimic, iar când mi-am recăpătat pe deplin cumpătul le-am oferit o expresie gravă.

– Îmi pare rău că vă dezamăgesc. Mă fac vinovat de multe lucruri, însă uciderea Lanei nu se numără printre ele.

I-am aruncat lui Agathi o privire sfidătoare.

„Haide“, am îndemnat-o în gând. „Dă totul la iveală, bag mâna-n foc că arzi de dorința să le spui că nu-i decât o mascaradă.“

Însă Agathi a rămas tăcută. Și brusc mi-a venit un gând plin de speranță. Oare Lana reușise s-o convingă? Oare Agathi se prinsese în joc, până la urmă? Cu ajutorul ei aș fi putut s-o scot la capăt.

Kate vorbea cu o voce joasă, ațâțată:

– Elliot a ucis-o. Nu poate să scape nepedepsit. Nu poate, nu poate...

– N-o să scape, a zis Jason. Poliția...

– La naiba cu poliția. O să-i învârtă pe degete. Nu *poate* să scape nepedepsit, Jason. Nu-l *putem* lăsa.

– Despre ce vorbești?

– Vorbesc despre dreptate. *A omorât-o pe Lana.*

– Vrei să-l împuști? Dă-i drumul. Chiar te rog, la naiba.

– Vorbesc serios.

– Și eu.

A fost o scurtă pauză. Se ajunsese prea departe, am hotărât. Nu-mi plăcea încotro o luau lucrurile, mai ales când Kate flutura de zor un revolver încărcat. Situația putea să scape ușor de sub control.

Așa încât, călcându-mi pe inimă, m-am simțit obligat să-i pun capăt.

– Doamnelor și domnilor. Urăsc să stric surpriza, dar mă tem că nu-i adevărat. Toată seara asta a fost o farsă. Lana nu-i moartă. Nu-i decât o glumă.

Jason m-a privit cu dezgust.

– Ești dus cu pluta, fârtate.

Așadar, nu mă credea – ceea ce era, într-un fel, un imens compliment.

Am zâmbit.

– Bine. Întreab-o pe Agathi, dacă nu mă crezi. O să-ți spună.

I-am aruncat ei o privire.

– Haide! Spune-le!

Agathi mi-a întâmpinat privirea fără să clipească.

– Ce să le spun?

M-am încruntat.

– Spune-le adevărul. Spune-le că Lana e vie...

Agathi m-a scuipat în față.

– *Ucigașule!*

Am tras brusc aer în piept, șocat.

– Agathi...

– *Ai omorât-o!* Să te ierte Dumnezeu, a adăugat ea făcându-și cruce.

Stupefiat și totodată furios, mi-am șters fața.

– De-a ce mama dracului te joci? Încetează imediat! Spune-le adevărul!

Cum însă ea s-a mulțumit să mă privească obraznic, mi-am stăpânit mânia și m-am întors spre Jason.

– Vino! Hai să ne întoarcem în casă. O s-o găsești pe Lana vie și nevătămată... dând pe gât vodcă, fumând țigările lui Kate și...

Jason m-a pocnit în față. Pumnul lui m-a nimerit în falcă. Lovitura m-a făcut să mă împleticesc în spate.

Mi-a trebuit un moment ca să mă echilibrez. Mâna mi s-a ridicat la falca dureroasă, care zvâcnea. Mă durea rău, mai ales când vorbeam.

– Cred că mi-ai rupt falca... *Rahat!*

– De-abia am început, fârtate, a zis el sumbru.

– Pentru numele lui Dumnezeu! Am fulgerat-o cu privirea pe Agathi. Acum ești fericită? *Mulțumită?* Acum o să-i spui cretinului ăstuia nenorocit că-i doar o glumă...?

Jason m-a pocnit iar. De data asta m-a nimerit în tâmplă, dezechilibrându-mă. M-am poticnit și am căzut în patru labe. Mi-a țâșnit sânge din nas pe piatra gălbuie. Am icnit, încercând să-mi trag sufletul. Fusesem dezechilibrat și psihologic, nu doar fizic. Trebuia să mă adaptez rapid la această situație care scăpa de sub control. Îi auzeam vorbind peste capul meu, și ceea ce-mi ajungea la urechi era tulburător, ca să nu zic mai mult.

Păreau ciudat de ațâțați, ca și când ar fi fost sub influența unui drog.

– Ei bine, a spus Jason. Facem asta? Da sau nu?

– N-avem de ales, a zis Kate. El a ucis-o. E vorba de *dreptate*.

– Şi ce le spunem poliţiştilor?

– Adevărul. Elliot a împuşcat-o pe Lana... apoi şi-a tras un glonţ în cap.

Îşi pierduseră temporar minţile – şi n-am crezut nici o clipă că o vor face cu adevărat. Totuşi, în ciuda asigurărilor pe care mi le dădeam, spaima mi se insinua în minte. Trebuia să ies din această situaţie.

M-am ridicat cu greu în picioare. M-am silit să zâmbesc, cu toate că mă durea falca.

– Bravo! Ce mai spectacol, oameni buni! Aproape că m-aţi păcălit... Dar mascarada asta a durat prea mult. Hai să vă dau un pont. Nu trebuie să prelungiţi la nesfârşit actul final dacă nu vreţi să vă pierdeţi publicul.

Acestea fiind zise, m-am răsucit să plec...

În clipa următoare am auzit o bufnitură înfundată, apoi o durere paralizantă mi s-a întins prin şale. Nikos mă lovise din spate cu patul puştii. M-am prăbuşit cu un geamăt.

– Ţine-l, a zis Jason. Nu-l lăsa să plece.

Nikos m-a înşfăcat de umeri şi m-a ţinut jos, în genunchi. M-am zbătut ca să mă eliberez.

– Dă-mi dracului drumul! E o nebunie! *N-am făcut nimic rău*...

M-au înconjurat. Îi auzeam şoptind deasupra mea.

– Dreptate? a zis Jason.

– Dreptate, a repetat Kate.

Panicat de-a binelea, m-am zvârcolit până ce am putut să întorc capul spre Agathi. I-am cerut ajutorul.

– De ce faci asta? Ai dovedit că ai dreptate, bine? *Îmi pare rău*, dar acum încetează.

Însă Agathi nu voia să se uite la mine.

– *Dreptate.* I-a tradus lui Nikos cuvântul în greacă: *Dikaiosyni.*

– *Dikaiosyni*, a încuviințat Nikos. *Dreptate.*

Jason a dat din cap spre arma din mâna lui Kate.

– El e cel care trebuie să țină arma. Dă-mi-o.

Ea i-a întins-o.

– Poftim, ia-o.

– *Dați-mi drumul!* Lana e vie...

M-am luptat să scap, dar Nikos mă ținea cu o strânsoare de menghină. Am simțit cum urcă în mine un val de groază.

Jason mi-a îndesat arma între degete și, cu mâna peste a mea, a ridicat-o până la cap. Simțeam cum îmi sfredelește tâmpla.

– Apasă pe trăgaci, Elliot, a zis. Asta ți-e pedeapsa. Apasă pe trăgaci!

Mă luptam cu lacrimile.

– *Nu, nu... n-am făcut nimic rău. Te rog...*

– Șșșt.

Jason era acum straniu de blând, chiar tandru.

– Nu te mai preface, mi-a șoptit la ureche. Fă-o! Apasă pe trăgaci!

– *Nu... nu... te rog...*

– Apasă pe trăgaci, Elliot.

– Nu. Acum suspinam. *Te rog...* încetează...

– Atunci o s-o fac eu.

– Nu, a zis Kate. *Eu* o s-o fac.

Dintr-odată, m-am pomenit că mă uit în ochii ei. Erau imenși, sălbatici, înspăimântători.

– Asta-i pentru Lana, a șuierat.

– Nu, nu...

Înspăimântat cum nu fusesem niciodată, am început să țip.

O strigam pe Lana, desigur. Habar n-aveam dacă mă putea auzi sau nu, dar trebuia să mă audă. Trebuia să mă salveze.

– *LANA! LANA!*

Am simțit degetele lui Kate pe revolver, alunecând peste ale mele – apăsându-mi degetul pe trăgaci. Și mi-am dat seama, cu o certitudine absolută, că senzația degetelor lui Kate peste ale mele, arma lipită de cap, vântul pe față... erau ultimele lucruri pe care aveam să le mai simt vreodată.

– *LAAANA...*

Kate mi-a apăsat degetul pe trăgaci.

– *LAN...*

Țipătul meu a fost curmat. Am auzit un clic – și o bubuitură enormă. Totul s-a întunecat.

Și lumea mea a dispărut.

ACTUL V

„Știu că e rău. Însă mai puternică decât conștiința mi-e furia.“

Euripide, *Medeea*

1

Lana s-a deșteptat în întuneric.

Nu știa unde se află sau cât e ceasul. Se simțea amețită și derutată.

Pe măsură ce ochii i s-au obișnuit cu întunericul, a deslușit forma unei ferestre mari cu perdeaua trasă. Pe la margini se vedeau nuanțe de lumină furișându-se de afară.

„E dimineață“, și-a zis. „Și sunt pe canapeaua lui Elliot.“

În timp ce privea rămășițele măcelului din ajun – măsuța de cafea plină de sticle de vin și sticle de vodcă golite, tot felul de pahare, muguri de marijuana împrăștiați, scrumiere din care se revărsau mucuri de jointuri și țigări obișnuite – și-a amintit. Venise aici aseară, târziu. I-a revenit în minte motivul vizitei – descoperirea relației dintre Kate și Jason – și a inundat-o durerea.

A rămas un moment neclintită. Se simțea atât de tristă, atât de ostenită, de-a dreptul zdrobită. Și-a adunat puterile ca să se scoale. A reușit să se sprijine de brațul canapelei și s-a tras în sus, apoi s-a ridicat și, clătinându-se, a început să-și strângă lucrurile.

Peste câteva clipe a văzut în cealaltă parte a încăperii silueta unui bărbat – dormind buștean cu fața pe birou.

„E Elliot“, și-a zis.

Şi-a croit cu grijă drum prin dezastru. A stat lângă birou. M-a privit un moment cum dorm.

Evenimentele din cursul nopţii îi reveneau în memorie – şi şi-a amintit că, atunci când avusese cea mai mare nevoie de un prieten, când era disperată, depăşită de situaţie... Elliot Chase fusese acolo – sprijinind-o, ţinându-i capul deasupra apei.

„El e stânca mea“, şi-a zis. „Fără el m-aş îneca.“

Brusc, fără să vrea, Lana a zâmbit – amintindu-şi acel plan nebunesc de răzbunare pe care-l clociserăm împreună în culmea rătăcirii ei.

„Ne-am lăsat duşi de val. Însă am fost duşi de val împreună – tovarăşi la fărădelegi. Tovarăşi.“

Pe când stătea acolo, privindu-mă, a simţit cum o copleşeşte iubirea. A fost ca şi cum, în mintea Lanei, ieşeam dintr-o negură, păşeam afară din ceaţă. Avea impresia că mă vede limpede pentru prima oară.

„Arată ca un băieţel.“

Mi-a cercetat cu drag faţa. Era o faţă pe care o cunoştea atât de bine, însă niciodată n-o privise cu atâta atenţie.

Era o faţă palidă, arătând obosită. O faţă tristă. Neiubită.

„Nu“, şi-a zis. „Asta nu-i adevărat. E iubit. Eu îl iubesc.“

Şi apoi, uitându-se cu atenţie la mine în lumina slabă, a avut un moment de claritate dintre cele care îţi schimbă viaţa. A înţeles nu numai că mă iubea, ci şi că mă iubea dintotdeauna. Poate că nu cu pasiunea nebună pe care i-o inspira Jason; cu ceva mai liniştit, mai durabil – şi mai profund. O iubire mare, o iubire adevărată, izvorând din respect reciproc şi acte de bunătate repetate.

Iată, în sfârșit, un bărbat pe care se putea baza. Un bărbat în care putea să aibă încredere. Un bărbat care n-ar fi părăsit-o niciodată, n-ar fi înșelat-o, n-ar fi mințit-o. I-ar fi dat numai lucrurile de care ea avea cea mai mare nevoie. I-ar fi dat prietenie, bunătate – și iubire.

A simțit brusc nevoia imperioasă să mă trezească – să-mi spună cât de mult mă iubește.

„O să-l părăsesc pe Jason", era pe cale să spună. „Iar tu și cu mine vom putea să fim împreună, iubirea mea – și vom putea să fim fericiți. Pentru totdeauna..."

A întins mâna să-mi atingă umărul – însă ceva a oprit-o.

Carnetul era pe birou, sub mâna mea dreaptă.

Era deschis, iar filele erau acoperite cu un scris dezordonat. Părea schița unei piese, poate – sau o scenă dintr-o piesă.

Un cuvânt i-a sărit în ochi: *Lana*.

S-a uitat mai bine. I-au atras atenția alte cuvinte – *Kate... Jason...* și *armă de foc*.

Trebuie să fi fost acea idee nebunească de aseară. „Prostul", și-a zis, „trebuie să fi început s-o scrie înainte să adoarmă. O să-l pun s-o distrugă când se trezește." Presupunea că, la fel ca ea, aveam să mă trezesc mai rațional și mai înțelept.

A șovăit o clipă, apoi curiozitatea a învins. Cu grijă, să nu mă trezească, a scos carnetul de sub mâna mea. S-a dus la fereastră. L-a ridicat sub fâșiile de lumină și a început să citească.

S-a încruntat nedumerită. Nu pricepea ce citește. N-avea sens. A dat câteva pagini înapoi. Apoi alte câteva... În cele din urmă s-a dus până la prima pagină și a citit de la capăt.

Când a înțeles în fine ce avea în fața ochilor, degetele au început să-i tremure. Îi clănțăneau dinții. Simțea că-și pierde stăpânirea de sine – îi venea să urle.

„Ieși de aici“, zbiera vocea din ea, „ieși, ieși, ieși, ieși...“

A luat o hotărâre. Era pe cale să îndese carnetul în geantă... dar s-a răzgândit. A pus carnetul deschis la loc pe birou, strecurându-l sub degetele mele.

Tocmai când începeam să mă mișc, Lana a ieșit în vârful picioarelor din apartament.

A plecat fără să facă vreun zgomot.

2

Era dimineața devreme când Lana a ieșit împleticindu-se din clădirea mea.

Lumina zilei îi părea copleșitoare, o orbea, și și-a ferit ochii ținând capul aplecat în timp ce mergea. Inima îi bubuia în piept, răsuflarea îi era îngroșată și rapidă. Simțea că o lasă picioarele. Însă a reușit să meargă mai departe.

Nu știa unde se duce. Nu știa decât că trebuie să ajungă cât mai departe de cuvintele pe care le citise și de bărbatul care le scrisese.

Pe când mergea a încercat să priceapă ceea ce văzuse în carnet. Părea oribil – și prea mult ca să asimileze. Fusese ca și când s-ar fi uitat în mintea răvășită a unui nebun, o privire aruncată în iad.

La început avusese impresia tulburătoare că-și citește propriul jurnal: era plin de cuvintele ei, ideile ei, expresiile ei, observațiile despre lume, chiar și visurile ei. Toate înregistrate cu fidelitate – și scrise la *persoana întâi*, ca și cum ea însăși le-ar fi așternut pe hârtie. Era aproape ca un exercițiu actoricesc, ca și cum ar fi făcut obiectul unui studiu, ca și cum ar fi fost un personaj dintr-o piesă, nu o persoană reală.

Mai rău, și mai dureros de citit, fusese lungul catalog al întâlnirilor lui Jason cu Kate, întins pe câteva pagini. Fiecare însemnare conținea data, locul și un rezumat al celor petrecute.

Mai era și o listă cu titlul Lana – o coloană cu posibile indicii care să fie plantate în casa ei pentru a o face să-l bănuiască pe Jason de infidelitate.

Pe altă listă, Jason, erau schițate o varietate de metode prin care se putea debarasa de el. Însă acea listă fusese tăiată. Evident, nici una dintre metodele propuse nu se dovedise mulțumitoare.

În cele din urmă, pe ultimele pagini din carnet, scrise și rescrise, era expus un complot bizar menit s-o determine pe Kate să-l omoare pe Jason pe insulă. Lucru chiar mai tulburător, era scris ca piesă de teatru – cu dialog și indicații de regie. Gândul a făcut-o să se cutremure. I se părea că și ea își ieșise din minți. Ultima dată când simțise acest gen de irealitate fusese când a descoperit cercelul.

Cercelul – care, conform carnetului, fusese plantat anume ca să-l găsească ea. Era cu putință? Se chinuia să împace cuvintele pe care le citise cu bărbatul care le scrisese. Un bărbat pe care crezuse că-l cunoaște... și-l iubește.

Această trădare era atât de profundă, de viscerală, încât părea o rană fizică, o gaură uriașă. Nu putea să fie adevărat.

Oare cel mai bun prieten al ei o mințise? O manipulase, o izolase, complotase pentru a-i distruge căsnicia? Iar acum plănuia o crimă adevărată?

Știa că trebuia să meargă la poliție imediat. N-avea de ales. Îmbărbătată de această hotărâre, a iuțit pasul. Avea să se ducă direct la secție și să le spună...

Să le spună ce? Despre aiurelile mânioase mâzgălite de un nebun? N-avea să pară și ea smintită dacă se lansa în acuzații confuze referitoare la manipulări, infidelități, plănuirea unor crime?

Mersul i-a încetinit pe când își imagina consecințele. Povestea avea să se răspândească aproape imediat, a doua zi urma să fie pe prima pagină a tuturor fițuicilor de scandal din lume. Era acolo destul material ca să țină ziarele ocupate săptămâni, luni întregi. Nu, nu putea permite asta – pentru binele lui Leo, ca și al său. Mersul la poliție nu era o soluție.

Și atunci cum putea să procedeze? Nu mai avea opțiuni.

Pașii i s-au împleticit și s-au oprit. A rămas nemișcată în mijlocul trotuarului. Nu știa ce să facă sau unde să se ducă.

Strada nu era aglomerată; era prea devreme. Pe lângă ea au trecut câțiva oameni, cei mai mulți nebăgând-o în seamă; în afară de un bărbat nerăbdător care a oftat din greu.

– Haide, dragă, a zis făcându-și drum pe lângă ea. Dă-te naibii din drum.

Asta a îmboldit-o pe Lana să se miște, să pună un picior în fața celuilalt și să tot meargă. Nu știa încotro, așa că a mers, pur și simplu, mai departe.

În cele din urmă s-a pomenit la Euston. A intrat în gară și, sleită de puteri, s-a lăsat să cadă pe o bancă.

Acesta era al doilea atac psihologic brutal pe care-l suferise în tot atâtea zile. Primul fusese dezvăluirea relației lui Jason cu Kate, care-i stârnise o revărsare de emoții, lacrimi și isterie. Însă lacrimile îi secaseră – nu mai avea nici una pentru această a doua trădare. Nu se simțea în stare să plângă sau să simtă ceva. Se simțea doar epuizată și năucită. Îi era greu până și să gândească.

A stat vreo oră pe banca aceea, cu fruntea plecată, în timp ce gara prindea viață în jurul ei. Nimeni n-a observat-o – era invizibilă, încă un suflet rătăcit, ignorat de șuvoiul constant al navetiștilor.

Până la urmă a văzut-o cineva. Un bătrân care, la fel ca Lana, n-avea unde să se ducă. S-a apropiat târșâindu-și picioarele. Duhnea a băutură.

– Nu fi tristă, scumpete! Nu poate să fie chiar așa de rău. Apoi, privind-o mai atent: Auzi, pari cunoscută... Te știu de undeva?

N-a ridicat privirea, n-a răspuns; n-a făcut decât să clatine din cap. În cele din urmă, bătrânul a renunțat și s-a îndepărtat agale.

Lana s-a silit să se ridice. A ieșit din gară tocmai când cârciuma de vizavi își deschidea ușile. A ezitat, gândindu-se să intre. Dar s-a hotărât să n-o facă. N-avea nevoie să se îmbete. Avea nevoie ca mintea să-i fie perfect limpede.

Pe când trecea pe lângă cârciumă s-a pomenit gândindu-se la Barbara West.

Dintr-odată a fost inundată de amintirile pe care se străduise atâta să le uite. Și-a amintit tot ce-i spusese Barbara despre Elliot. Că e periculos, că e sărit de pe fix. Lana refuzase s-o creadă. Susținuse că Elliot e un bărbat bun, iubitor și blând.

Se înșelase însă. Barbara nu mințea.

Simțea că, treptat, îi revine concentrarea. A descoperit că gândește mai ușor, cu mai mare fluență. Acum știa care e scopul său. Știa ce are de făcut. Ura s-o facă, însă n-avea încotro – trebuia să știe adevărul.

Așa că a mers pe jos din Euston până în Maida Vale. A urcat până la ușa din față a unei clădiri victoriene dintr-un șir de case lipite din Little Venice. A stat în prag cu degetul apăsat pe sonerie până ce în hol s-au auzit pași mânioși și ușa a fost deschisă cu o smucitură de proprietăreasa furioasă.

– Ce mama dracului...?

Kate arăta groaznic. De-abia reușise să adoarmă după o noapte în care trăsese la măsea din greu. Avea părul vâlvoi și machiajul mânjit. Furia i s-a evaporat când a văzut-o pe Lana.

– Ce faci aici? Care-i necazul?

Lana a privit-o fix. A spus primul lucru care i-a trecut prin cap:

– Ți-o pui cu bărbatu-meu?

Kate a tras brusc aer în piept, practic a icnit. Apoi, din aceeași răsuflare, a scos un oftat lung, lent, sonor.

– Of, *Doamne*! Lana... s-a terminat. I-am pus capăt. Îmi pare rău... Îmi pare așa de rău.

Nu era mult, dar, cumva, acest schimb de adevăruri oferea o mică temelie, o trambulină de pe care să pornească. Adevărul le-a eliberat – sau, cel puțin, a deschis un pic ușa. În sfârșit, cele două femei puteau vorbi sincer.

Lana a intrat și s-a așezat la masa din bucătăria lui Kate. Au stat acolo ore în șir și au vorbit și au plâns. Erau mai sincere una cu alta decât fuseseră de ani în șir. Toate neînțelegerile, confuziile, resentimentele, minciunile, bănuielile s-au rostogolit afară. Kate și-a mărturisit sentimentele față de Jason, pe care le nutrea de când îl văzuse prima dată. Și-a îngropat capul în mâini și a plâns.

– Îl iubeam, a zis încet Kate. Și tu mi l-ai luat, Lana. M-a durut așa de tare. Am încercat să mă desprind, am încercat să uit... însă n-am putut.

– Așa că ai încercat să-l iei înapoi? Asta e?

– Am încercat. Kate a ridicat din umeri. Însă nu mă vrea pe mine. Pe tine te vrea.

– Banii mei, vrei să zici.

– Nu știu. Știu că ce-i între noi două e real. E iubire. Poți să mă ierți vreodată?

– Pot să încerc, a zis Lana cu voce slabă.

Poate că această împăcare emoționantă nu-i chiar atât de surprinzătoare – Lana și Kate erau acum mai apropiate ca oricând. La urma urmei, acum erau unite de un dușman comun.

Eu.

3

Kate fuma cu înverşunare ţigară de la ţigară în timp ce asculta, nevenindu-i să creadă, povestea Lanei.

– Fir-ar să fie! a zis cu ochii căscaţi de uimire. Elliot e *diabolic*.

– Ştiu.

– Ce-o să facem?

Lana a ridicat din umeri.

– Nu ştiu. Nu pot să gândesc. Nu pot să cred că se întâmplă asta.

– Eu pot, a spus Kate cu un râs sumbru. Ai încredere în mine.

În ciuda uimirii de la început, lui Kate îi venea mult mai uşor să accepte vestea înşelăciunii mele. Kate avea de ani întregi o neîncredere instinctivă faţă de mine. Acum, în sfârşit, se simţea răzbunată – chiar triumfătoare – şi îndreptăţită să mă pedepsească.

– Nu-l putem lăsa pe ticălosul ăsta să scape basma curată, a zis Kate în vreme ce strivea ţigara. Trebuie să facem ceva.

– Nu ne putem duce la poliţie cu o astfel de poveste.

– Nu, ştiu. Sincer, nu ştiu cât ne-ar lua în serios. Ca să pricepi cât de afurisit de perversă e chestia asta trebuie să-l *cunoşti*. Trebuie să *ştii* ce psihopat este.

– Kate. Crezi că e nebun? Eu aşa cred.

– Sigur că e. Sărit cu totul de pe fix. Kate a turnat whisky în două pahare. Te-am avertizat acum câțiva ani, îți amintești? Ți-am spus să n-ai încredere în el. Știam că are în adâncul lui ceva ciudat. N-ar fi trebuit să-l lași să se apropie de tine. Asta a fost greșeala ta.

După o tăcere prelungită, Lana a spus încet:

– Cred că mi-e un pic frică de el.

Kate s-a încruntat.

– Tocmai de aceea nu trebuie să-l lăsăm să câștige. Pricepi? Trebuie să acționăm. I-ai spus lui Jason?

– Nu. Nu ți-am spus decât ție.

– Trebuie să-i spui.

– Nu încă.

– Și cum rămâne cu Elliot? Kate s-a uitat la ea curioasă. O să-l înfrunți?

– Nu. Nu trebuie să afle că știm. Să nu-l subestimezi, Kate. E periculos.

– Știu că e. Și atunci ce facem?

– Avem o singură variantă.

– Și anume?

Un timp, Lana a privit-o fără să vorbească. Atunci când a făcut-o, vocea îi era lipsită de emoție, nu făcea decât să constate un fapt.

– Trebuie să-l distrugem. Înainte să-l omoare pe Jason.

S-au uitat una la alta. Kate a încuviințat din cap încet.

– De acord. Dar cum?

Au stat un moment în tăcere, rumegând ideea, în vreme ce sorbeau din whisky.

Brusc, Kate a ridicat privirea, cu ochii scânteind.

– Gata, știu. Îl batem la propriul lui joc.

– Adică?

– Ne supunem. Îi urmăm scenariul. Apoi, de îndată ce el crede că totul merge conform planului... ne luăm revanşa. Îi scriem un final diferit. Unul la care nu se aştepta.

După un moment de gândire, Lana a încuviinţat.

– Bine.

Kate a ridicat paharul pentru un toast.

– Pentru răzbunare!

– Nu, a spus Lana ridicând la rândul ei paharul. Pentru *dreptate*!

– Da. Dreptate.

Cele două femei au băut solemn pentru succesul spectacolului lor.

Cortina s-a ridicat imediat. De fapt, în acea după-amiază, când, obosit şi mahmur, am izbutit să ajung acasă la Lana.

– Iubito, am zis. Am venit să văd ce faci. Am fost îngrijorat când m-am trezit şi am văzut că ai plecat. Şi nu răspunzi la telefon. Eşti bine?

– Sunt bine. Aveam de gând să te trezesc, însă arătai aşa de liniştit...

– Acum mă simt ca naiba. Am băut mult prea mult aseară... Că veni vorba... ce zici de cui pe cui se scoate?

Lana a încuviinţat din cap.

– De ce nu?

Ne-am dus în bucătărie, unde am desfăcut o sticlă de şampanie. Apoi, cu blândeţe, am început să-i amintesc Lanei ce discutaserăm seara trecută. Am îndemnat-o să meargă mai departe cu planul nostru, să-i ademenească pe insulă pe Kate şi pe Jason.

– Asta dacă tot mai vrei s-o facem, am zis în treacăt.

Am observat că Lanei îi era greu să se uite la mine, însă am pus asta pe seama mahmurelii.

S-a silit să-mi zâmbească.

– Nimic nu m-ar putea opri.

– Bine.

Apoi, la propunerea mea, Lana a luat telefonul. A sunat-o pe Kate, care era la Old Vic.

Kate a răspuns repede.

– Hei. Ești bine?

– O să fiu. Mi-am dat seama că ceea ce ne trebuie tuturor e un pic de soare. Vii și tu?

– Poftim?

Kate părea derutată.

– Pe insulă... de Paște? Lana a continuat pe un ton vesel, nelăsând-o să răspundă: Să nu zici nu. N-o să fim decât noi. Tu, eu, Jason și Leo. Și Agathi, desigur... Nu știu dacă o să-l invit pe Elliot, în ultima vreme mă calcă pe nervi.

Asta a avertizat-o pe Kate că Lana nu era singură; că eram în aceeași încăpere.

Kate a priceput. A zâmbit și s-a prins în joc.

– Îmi cumpăr imediat biletul de avion.

4

Nu le-au spus celorlalți despre plan decât atunci când au fost pe insulă.

Lana a tot amânat să-i spună lui Agathi, fiind sigură că avea s-o refuze. S-a dovedit că s-a înșelat în această privință – Agathi a fost mai mult decât dornică să participe la festivitățile din seara aceea.

Lui Leo i-a spus a doua zi, la picnicul de pe plajă. I-a propus să facă o plimbare împreună.

– Dragule, a zis Lana cu voce scăzută în timp ce mergeau agale de braț la marginea apei. E ceva ce trebuie să știi. În seara asta o să aibă loc o crimă.

Leo a ascultat uimit în vreme ce mama lui îi explica aspectele practice ale intrigii. Spre lauda lui, a simțit o fulgerare de nesiguranță – impresia neplăcută că planul Lanei era greșit din punct de vedere moral și că avea să antreneze consecințe teribile. Însă a izgonit iute gândul. Ca actor în devenire, știa că nu poate s-o refuze. N-avea să i se mai ofere niciodată un astfel de rol. Faptul că Leo mă detesta l-a ajutat să-și învingă scrupulele. Și-a închipuit că aveam să capăt ceea ce meritam. Poate că avea dreptate.

Totuși, să-i spună lui Jason a fost mai greu.

Lana a încercat să-l abordeze în acea după-amiază, când s-au întors de la plajă. S-a furișat până la ruine, unde știa că era dus la vânătoare, însă Jason nu era singur. Kate era cu el.

Pe când îi privea cum se sărută, Lana a fost cuprinsă de mânie. I-a trebuit o vreme ca să se potolească. Apoi a înfruntat-o pe Kate – în barcă, în drum spre Yialos.

– Ai spus că s-a terminat, a spus Lana printre dinți. Între voi doi.

– Poftim? S-a terminat.

– De ce l-ai sărutat?

– La ruine? Elliot se uita la noi – îl vedeam acolo, ascunzându-se. A trebuit să mă prind în joc. N-am avut încotro.

– Ei bine, ai fost foarte convingătoare. Felicitări!

Kate a acceptat mustrarea cu o ridicare din umeri.

– Bine, merit asta. I-a aruncat Lanei o privire prudentă. Când ai de gând să-i spui lui Jason? Trebuie să-l previi.

Lana a clătinat din cap.

– N-o să-i spun.

– Ce? Kate s-a holbat la ea uluită. Dacă nu știe, n-o să meargă treaba. N-o să-l pot convinge s-o facă.

– Oh, poți să fii foarte convingătoare când vrei. Ia-o ca pe o provocare actoricească.

– Nu poți să-i faci asta lui Jason. Nu poți să-l faci să treacă prin așa ceva.

– Asta-i pedeapsa lui.

– E complet aiurea! a exclamat Kate strâmbându-se. Și *eu* trebuie să fiu martoră?

– Da, a spus Lana. Asta-i pedeapsa ta.

Peste câteva ore, Lana stătea la fereastra casei de oaspeți. O privea pe Kate, care dădea un spectacol înăuntru – pentru un public alcătuit dintr-un singur spectator.

– Jason n-avea de gând s-o împuște pe Lana, am zis. Avea de gând să te împuște pe *tine*.

Kate a clătinat din cap.

– Ești dus cu pluta... ești dus dracului cu pluta.

În această scenă, Kate a trecut prin toată gama emoțiilor – paranoică, temătoare, furioasă. A fost o reprezentație strălucită, chiar dacă a cam sărit calul, după părerea Lanei.

„Kate exagerează“, și-a zis. „Însă el pare convins. Cât e de îngâmfat! Cât e de vanitos! Dacă ar avea vreun strop de conștiință de sine, ar citi-o imediat. Dar se crede așa de deștept, crede că e un fel de zeu. Las' c-o să-și primească lecția. O să fie pus cu botul pe labe.“

În casa de oaspeți, am scos revolverul și l-am îndesat în mâna lui Kate. Apoi am trimis-o să se întâlnească pe dig cu Jason.

Lana, care pândea în întuneric, a ieșit pe cărare în fața lui Kate. Ochii li s-au întâlnit când au făcut schimbul de revolvere.

– Baftă! a zis Lana.

Tăcută, Kate a privit-o o clipă, apoi s-a răsucit pe călcâie și a plecat.

Lana m-a urmat până jos pe plajă. S-a așezat în întuneric, un pic mai în spate față de locul în care stăteam, și l-a trimis pe Nikos să mă amenințe și să mă mâne cu pușca pe dig, unde am fost umilit, brutalizat și bătut.

Lana a privit totul cu ochii albaștri strălucind în beznă, ca o zeiță răzbunătoare, crudă, care nu știe ce-i mila. În vreme ce eu, victima ei, am fost silit să îngenunchez implorând îndurare, strigându-i numele... până ce o împușcătură m-a amuțit.

Și răzbunarea Lanei a fost deplină.

5

Ți-am promis o crimă, nu-i așa? Pariez că nu ți-ar fi trecut prin cap că eu aș fi victima.

Ei bine, îmi pare rău că te dezamăgesc – nu eram mort. Doar crezusem că sunt. Chiar am crezut că-mi venise sorocul. Acea împușcătură m-a făcut să-mi pierd cunoștința. Speriat de moarte, s-ar putea zice.

M-a trezit un picior care mă îmboldea.

– Trezește-l, a zis Kate.

Piciorul lui Nikos m-a lovit iar, de data asta mai tare. Am deschis ochii, și lumea a ieșit din ceață. Zăceam pe pământ, într-o rână. M-am ridicat în șezut și mi-am pipăit ușurel tâmpla – căutând vreun semn de gaură de glonț.

– Liniștește-te! a spus Kate. Sunt gloanțe oarbe. E un pistol de recuzită, a adăugat aruncând arma pe jos.

„Ah“, mi-am zis. „Desigur.“

Kate era actriță, nu criminală. Ar fi trebuit să știu.

Judecând după expresia lui, Jason era chiar mai surprins decât mine că încă mai respiram.

– *Ce mama dracului...?* Se holba la Kate, nevenindu-i să creadă. Ce se întâmplă?

– Îmi pare rău. Am vrut să-ți spun. Ea nu m-a lăsat.

– Cine? Despre ce vorbești?

Kate a dat să răspundă, dar a amuțit când a zărit-o pe Lana pe plajă. Jason i-a urmărit privirea și a rămas cu gura căscată. Lana venea pe nisip spre dig, ținându-l de mână pe Leo. În spatele lor răsărea soarele și cerul era brăzdat de fâșii roșii.

Mama și fiul au urcat treptele digului și li s-au alăturat celorlalți.

– Lana? a bâiguit Jason. Ce mama dracului...? *Ce-i asta...?*

Fără să-l bage în seamă, Lana a luat mâna lui Kate și a ținut-o strâns. S-au uitat o clipă una la alta.

Apoi s-au răsucit spre mine.

Stăteau în șir cu toții – ca actorii ieșiți la rampă. Lana, Kate, Agathi, Nikos, Leo. Doar Jason rămăsese deoparte, nelalocul lui, năucit. Până și eu înțelegeam mai bine decât el ce se întâmplase.

De fapt, înțelegeam mult prea bine totul.

M-am opintit să mă ridic în picioare și am bătut din palme, ironic, de trei ori. Am încercat să vorbesc, însă gura mi s-a umplut de sânge. Am scuipat sângele pe jos. Am încercat iarăși – nu era ușor cu falca ruptă. N-am putut scoate decât două cuvinte:

– *De ce?*

Ca răspuns, Lana a dat la iveală carnetul meu.

– N-ar trebui să lași chestia asta la vedere. L-a aruncat spre mine cu putere, lovindu-mă în piept. Am crezut că ești altfel, a zis. Am crezut că îmi ești prieten. Însă nu ești. Nu ești prietenul nimănui. Nu ești *nimic.*

N-o recunoșteam. Părea altă persoană. Dură, necruțătoare. Se uita la mine cu ură – nu există alt cuvânt care să descrie acea privire.

– Lana, te rog...

– Nu te apropia de mine! Nu te apropia de familia mea. Dacă te mai văd vreodată, chem poliția și o să ajungi la închisoare. S-a răsucit spre Agathi: Fă-l să plece dracului de pe insulă.

S-a răsucit să plece. Jason a încercat s-o atingă, dar l-a plesnit peste mână, ca și cum ar fi scârbit-o.

Fără să privească înapoi, Lana a coborât treptele și s-a îndepărtat singură pe nisip.

A fost o pauză. Apoi starea de spirit s-a schimbat brusc. Leo a spart tăcerea cu un hohot de râs ascuțit, copilăresc.

Arăta spre mine și râdea.

– Uite. S-a *scăpat* pe el. Ce *nenorocit*!

Kate a râs și ea și i-a pus mâna pe braț. L-a strâns.

– Haide, scumpete. Să mergem.

Au pornit spre trepte.

– Jocul tău a fost uluitor, a zis Leo. Erai atât de reală. Vreau să fiu și eu actor.

– Știu. Mama ta mi-a spus. Cred că e o idee minunată.

– O să mă înveți?

– Pot cu siguranță să-ți dau câteva ponturi. Kate a zâmbit. Desigur, cel mai important e să ai un public bun.

Mi-a aruncat o ultimă privire triumfătoare, apoi s-a întors și a început să coboare treptele. Leo a urmat-o. La fel au făcut și ceilalți.

În procesiunea care înainta pe nisip, Kate și Leo erau primii, iar un pic în spatele lor Nikos o sprijinea cu brațul pe Agathi. Jason se ținea după ei, cu capul aplecat, cu pumnii încleștați de furie.

Îi auzeam pe Kate și Leo vorbind în vreme ce se îndepărtau.

– Nu știu ce crezi tu, zicea Kate, dar eu cred că merită să sărbătorim. Ce zici de o sticlă de șampanie foarte scumpă?

– Bună idee. Poate chiar o să beau un pahar.

– Oh, Leo! a exclamat ea dându-i un pupic pe obraz. Mai sunt speranțe în ce te privește!

Vocile lor s-au stins treptat, dar încă mai auzeam râsul copilăresc al lui Leo.

Stârnea ecouri în capul meu.

Dacă aș avea un strop de simț practic, m-aș opri acum. Ți-aș plăti băutura și, clătinându-mă pe picioare, aș ieși din acest bar, lăsându-te cu o poveste care slujește drept avertisment și fără vreo adresă de corespondență. Aș pleca la iuțeală din oraș înainte să spun ceva ce n-ar trebui.

N-am încotro însă: trebuie să continui. Lucrul acesta plutise amenințător de la bun început, aruncându-și umbra peste mine încă din clipa în care m-am așezat să-ți spun povestea.

Vezi tu, portretul meu nu e complet. Încă nu. Mai trebuie să adaug niște amănunte. Câteva ultime trăsături de penel ici și colo ca să-l termin.

Ciudat, am folosit acel cuvânt – „portret“.

Presupun că e un portret. Dar al cui?

Inițial am crezut că este un portret al Lanei. Dar acum încep să bănuiesc că e al meu. Gândul mă înspăimântă, pentru că nu e ceva ce-aș dori să văd.

Totuși trebuie să-l înfruntăm împreună o ultimă oară, tu și cu mine – ca să isprăvim această poveste.

Te previn, nu-i o priveliște frumoasă.

6

Era în zori. Eram singur pe dig.

Aveam dureri cumplite. Nu ştiam ce doare mai tare – şalele, unde mă lovise Nikos cu puşca, coastele rupte, sau falca pulsând îngrozitor. Strâmbându-mă, am coborât şontâc-şontâc treptele până pe plajă.

Nu ştiam unde mă duc – n-aveam unde să mă duc. Pur şi simplu înaintam anevoie pe nisip, lângă linia valurilor.

Am încercat să înţeleg ce se întâmplase.

E destul să spun că planul meu n-a funcţionat aşa cum sperasem. În versiunea mea, Lana şi cu mine am fi fost acum împreună, în casă, aşteptând să vină poliţia. Eu aş fi consolat-o, explicându-i că moartea lui Jason fusese un accident nefericit, chiar tragic.

„N-am ştiut că lucrurile o s-o ia razna“, i-aş fi spus Lanei, luptându-mă cu lacrimile. „Că ea chiar o să ia un pistol şi-o să-l folosească.“

I-aş fi spus Lanei că n-o să uit cât voi trăi scena groaznică pe care am văzut-o – Kate împuşcându-l de mai multe ori pe Jason pe plajă, într-un acces sălbatic de furie, cu mintea întunecată de alcool.

Asta ar fi fost povestea mea, şi nu m-aş fi abătut de la ea.

Kate ar fi putut spune o poveste diferită de a mea, însă ar fi fost cuvântul meu împotriva cuvântului ei.

Doar atât ar fi rămas: cuvinte, amintiri, acuzații, sugestii, toate vorbe-n vânt. Nimic real. Nimic tangibil.

Poliția și, mai important, Lana aveau să mă creadă pe mine, nu pe Kate - care, la urma urmei, tocmai îl omorâse cu sânge-rece pe soțul Lanei.

– Mă simt așa de vinovat, aș fi zis. Totul e din vina mea...

– Nu, ar fi răspuns Lana. E vina mea. N-ar fi trebuit să fiu de acord cu ideea asta nebunească.

– Eu te-am convins - niciodată n-o să mi-o iert, niciodată...

Și așa mai departe, ne-am fi consolat reciproc, asumându-ne vina. Am fi fost îndurerați, dar ne-am fi revenit până la urmă. Am fi fost uniți - uniți în vinovăția noastră. Am fi trăit fericiți până la adânci bătrâneți.

Așa ar fi trebuit să se termine.

Atâta doar că Lana mi-a văzut carnetul. Culmea ghinionului. Arăta rău, îmi dau seama. Vorbe scrise la supărare, idei scoase din context, fantezii personale pe care nu trebuia să le vadă nimeni - cu siguranță, nu Lana.

Dacă m-ar fi trezit chiar atunci, când a dat peste el, dacă m-ar fi înfruntat, aș fi putut să-i explic totul. Aș fi putut s-o fac să înțeleagă. Însă nu mi-a acordat această șansă.

De ce nu? Cu siguranță descoperise în ultimele zile lucruri la fel de rele despre Kate, și totuși a găsit puterea s-o ierte. De ce nu și pe mine?

Îmi închipui că lui Kate i-a venit ideea. La fel ca mine, întotdeauna avea idei strălucite. Cât trebuie să se fi distrat ele alcătuind scenariul, apoi repetându-și rolurile! Cât trebuie să fi râs de mine privindu-mă cum mă dau în spectacol pe insulă! Lăsându-mă să presupun că eu eram autorul piesei, când nu eram decât publicul.

Cum putuse Lana să-mi facă asta? Nu pricepeam unde încăpea atâta cruzime. Pedeapsa depășea cu mult delictul. Fusesem umilit, îngrozit, despuiat de orice strop de demnitate, de umanitate – redus la nimic în afară de mucus și lacrimi: la un puști care se smiorcăie în praful drumului.

Cam atât despre prietenie. Cam atât despre iubire.

Cu fiecare pas mă înfuriam tot mai tare. Parcă eram iarăși la școală. Terorizat. Agresat. Atâta doar că de data asta n-aveam nici o speranță de evadare. Nu se întrezărea nici un viitor fericit împreună cu Lana pe care să-l aștept cu nerăbdare. Eram prins în capcană pe vecie.

Fără să-mi dau seama, m-am trezit la ruine. Stăteam în cercul de coloane sparte.

Locul arăta straniu și părăsit în lumina zorilor. Împreună cu zorii veniseră și viespile.

Dintr-odată erau pretutindeni, roind prin aerul din jurul meu ca o ceață neagră. Colcăiau pe coloanele de marmură și pe pământ. Colcăiau pe mâna mea când am vârât-o în tufa de rozmarin. Colcăiau pe pușcă pe când am scos-o.

Am dat să plec, când am văzut ceva care m-a încremenit.

Se spune că vântul te scoate din minți. Și asta trebuie să se fi întâmplat cu mine – trebuie să-mi fi pierdut mințile pe moment. Pentru că eram martor la ceva care nu putea să fie adevărat. Acolo, în fața mea, pale de vânt se năpusteau din toate părțile răsucindu-se laolaltă, formând o spirală uriașă.

O trombă care se înșuruba în văzduh.

În jurul ei, aerul era complet nemişcat. Nici urmă de adiere. Nici o frunză nu se clintea. Toată violenţa şi furia furtunii erau concentrate aici, în această masă învârtejită.

Mă holbam la ea fascinat. Pentru că înţelegeam ce este.

Ştiam cu siguranţă absolută că era Aura însăşi. Aceasta era zeiţa, îngrozitoare, răzbunătoare şi plină de furie. Ea era vântul.

Şi venise după mine.

De cum am gândit asta, vântul s-a năpustit la mine. Mi-a intrat în gura deschisă, a coborât în goană pe gâtlej şi mi-a umplut trupul. M-a făcut să mă întind, să cresc şi să mă umflu. Plămânii aproape că mi-au explodat. Îmi gonea prin vene; mi se răsucea în jurul inimii.

Vântul m-a mistuit; şi am devenit una cu el.

Am devenit furia.

7

Lana a intrat în bucătărie. Ceilalți au urmat-o, dar aproape că nu le-a observat prezența în timp ce se uita pe fereastră la cerul care se lumina.

Era adâncită în gânduri, dar fără confuzie sau suferință. Se simțea ciudat de liniștită, ca și cum ar fi avut o noapte odihnitoare și tocmai se trezise dintr-un somn adânc. Avea mintea limpede, cum n-o mai avusese de mult.

Ai putea presupune că se gândea la mine, dar ai greși. Pierisem aproape cu totul din gândurile ei, de parcă n-aș fi existat niciodată.

Și odată cu plecarea mea se mai limpezise ceva. Toate lucrurile de care se temea atât de tare Lana – însingurarea, pierderile, remușcările – nu mai însemnau acum nimic. Toate relațiile omenești pe care le crezuse atât de necesare pentru fericirea ei nu însemnau nimic. Vedea în sfârșit adevărul, că era singură și așa fusese întotdeauna.

De ce i se păruse ceva atât de înspăimântător? N-avea nevoie de Kate, nici de Jason. Avea să-i elibereze pe toți. Avea să-și elibereze ostaticii. Avea să-i cumpere lui Agathi niște pământ în Grecia, o casă și o viață, în loc să-i ceară să se sacrifice pentru fricile ei. Lanei nu-i mai era frică. Avea să-l lase pe Leo să-și trăiască viața, să-și urmeze visurile. Cine era ea să-l rețină, să se agațe de el?

Și Jason? Avea să-l azvârle în stradă. Să se ducă la închisoare, să se ducă la dracu', acum nu mai însemna nimic pentru ea.

De-abia aștepta să plece. Voia să se îndepărteze cât mai mult cu putință de această insulă. Nu voia să mai pună vreodată piciorul pe ea. Avea să plece și din Londra. Știa asta.

Dar unde să se ducă? Să rătăcească prin lume, veșnic pierdută? Nu. Nu mai era pierdută. Ceața se ridicase, drumul era vizibil. Călătoria care o aștepta era clară.

Avea să meargă acasă.

Acasă. La gândul acesta a simțit în inimă o lumină caldă.

Avea să se întoarcă în California, la Los Angeles. În toți acești ani fugise – fugise de cine era ea, fugise de singurul lucru care îi dădea sens. Acum, în sfârșit, avea să-și înfrunte destinul, să-l accepte. Avea să se întoarcă la Hollywood, unde era locul ei. Și să-și reia munca.

Lana se simțea acum atât de puternică, înălțându-se ca Pasărea Phoenix din cenușă. Puternică și netemătoare. Singură, dar nu speriată. N-avea de ce să fie speriată. Simțea... ce era acest sentiment? Da, bucurie. Se simțea plină de bucurie.

Nu m-a auzit când am intrat. Venisem pe ușa din spate. Mergând fără zgomot pe coridor, îi auzeam în bucătărie, firitisindu-se între ei pentru succesul spectacolului. Auzeam râsete și pocnete de dopuri.

Agathi turna șampanie într-un șir de pahare. În primul moment nu m-a zărit, dar apoi a observat două viespi pe blat. A ridicat privirea.

M-a văzut stând lângă ușă. Mi-a aruncat o privire ciudată, probabil din cauza viespilor de pe mine.

– Un taxi nautic o să vină aici peste douăzeci de minute, mi-a zis. Du-te să-ți iei lucrurile.

N-am răspuns. Am rămas pe loc, uitându-mă la Lana.

Lana stătea departe de ceilalți, la fereastră, privind afară. M-am gândit ce frumoasă era în această lumină a zorilor. Soarele făcea geamul să strălucească în jurul ei, punându-i un nimb în jurul capului. Părea un înger.

– Lana? am zis cu voce joasă.

Păream liniștit. Arătam liniștit la suprafață. Dar în celula încuiată a minții mele, unde îl țineam prizonier, îl auzeam pe copil ridicându-se ca un golem, jeluindu-se, țipând, bubuind cu pumnii în ușa celulei, urlând de furie.

Din nou agresat; din nou umilit. Și mai rău, mult mai rău – toate spaimele lui întunecate, toate lucrurile cumplite despre care îi jurasem că nu sunt adevărate tocmai își primiseră confirmarea din partea singurei persoane pe care a iubit-o vreodată. Lana îl dăduse în vileag, în cele de urmă, pe copil așa cum era: nedorit, neiubit, un impostor. *Un monstru.*

Îl auzeam cum sparge lacătul, cum țâșnește din celulă urlând ca un diavol. Nu se mai oprea din zbierat – era un răcnet oribil, îngrozitor.

Îmi doream să tacă odată.

Și apoi mi-am dat seama că nu copilul urla, ci eu.

Lana se răsucise pe călcâie și se uita la mine alarmată. Ochii i s-au mărit când am scos de la spate pușca.

Am ațintit-o spre ea.

Înainte să mă poată opri cineva, am apăsat pe trăgaci.

Am tras de trei ori.

Și așa, prietene, se sfârșește trista mea poveste despre cum am ajuns s-o ucid pe Lana Farrar.

EPILOG

Zilele trecute am avut o vizită.

N-am mulți vizitatori, știi. Așa că a fost plăcut să văd un chip cunoscut.

Era vechea mea terapeută. Mariana.

Venise să-și vadă un coleg aici, dar și-a zis să împuște doi iepuri dintr-un foc, așa că a trecut și pe la mine. Ceea ce a diminuat oarecum complimentul, dar ce să-i faci. În zilele astea trebuie să mă mulțumesc cu ce capăt.

Mariana arăta bine, dacă ne gândim prin ce trecuse. Soțul ei a murit acum câțiva ani și asta i-a frânt inima. Se pare că s-a prăbușit de-a binelea. Știu cum este.

– Ce mai faci? am zis.

– Sunt bine. Mariana a zâmbit prudent. Supraviețuiesc. Și tu? Cum o duci?

Am ridicat din umeri și am răspuns cu banalitățile obișnuite, că profit la maximum de ceea ce am, că nimic nu-i veșnic.

– Am timp berechet ca să mă gândesc. Prea mult, poate.

Mariana a încuviințat din cap.

– Și cum te descurci cu toate?

Am zâmbit, dar n-am răspuns. Ce-aș fi putut să spun? Cum aș fi putut să încep măcar să-i spun adevărul?

Ca și cum mi-ar fi citit gândurile, m-a întrebat:

– Te-ai gândit să pui totul pe hârtie? Tot ce s-a întâmplat pe insulă?

– Nu. Nu pot face asta.

– De ce nu? S-ar putea să te ajute. Să-ți spui povestea.

– O să mă gândesc la asta.

– Nu pari prea entuziasmat.

– Mariana... Am zâmbit. Sunt scriitor de meserie, știi.

– Adică?

– Adică nu scriu decât pentru public. Altfel n-are rost.

A părut amuzată.

– Chiar crezi asta, Elliot? Că n-are rost fără public? I-a venit o idee care a făcut-o să surâdă: Asta îmi amintește de ceva ce a spus Winnicott despre „adevăratul sine". Că nu ajungi la el decât prin *joc*.

M-am entuziasmat brusc, înțelegând greșit la ce se referea.

– Prin punerea în scenă a unei piese? Zău?

– Nu. Tu ești cel care *joacă*.

– Ah, am murmurat, pierzându-mi interesul.

– Voia să spună că sinele nostru adevărat apare doar atunci când nu-i nimeni în fața căruia să joci – fără public, fără aplauze. Fără așteptări la înălțimea cărora trebuie să te ridici. Jocul n-are nici un scop practic, presupun, și nu cere răsplată. Este el însuși răsplata.

– Înțeleg.

– Nu-ți scrie povestea pentru public, Elliot. Ar trebui s-o scrii pentru tine, m-a sfătuit ea aruncându-mi o privire încurajatoare. S-o scrii pentru copil.

Am zâmbit politicos.

– O să mă gândesc.

Înainte să plece, Mariana a sugerat că s-ar putea să-mi fie de folos o discuție cu colegul pe care venise să-l viziteze.

– Ar trebui să-l saluți măcar. O să-ți placă de el, sunt sigură. E foarte plăcut să stai de vorbă cu el. Ar putea fi de ajutor.

– Poate că o s-o fac. Cu siguranță mi-ar plăcea să stau de vorbă cu cineva, am spus zâmbind.

– Bine. Părea mulțumită. Îl cheamă Theo.

– Theo. E terapeut aici?

– Nu. Mariana a șovăit. O fracțiune de secundă a părut stingherită. E deținut, ca tine.

Ca scriitor, de obicei tind să mă abat de la realitate. Să născocesc lucruri și să spun povești.

Mariana m-a întrebat despre asta la o ședință de terapie. Voia să afle de ce îmi petrec viața cu născociri. De ce să scrii? De ce să fii creativ?

Sincer să fiu, am fost surprins că a trebuit să întrebe. Pentru mine, răspunsul era dureros de evident. Eram creativ din cauză că în copilărie eram nemulțumit de realitatea pe care trebuia s-o suport. Așa că în închipuire mi-am creat alta.

Aici se naște orice creativitate, cred: în dorința de evadare.

Având asta în minte, am urmat sfatul Marianei. Dacă îmi scriam povestea, poate că m-ar fi eliberat. Așa cum m-a sfătuit, n-am scris-o pentru publicare – sau punere în scenă. Am scris-o pentru mine.

Mă rog, poate că asta nu-i chiar adevărat.

Vezi tu, când m-am așezat la biroul îngust din celula mea ca să scriu, am simțit o neliniște stranie, detașată. Odinioară aș fi ignorat-o – aș fi aprins o țigară sau aș mai fi băut o cafea sau o tărie ca să-mi abat atenția.

Dar acum știam că neliniștit e copilul, nu eu. Mintea lui galopa: era îngrozit de acest document. Cine l-ar putea citi, descoperind adevărul despre el, și care ar fi urmările? I-am spus să nu-și facă griji – n-o să-l părăsesc. Suntem în asta împreună, el și cu mine, până la capăt.

Am luat copilul și l-am pus cu blândețe pe patul îngust, lângă mine. I-am spus să se cuibărească – și i-am spus o poveste ca să adoarmă.

„Asta-i o poveste pentru oricine a iubit vreodată", am zis.

Poate că era o poveste de noapte bună cam neobișnuită – dar plină de întâmplări și aventuri, cu băieți buni și băieți răi, eroine și vrăjitoare crude.

Trebuie să spun că sunt tare mândru de ea. E unul dintre cele mai bune lucruri pe care le-am scris. Cu siguranță e cel mai sincer. Și în acest spirit al sincerității, îngăduie-mi înainte să ne despărțim să-ți mai spun o ultimă poveste. Despre mine, Barbara West și seara în care a murit.

Cred că o vei găsi lămuritoare.

După ce Barbara a căzut pe scară m-am dus repede la ea.

Am cercetat trupul care zăcea la baza scării. După ce am fost sigur că e moartă am intrat în biroul ei. Înainte să chem ambulanța voiam să mă asigur că nu lăsase ceva incriminant. Poate că avea o dovadă scrisă sau fotografică a tuturor lucrurilor de care mă acuzase? N-aș fi zis că Barbara nu era în stare să țină un jurnal secret în care să-mi consemneze amănunțit fărădelegile.

Am scotocit metodic prin sertarele biroului – până când, în cele din urmă, în partea din spate a sertarului de jos, am dat peste ceva neașteptat. Șapte carnete subțiri legate cu un elastic.

Un jurnal intim, mi-am zis deschizându-le. Dar mi-am dat repede seama că ceea ce țin în mâini nu-i un jurnal.

Era o piesă de teatru scrisă de mână – de Barbara West. Era despre mine și ea și viața noastră împreună. Era cel mai răutăcios, cel mai incisiv, cel mai strălucit lucru pe care-l citisem în viața mea.

Ce crezi că am făcut?

Am rupt pagina cu titlul și mi-am însușit piesa.

Vezi tu, nu sunt cu adevărat scriitor. N-am talent la nimic, în afară de minciuni. Cu siguranță nu mă pricep să scriu povești.

Hai să recunoaștem, n-am putut nici măcar să plănuiesc o crimă.

N-am avut niciodată decât o poveste de spus. Iar acum, că am spus-o, nu mă lasă inima s-o distrug. În schimb, am s-o țin încuiată până mor. Atunci, dacă totul merge cum am plănuit, poate fi publicată postum. Intriga din jurul ei ar trebui s-o facă bestseller – ceea ce mi-ar oferi o imensă satisfacție, chiar și din mormânt.

Acum, fără glumă, dacă citești asta, atunci sunt vorbele unui mort. Asta-i întorsătura finală. Nici eu n-am scăpat cu viață. Nimeni nu scapă, până la urmă.

Dar hai să nu ne gândim prea mult la asta.

Hai mai bine să încheiem așa cum am început – cu Lana.

Ea e încă aici, să știi. N-am pierdut-o cu totul. Trăiește mai departe în mintea mea.

Când mă simt singur, sau speriat, sau mi-e dor de ea – ceea ce se întâmplă tot timpul – nu trebuie decât să închid ochii.

Atunci sunt iarăși un băiețel în sala de cinematograf, în rândul 15.

Și mă uit la ea, zâmbind, din întuneric.

MULȚUMIRI

Este imposibil să scrii o carte ca aceasta fără să stai pe umerii unor uriași care au făcut-o primii și au făcut-o mult mai bine – așa că simt că trebuie să încep cu recunoștința pe care le-o datorez unor scriitori ca Agatha Christie, Anthony Shaffer, Patricia Highsmith și Ford Madox Ford, pentru că m-au inspirat la scrierea *Furiei*, și nu numai.

Se spune că e nevoie de un sat ca să crească un copil – ceea ce n-a fost niciodată mai adevărat decât în cazul acestei cărți. O mulțime de oameni m-au ajutat pe parcurs. M-am distrat de minune scriind această poveste și explorând această lume, însă de câteva ori m-am rătăcit zdravăn prin pădure. Redactorii mei străluciți, Ryan Doherty de la Celadon și Joel Richardson de la Michael Joseph, precum și extraordinarul meu agent, Sam Copeland, m-au ajutat de fiecare dată să regăsesc drumul. Vă mulțumesc, prieteni, v-ați depășit cu mult îndatoririle.

Aș vrea să le mulțumesc editurilor din Statele Unite și Marea Britanie pentru munca lor excelentă. Dăruirea voastră neobosită și talentul excepțional mă lasă cu gura căscată. La Celadon le datorez imense mulțumiri lui Deb Futter, Jamie Raab, Rachel Chou, Christine Mykityshyn și lui Anne Twomey. De asemenea, aș vrea să le mulțumesc lui Jennifer Jackson,

Jaime Noven, Sandra Moore, Rebecca Ritchey, Cecily van Buren-Freedman, Liza Buell, Randi Kramer și Juliei Sikora. Mulțumesc, Will Staehle și Erin Cahill, pentru coperta fabuloasă. Iar la departamentul Producție vă mulțumesc vouă, Jeremy Pink, Vincent Stanley, Emily Walters și Steve Boldt. Și un mare mulțumesc echipei de vânzări de la Macmillan.

La Editura Michael Joseph, aș vrea să le ofer mulțumiri uriașe lui Louise Moore, Maxine Hitchcock, Grace Long și lui Sarah Bance. De asemenea, lui Ellie Hughes, Sriya Varadharajan, Vicky Photiou, Hattie Evans și lui Lee Motley.

La Rogers, Coleridge & White le datorez un mare mulțumesc lui Peter Straus, Honor Spreckley, David Dunn, Nelka Bell și lui Chris Bentley-Smith. Și mulțumiri speciale agenților pentru drepturile de autor din străinătate, care, pur și simplu, sunt cei mai buni din domeniu - Tristan Kendrick, Aanya Dave, Katharina Volckmer, Stephen Edwards și Sam Coates.

Doresc, de asemenea, să-i mulțumesc lui Nedie Antoniades pentru că a testat cu mine povestea în forma embrionară și pentru că mi-a sugerat personajul Nikos. Iar pentru notele incredibil de folositoare, care au îmbunătățit considerabil variantele finale, le mulțumesc lui Sophie Hannah, Hannah Beckerman, Hal Jensen, David Fraser, Emily Holt și Uma Thurman.

Îți mulțumesc, Ivan Fernandez Soto, pentru ajutor și sfaturile prețioase. Îți mulțumesc, Katie Haines, pentru că ai fost strălucitoare și întotdeauna ai făcut ca totul să fie atât de distractiv. Îți mulțumesc, Olga Mavropoulou, pentru că mi-ai îngăduit să-ți împrumut minunatul nume.

În fine, calde mulțumiri părinților mei, George și Christine Michaelides, și surorilor mele, Emily Holt și Vicky Holt, pentru tot sprijinul vostru.

În colecția Buzz BOOKS
au apărut:

Celeste Ng, *Tot ce nu ți-am spus*
L.S. Hilton, *Maestra*
Jonathan Dee, *Privilegiații*
Emma Healey, *Elizabeth a dispărut*
Peter Swanson, *Cei care merită să moară*
Fiona Barton, *Văduva*
Carla Guelfenbein, *Cu tine în depărtare*
Carla Guelfenbein, *Restul e tăcere*
Austin Wright, *Tony și Susan*
Martin Suter, *Maestrul bucătar*
J.P. Delaney, *Fata dinainte*
Patricia Highsmith, *Carol*
Alexandra Oliva, *Supraviețuitoarea*
Charles Belfoure, *Arhitectul parizian*
Ottessa Moshfegh, *Eileen*
Elan Mastai, *Omul care a cucerit timpul*
Carla Guelfenbein, *Femeia vieții mele*
L.S. Hilton, *Domina*
Susanna Tamaro, *Mergi unde te poartă inima*
Agatha Christie, *Crima din Orient Express*
Sana Krasikov, *Patrioții*
Celeste Ng, *Mici focuri pretutindeni*
Darcey Bell, *O mică favoare*
Fiona Barton, *Copilul*
Michel Faber, *Cartea Lucrurilor Noi și Ciudate*
Maria Semple, *Unde ai dispărut, Bernadette?*

Tim Johnston, *Coborârea*
Susanna Tamaro, *Ascultă glasul meu*
Matthew FitzSimmons, *Dispariția*
Agatha Christie, *Casa strâmbă*
Agatha Christie, *Vinovat fără vină*
Agatha Christie, *Și din zece n-a mai rămas nici unul*
A.J. Finn, *Femeia de la fereastră*
Jonas Bonnier, *Jaf cu elicopterul*
Aimee Molloy, *O mamă perfectă*
Greer Hendricks, Sarah Pekkanen, *Soția dintre noi*
Niklas Natt och Dag, *1793. În umbra morții*
Donna Tartt, *Sticletele*
Linda La Plante, *Văduve*
Stefan Ahnhem, *Victimă fără chip*
Cynthia D'Aprix Sweeney, *Moștenirea*
L.S. Hilton, *Ultima*
Sarah Pinborough, *Prin ochii ei*
Alex Michaelides, *Pacienta tăcută*
Sarah Vaughan, *Anatomia unui scandal*
Agatha Christie, *Ucigașul ABC*
Christine Mangan, *Necunoscuta din Tanger*
Shirley Jackson, *Casa bântuită*
Chloé Esposito, *Rea*
Stefan Ahnhem, *Al nouălea mormânt*
J.P. Delaney, *Crede-mă când mint*
Adrian McKinty, *Lanțul*
Peter Swanson, *O minciună perfectă*
Emily Gunnis, *Fetița din scrisoare*

Christopher Bollen, *Prietenie trădată*
Jean Hanff Korelitz, *Ar fi trebuit să știi*
Bernard Cornwell, *Nebuni și muritori*
Anonim, *Nume de cod: Kingfisher*
Ann Napolitano, *Dragă Edward*
Stefan Ahnhem, *Motivul X*
Daniel Silva, *Cealaltă femeie*
Peter Swanson, *Fata cu un ceas în loc de inimă*
Christy Lefteri, *Apicultorul din Alep*
Jeanine Cummins, *Pământ american*
Kate Elizabeth Russell, *Vanessa mea cea întunecată*
Megan Campisi, *Devoratoarea de păcate*
Sarah Pinborough, *Prietena mea de suflet*
Alex Marwood, *Micile ticăloase*
Daniel Silva, *Fata cea nouă*
Stefan Ahnhem, *X feluri de a muri*
Anders Roslund, *Trei zile*
Josh Malerman, *Malorie*
Jasper DeWitt, *Pacientul*
Affinity Konar, *Gemenele de la Auschwitz*
Lisa Jewell, *O viață regăsită*
Daphne du Maurier, *Rebecca*
Max Seeck, *Vânătoarea de vrăjitoare*
Jean Hanff Korelitz, *De la început*
John le Carré, *Pe serviciul adversarului*
Daphne du Maurier, *Verișoara mea Rachel*
Ashley Audrain, *Îndoiala*
John le Carré, *Omul nostru din Panama*

Patricia Highsmith, *Ape adânci*
J.P. Delaney, *Soția perfectă*
Rumaan Alam, *Lasă lumea în urmă*
Sarah Vaughan, *Mici dezastre*
Ruth Druart, *În timp ce Parisul dormea*
Emily Gunnis, *Fetița pierdută*
Harriet Tyce, *Portocala sângerie*
Lisa Jewell, *Secrete întunecate*
Greer Hendricks, Sarah Pekkanen, *Nu ești singură*
Valérie Perrin, *Apă proaspătă pentru flori*
Igor Bergler, *Biblia pierdută*
G.D. Wilkinson, *Când înfloresc caișii*
John le Carré, *Războiul spionilor*
Laurie Elizabeth Flynn, *Fete de treabă*
Daniel Silva, *Ordinul*
Robert Harris, *München*
Alex Michaelides, *Fecioarele*
Dolores Redondo, *Partea de nord a inimii*
Sophie van Llewyn, *Sâmbăta în care totul s-a schimbat*
John le Carré, *Un adevăr delicat*
David Silva, *Portretul unei spioane*
Harriet Tyce, *Minciuni mortale*
Tatiana de Rosnay, *Viața asta îți aparține*
Toshikazu Kawaguchi, *Până nu se răcește cafeaua*
Lisa Taddeo, *Animal*
John le Carré, *Jocul*
Laura Dave, *Ultimul mesaj*
Valérie Perrin, *Duminicile iubirilor pierdute*

Robert Harris, *V2*
Ellie Midwood, *Violonista de la Auschwitz*
Peter Swanson, *Cunoștință mortală*
Abigail Assor, *La fel de bogat ca regele*
Jean Hanff Korelitz, *Vieți furate*
Virginia Feito, *La limită*
Janelle Brown, *Lucruri prețioase*
Nita Prose, *Camerista*
Lisa Jewell, *Noaptea în care a dispărut*
Ellie Midwood, *Fata care a evadat de la Auschwitz*
Niklas Natt och Dag, *Lupul și străjerul*
Sofía Segovia, *Zborul albinelor*
Christy Lefteri, *Zboruri frânte*
John le Carré, *Proiectul Silverview*
Charmaine Wilkerson, *Gustul dulce de acasă*
Ilaria Tuti, *Flori deasupra infernului*
Daniel Silva, *Violoncelista*
Emily Gunnis, *Camera secretă*
Adrian McKinty, *Insula*
Peter Swanson, *Reguli pentru crima perfectă*
Nina de Gramont, *Misteriosul caz Christie*
Harriet Tyce, *Sentința de la miezul nopții*
Jennifer Saint, *Ariadna*
Toshikazu Kawaguchi, *Povești din cafenea*
Eve Chase, *Casa de sticlă*
Valérie Perrin, *Trei*
Sōsuke Natsukawa, *Motanul care voia să salveze cărțile*
Celeste Ng, *Inimile noastre rătăcite*

Lisa Jewell, *Cineva te urmărește*
Claire Douglas, *Cuplul de la nr. 9*
J.P. Delaney, *Joc murdar*
Lucinda Riley, *Crimele de la internat*
Marco De Franchi, *Condamnarea celor vii*
Ellie Midwood, *Fata în rochie vărgată*
Hans Rosenfeldt, *Vara lupilor*
Igor Bergler, *Minciuna lui Michelangelo. Catedrala în flăcări*
Deepti Kapoor, *Epoca viciului*
Javier Castillo, *Fata din înregistrare*
Stefan Ahnhem, *Lovitura de grație*
Max Seeck, *Rețeaua răului*
Colectiv, *Miss Marple. 12 povestiri noi*
Danielle Trussoni, *Maestrul enigmelor*
Clémence Michallon, *Chiriașa tăcută*
Buzzy Jackson, *Fata cu Părul Roșu*
Ashley Audrain, *Șoaptele*
Anthony McCarten, *Contracronometru*
Eve Chase, *Colivia*
Fiona Barton, *Suspectul*
John le Carré, *Cel mai vânat om din lume*
Chuck Wendig, *Cartea accidentelor*
Claire Douglas, *Fetele dispărute*
Katy Hays, *Misterul cărților de tarot*
Sarah Pinborough, *Insomnia*
Alex Michaelides, *Furia*

În colecția Folio
au apărut:

Satoshi Yagisawa, *Viața mea în librăria Morisaki*
Jennifer Saint, *Electra*
Toshikazu Kawaguchi, *Până nu se răcește cafeaua*
Jennifer Saint, *Ariadna*
Sōsuke Natsukawa, *Motanul care voia să salveze cărțile*
Celeste Ng, *Tot ce nu ți-am spus*
Valérie Perrin, *Apă proaspătă pentru flori*
Valérie Perrin, *Duminicile iubirilor pierdute*
Valérie Perrin, *Trei*
Claire Alexander, *Trei ani de singurătate*
Donna Tartt, *Micul prieten*
Shelley Read, *Viața ca un râu*
Jens Liljestrand, *Pădurea arde sub pașii noștri*
Beatrice Salvioni, *Malnata*
Nikki Erlick, *Măsura vieții*
Toshikazu Kawaguchi, *Până nu se șterg amintirile*
Tracey Lien, *Tot ce a rămas nespus*
Tatiana de Rosnay, *Se numea Sarah*
Virginia Hartman, *Ținutul mlaștinilor*
Percival Everett, *Copacii*
Shirley Jackson, *Am trăit întotdeauna la castel*
Sanaka Hiiragi, *Fotograful amintirilor pierdute*
Kanae Minato, *Confesiuni*
Tatiana de Rosnay, *Mâine ne va fi mai bine*
Gaëlle Nohant, *Biroul de elucidare a destinelor*